Corona de flores

Literatura Mondadori, 425

Corona de flores

JAVIER CALVO

Barcelona, 2010

Quedan prohibidos, dentro de los límites establecidos en la ley y bajo los apercibimientos legalmente previstos, la reproducción total o parcial de esta obra por cualquier medio o procedimiento, ya sea electrónico o mecánico, el tratamiento informático, el alquiler o cualquier otra forma de cesión de la obra sin la autorización previa y por escrito de los titulares del *copyright*. Diríjase a CEDRO (Centro Español de Derechos Reprográficos, http://www.cedro.org) si necesita fotocopiar o escanear algún fragmento de esta obra.

© 2010, Javier Calvo
© 2010, de la presente edición en castellano para todo el mundo:
  Random House Mondadori, S. A.
  Travessera de Gràcia, 47-49. 08021 Barcelona
Primera edición: abril de 2010
Printed in Spain – Impreso en España
ISBN: 978-84-397-2245-8
Depósito legal: B-7.383-2010
Fotocomposición: Fotocomp/4, S. A.
Impreso en Limpergraf
Pol. Ind. Can Salvatella
c/ Mogoda, 29-31
08210 Barberà del Vallès

Encuadernado en Encuadernaciones Bronco

GM 2 2 4 5 8

ÍNDICE

PRIMERA PARTE

1. Amanecer: la calle de la Cadena 13
2. El que vive en lo más alto 18
3. Trasgo 24
4. Las sombras de debajo del Dosel de Sombras . . 28
5. *La ciudad secreta* 33
6. Aniol / metal blanco 40
7. Las constelaciones se mueven 45
8. Museum Clausum 51
9. El Sueño del Demonio con Cabeza de Perro . . 55
10. Cuerpo succionado desde dentro 57
11. Los santos del Carmen 63
12. Mundo maravilloso 68
13. *De humani corporis fabrica* 73
14. Ibis egipcios 78
15. Andamiaje / nocturama 84
16. Al fondo del armario hay una caja 91
17. La conversación angélica 96
18. Debajo del hielo 103
19. Leipzig 110
20. La señora De Paula y las libélulas 116
21. El Jardín de los Eléboros 121
22. El leopardo de la mente 126

23.	Alguien se arrastra	132
24.	Atardecer: la Torre dels Corbs	136
25.	Metal negro	145

INTERMEDIO. 1868

SEGUNDA PARTE

26.	Cada pieza mueve al resto	161
27.	El segundo túnel	165
28.	La banda de Enrique, vista desde un tren en marcha	171
29.	La salita de las musarañas	178
30.	Ciclámenes y espliego	185
31.	El que muera conmigo	189
32.	Una discordancia en los números	195
33.	El Muro de la Alegría	199
34.	Medicina de la mente	204
35.	Dios es muchos	208
36.	Cebra con saco amniótico / Liberata	213
37.	La banda de Enrique, en la guarida de la banda de Enrique	218
38.	Puente de huesos	225
39.	El cuadro descolgado	231
40.	Topos	236
41.	Donde se entra de espaldas	243
42.	N. H. D. E. E. C.	248

INTERMEDIO. 1864

TERCERA PARTE

43.	18 de marzo, 1877	263
44.	La Pseudorquídea	268
45.	Vida de la Niña Hermosa	274
46.	Una cárcel perfecta	279
47.	*La ciudad secreta* desaparece	283

48. Donde la conciencia camina de espaldas 287
49. Dorotea Sullivan 296
50. Corona de flores 302

Nota del autor 307

PRIMERA PARTE

1

AMANECER: LA CALLE DE LA CADENA

Corren los mejores tiempos, corren los peores tiempos, es la era de la sabiduría, es la era de la estupidez, es la época de la fe, es la época de la incredulidad, es el tiempo de la Luz, es el tiempo de la Oscuridad, es la primavera de la esperanza, es el invierno de la desesperación, lo tenemos todo por delante, no tenemos nada por delante, vamos todos directos al cielo, vamos todos directos al otro lugar.

El trono de España lo ocupa un rey muy pálido de ojos melancólicos, y en la presidencia se alternan un intelectual conservador con cara de profesor severo y un liberal afable con cara de borrachín. El rey no lo sabe pero tiene la muerte en los ojos. España no lo sabe pero tiene la muerte en los ojos. Barcelona se despierta todas las mañanas bajo una nube negra de humo de las fábricas y se dedica a temblar bajo un cielo que siempre es gris.

Corre el Año del Señor de Mil Ochocientos Setenta y Siete. En un periodo tan favorecido como éste, las revelaciones espirituales brotan en Barcelona como si fueran caras de Cristo en las paredes descascarilladas. En su celda de tres varas por tres de la cárcel de la Reina Amalia, el doctor Menelaus Roca camina de una pared a otra y contempla los dibujos de las constelaciones a través de su ventanuco. Delante de las tabernas de la calle de Trentaclaus, los marineros se estremecen cuando ven las ilustraciones horripilantes de las páginas de *La ciudad secreta* que flotan en los charcos. Los artículos horripilantes del *Diario de Barcelona* arrastrados por la lluvia. En su despacho de la cima del monte Táber, el gobernador civil Melcior Estrany deja de comer un momento y nota una serie de extrañas punzadas en sus vísceras. Y las vísceras, como sabe todo el mundo, son un mapa del universo.

En la calle de la Cadena, a la luz de los faroles de gas, las mujeres se acercan con sigilo trayendo jarros de agua. Trayendo cestas con comida. Trayendo a sus criaturas en brazos. Todos los pasos convergen hacia un portal destartalado. Y poco a poco se va congregando una multitud.

Han pasado exactamente veinte días desde el Crimen de la Esperanza. Y la ciudad aúlla como un perro bajo la lluvia.

—«El primer proyectil ha caído en la vía pública poco después de medianoche» —le dice Blai Boamorte al inspector provincial Semproni De Paula, leyendo en voz alta de su cuaderno de notas.

Los dos van sentados en la cabina de la berlina oficial del Cuerpo de Vigilancia, cara a cara y sin mirarse. Para un testigo que los viera a bordo del carruaje sin saber nada de ellos, sin saber que De Paula es el inspector y Boamorte es su superintendente en el cuerpo, la escena plantearía un enigma de aspecto vagamente cómico: Boamorte es un hombre alto y de hombros caídos, con más aspecto de sepulturero que de policía; la cara alargada, de ese color amarillo roñoso que deja el tabaco en los dedos. Una cara tan reseca y correosa que no parece una cara, sino algo momificado y curtido, donde los ojos negros asoman como animalitos quitinosos. De Paula es pequeño. No pequeño de esa manera en que son pequeños ciertos policías vocingleros y de aire pendenciero, siempre un par de cabezas por debajo del resto, siempre levantando la voz y caminando con la espalda muy recta. No: pequeño como un niño de once años, pequeño de una forma que hace que la gente se lo quede mirando con perplejidad. Los bigotes encerados que le cubren casi por completo los labios están en medio de una cara igualmente pequeña, casi del tamaño de una cara de niño. Salvo los bigotes, sus rasgos son diminutos y redondeados y parecen fabricados a base de mazapán.

Boamorte lleva un traje negro, De Paula lleva uno blanco. En otro contexto, el color de los trajes sería un mero detalle pintoresco; a bordo de la berlina tiene cierto aire de metáfora indescifrable.

—¿Qué quiere decir con eso de «proyectil»? —pregunta De Paula con una voz que no es tanto infantil como nasal y carente de profundidad, parecida al ruidito que haría una piedra al bailar por el fondo de una tina de madera.

—Parece que era una silla —dice Boamorte—. Y le ha caído encima a un hombre que estaba cenando en la calle —añade sin mirar a su jefe.

Así es como De Paula y Boamorte se comunican siempre, evitando mirarse. No por antipatía ni pudor, sino en honor a algún pacto tácito según el cual dos hombres obligados a pasar tantas horas del día juntos deben guardar por lo menos alguna clase de distancia.

Hace media hora que Blai Boamorte se ha presentado en casa de Semproni De Paula para despertarlo y avisarle del disturbio causado por una mujer que supuestamente hace milagros en la calle de la Cadena, junto al Hospital de la Santa Cruz. Hace tres horas que Semproni De Paula se ha quedado dormido con la cabeza desplomada sobre la mesa de su cocina. Hace cinco horas que su mujer ha vuelto a casa sola en un carruaje con las cortinas cerradas, oliendo a anís y a tabaco, hermosa y desafiante como siempre, procedente de algún baile en la parte alta de la ciudad. Hace diez horas que él se ha sentado a esperarla en el salón, preparando los argumentos de la terrible pelea que estaba a punto de llegar. Hace cinco años que el matrimonio de Semproni De Paula agoniza, y más o menos el mismo tiempo que De Paula se ve incapaz de controlar la desvergüenza de su mujer, y sin embargo tampoco tiene agallas para echarla de casa. Y ahora, poco antes de las seis de la mañana de este lunes de diciembre, mientras el carruaje se acerca a la explanada de la muralla, seguido de un destacamento de la guardia montada, De Paula se dedica a ensayar en su mente castigos terribles, sonoros abofeteamientos y humillaciones públicas, que en su interior sabe que nunca tendrá agallas para ejecutar. El pan de cada día.

—¿Ha desayunado usted? —le pregunta De Paula a su superintendente.

—No he desayunado, no.

Al otro lado del cristal aparece la explanada de la antigua muralla, salpicada de sillares partidos que hacen pensar al inspector en dientes rotos. Dos ciudades superpuestas, la primera únicamente visible en forma de contorno vacío. De perímetro hundido. Lo contrario de una muralla. Un *trompe-l'oeil* inesperado a través de la niebla matinal.

Boamorte continúa leyendo sus notas:

—«La gente de las ventanas ha proferido exclamaciones sacrílegas. Mofa de las cosas sagradas». —Su tono se vuelve un poco errático, como si empezara a aburrirse de lo que está leyendo—. «Alteración del orden público. Alteración de la paz nocturna. Conducta anárquica.»

La berlina cruza la explanada de la muralla por el antiguo emplazamiento del portal de San Antonio. Entre los cascotes merodean las siluetas de los perros asilvestrados. El coche pasa por delante del Colegio de Escolapios y las ruedas dan una sacudida al adentrarse en el adoquinado lleno de socavones de la calle de San Antonio. De Paula ya se imagina los efectos que va a tener la carga de la guardia montada contra la multitud de revoltosos, se imagina los gritos y las caras desencajadas y los cuerpos tendidos sobre las losas del pavimento, y su furia remite un poco. Dirigir cargas policiales suele tener este efecto en él. Y si en algún momento de su vida ha estado necesitado de los efectos reparadores de una buena operación de castigo, es esta madrugada a bordo de su berlina oficial: sobre todo después de que su mujer haya admitido en pleno apogeo de su pelea que venía de pasarse la velada entera bailando con el capitán Lombardo, de la infantería del cuartel de San Pablo. El capitán Lombardo con su sonrisa imbécil y sus aires de suficiencia y su altura extraordinaria. De Paula esconde los puños dentro de las mangas de su traje blanco y los aprieta hasta que la sangre le abandona los dedos. Tanto el traje como el sombrero del mismo color resaltan su pajarita roja sobre la camisa blanca y le dan cierto aspecto de herida abierta.

—Hay que mandar a alguien a buscar pan —dice De Paula con rotundidad, como si el tema del pan fuera ligado a la crisis que los ocupa—. Y queso. Y longaniza. ¿Qué hay abierto por aquí a esta hora sin Dios?

El carruaje dobla por la calle del Hospital y enfila el pasadizo oscuro de la calle de la Cadena. Ya se divisa la multitud. Un mar de cabezas. Si al otro lado de la explanada el gas de los fanales teñía el amanecer de un verde malsano, en estas calles del viejo barrio del Hospital las llamas del gas parecen absorber la luz más que irradiarla. Manchitas azules temblorosas, mariposas embotelladas en la oscuridad.

—«El contingente conspirador se ha hecho fuerte en la segunda planta» —sigue leyendo Boamorte de sus notas. A continuación levanta la vista y mira por primera vez al inspector, con esos ojillos como bichos que asoman en medio de su cara de momia—. O igual en el tejado. No estamos seguros. La gente ha venido de todo el barrio trayendo a sus niños.

—¿A sus niños?

Boamorte se encoge de hombros.

—Para que la santa los bendiga —dice—. Es costumbre traer a los niños, cuando hay un milagro.

2

EL QUE VIVE EN LO MÁS ALTO

El carruaje de Semproni De Paula se detiene allí donde empieza la multitud. Imposible seguir. Los caballos se remueven inquietos mientras el cochero suelta una especie de rebuzno gutural para serenarlos. Debe de haber unas quinientas personas. De las fuerzas del orden ni rastro, por supuesto. Los guardias montados que han venido con la berlina hasta la calle de la Cadena observan desde sus monturas cómo Semproni De Paula espera a que Boamorte le abra la portezuela y salta con sus piernas cortas sobre los adoquines. Pese a ser pequeño y de aspecto blando, fácil de confundir con un niño disfrazado de adulto, el inspector provincial irradia una dignidad henchida de orgullo. Una altivez paradójica, como si naciera de la misma ridiculez de su aspecto.

De Paula se pone los guantes con parsimonia y estira el cuello para contemplar la escena a través de la nubecilla que su aliento forma en el aire helado. Más que un disturbio, el lugar tiene aire de fiesta mayor. Hay niños corriendo y saltando por todos lados, como si no fueran las seis de la mañana. Hay grupos de amas de casa bebiendo café y charlando en las aceras. Hay vendedoras de cigarrillos, cuya oferta también incluye coñac en vasitos cortos. Hay una especie de saltimbanqui esquelético que no puede tener más de diez años, con las articulaciones dobles y un extravagante traje a cuadros de colores. Y al abrigo de las sombras de un portal cercano, flanqueado por las siluetas más voluminosas de un par de sicarios, asoma la figura inconfundible de Max Téller: con su maquillaje de mujer y su mono sentado en el hombro y las docenas de abalorios y amuletos que le cuelgan del cuello. El emperador del hampa del barrio de Trentaclaus. El hombre que hace que todas las cosas clandestinas lleguen a su destinatario. Téller se lleva una mano al ala del sombrero, mirando al inspector con sus ojos maquillados, y se funde con las sombras.

De momento parece bastante imposible adivinar lo que está pasando más allá del mar de sombreros y cabezas. Sobre todo cuando uno mide poco más que un niño de once años. A continuación De Paula señala con la cabeza el silbato que Boamorte lleva colgado del cuello.

Boamorte se mete el silbato en la boca y levanta un brazo. Los guardias montados se llevan las manos a la empuñadura de sus sables. El tiempo permanece un instante congelado, con todas las caras atentas y expectantes, hasta que el silbato retumba por la calle.

Hay pocas cosas que le gusten más al inspector provincial Semproni De Paula que dirigir una carga policial. Sobre todo si quien carga es la policía montada. Puede que tenga que ver con el hecho de ser poco más alto que un niño de once años y sin embargo estar avanzando majestuosamente entre una estampida de cuerpos aterrados. Pisando manos y piernas.

Al otro lado de la barahúnda de gritos y caras desencajadas, De Paula llega al portal de la casa de los milagros, del que los soldados están sacando a gente detenida. Mira hacia arriba y ve que sale humo negro de varias ventanas del edificio.

El ascenso hasta las plantas superiores resulta más complicado de lo esperado: el hueco de la escalera huele a petróleo, a humedad, a corral y a algo más que muy pronto se hace insoportable. Agarrándose a la barandilla de la escalera, De Paula saca un pañuelo y se lo aprieta contra la nariz. Los soldados se apartan para dejarlo pasar por el centro de la escalera, pegando las espaldas a la pared. Muchos tienen pañuelos atados sobre la cara.

Para cuando llega al segundo rellano, al inspector Semproni De Paula ya le tiemblan las rodillas. En el cuarenta y ocho, estando a las órdenes de Pavía en las inmediaciones de Solsona, a De Paula le tocó rellenar fosas comunes con cal, pero ni siquiera aquel olor se podía comparar al de este edificio.

—¿Quién *collons* manda aquí? —gruñe desde debajo de su pañuelo.

Una figura se abre paso entre los soldados. Cuando se detiene delante del inspector, varias cabezas más alto que él, con un bigotito rubio que hace juego con las hebras rizadas que le asoman por debajo de la gorra de su uniforme de capitán, a De Paula le da un vuelco el estómago. El capitán Lombardo. De toda la gente con la que se podía encontrar esta mañana, tenía que encontrarse con el capitán Lombardo. Plantado allí con su sonrisita imbécil, la barbilla elevada en gesto petulante, sin un asomo de la palidez verdosa que afecta a todos los demás, como si los efluvios no llegaran tan arriba.

—Querido amigo —le dice el capitán Lombardo en tono risueño, quitándose un guante y estrechándole la mano antes de que De Paula tenga tiempo de reaccionar. Señala la ventana con la cabeza—. Debe de ser usted el que ha ordenado la carga. Lo hemos visto todo por la ventana. Muy bonito.

De Paula nota las miradas de los soldados en forma de hormigueo en la nuca: esa misma sensación de que todo el mundo está al corriente de cosas que él únicamente puede sospechar, tan familiar de las noches que se pasa en blanco esperando a que su mujer vuelva de bailar. Sin que su conciencia intervenga, todo su cuerpo se estira, maximizando su ocupación del espacio. Un gesto reflejo aprendido en millares de peleas infantiles, de burlas adolescentes. Ese orgullo paradójico asociado a su cuerpo. El mismo que ha llevado a un chico que dejó de crecer a los once años a ser inspector provincial del Cuerpo de Vigilancia.

—Me gusta cargar —dice por fin—. Sobre todo con los caballos.

Lombardo se encoge de hombros.

—La situación está controlada —dice, con el mismo tono pagado de sí mismo—. A las dos me han nombrado enlace entre el cuartel de San Pablo y el destacamento de la guardia civil. Luego han llamado al cuartel y me han nombrado enlace con la guardia montada.

—Felicidades —dice De Paula.

—Lástima que la guardia montada no haya venido.

—Hemos venido *ahora*.

—Tiene a su santa ahí dentro. —Lombardo señala el interior del piso, acariciándose el bigote rubio—. Nos ha costado un poco, pero la hemos encontrado. Los vecinos han atrancado la puerta y nos han vaciado orinales encima. Luego han tirado sillas. Hay dos heridos por impacto de silla.

—Habrá usted ordenado disparar, me imagino.

—Hemos tirado muchas puertas abajo y hemos sacado a todo el mundo que hemos podido. Luego hemos entrado. No había anarquistas. Ni uno. Lo que había era mujeres rezando el rosario.

De Paula mira en la dirección que el capitán está señalando. Hay un cuarto con el suelo cubierto de cirios de iglesia que chisporrotean en medio de la corriente de aire. Entre los cirios hay estampas de la Virgen, sagrados corazones y santos de todas las clases y colores. Del interior del piso vienen ráfagas de aire hediondo que le obligan a apretarse más todavía el pañuelo contra la nariz. Sus zapatos chapotean en un limo negro de vómito pisado y arrastrado por toda la casa.

—¿Cómo está su mujer, por cierto? —dice Lombardo—. Dígale que le mando muchos saludos. Tenemos que juntarnos todos un día, está claro. Tengo entendido que su mujer juega muy bien al bridge.

Con el rubor extendiéndosele por la cara diminuta, De Paula se adentra en el piso donde ha empezado el disturbio. Con el rabillo del ojo ve docenas de escarabajos y ratas que huyen a su paso. Hay soldados en mangas de camisa y con las caras tapadas con pañuelos que se dedican a quemar montones de basura. El humo negro y pestilente sale por las ventanas abiertas.

De Paula agarra del brazo a uno de los soldados, que está quemando ropa.

—¿Dónde está la milagrera? —pregunta en el tono más imperioso que puede mientras se aprieta un pañuelo contra la nariz.

El soldado señala un cuartucho iluminado con velas.

De Paula entra en el cuarto y contempla la escena: la mujer está sentada desnuda en una silla de madera, en compañía de un par de monjas que la están lavando con el agua negra de un cubo y de un par de soldados que supervisan la operación.

De Paula nunca ha visto nada parecido a esa mujer. Ni siquiera él, que en calidad de autoridad provincial de la fuerza de vigilancia creía haberlo visto todo. Su cuerpo es un puro esqueleto cubierto de piel. Parece imposible que alguien pueda seguir vivo dentro de un cuerpo así. La piel llena de llagas que a la luz de las velas se ven negras y verdes. Su cuerpo desnudo ya no parece un cuerpo. Su cara es una calavera con un par de dientes podridos y una cortina rala de pelo reseco.

—¿Qué le pasa a esta mujer? —dice a través de su pañuelo.

Uno de los soldados se quita el embozo para hablar.

—Lleva un año sin comer y sin lavarse —explica—. O eso dicen. Los vecinos le traían un vaso de agua de vez en cuando.

Una de las monjas se santigua mientras saca un trapo del agua negra del cubo y lo escurre.

—Cuando la policía ha intentado llevársela, los vecinos se han hecho fuertes —dice el otro soldado—. Dicen que es santa. Le traen aquí a los niños para que los bendiga.

De Paula mira a la mujer, que ahora levanta la vista, muy despacio, hasta posar sus ojos sobre él.

—¿Cómo se llama? —dice De Paula.

—La llaman Dorotea —dice una de las monjas—. Pero no sabemos si es su nombre de verdad.

De Paula se inclina un poco hacia la mujer, con una mueca de burla que le clava las puntas enceradas del bigote en las mejillas diminutas.

—Dorotea —le dice—, ¿eres santa? ¿Es verdad que haces milagros?

La mujer lo mira un momento antes de contestar.

—Yo quería irme con ellos —dice—. Con los angelitos. Pero ellos me dijeron: Quédate aquí. No te muevas. No hagas nada. Ni comer.

—Señor —dice uno de los soldados—. Es una pobre loca. Una inocente.

Hay un momento de silencio. De Paula oye voces en la escalera. Alguien más está subiendo.

—¿Dónde están los angelitos, Dorotea? —dice De Paula.

La mujer parece pensarlo antes de contestar.

—Se fueron con él —dice por fin—. Con el que vive en lo más alto. —Hace un gesto amplio con las manos—. Su cara da *tanta* luz que no se puede ver.

Las monjas y los soldados se vuelven para mirar a alguien que acaba de aparecer en el umbral, detrás de la espalda del inspector. De Paula se quita el sombrero para secarse el sudor de la cabeza, echa un último vistazo a la mujer esquelética y se da la vuelta hacia el umbral, donde acaba de asomar la cara de Blai Boamorte. La cara de Boamorte tampoco parece afectada por el hedor bestial, tal vez porque ya es una cara de por sí amarillenta y tumefacta. Una cara que ya de por sí es la cara de alguien que acaba de vomitar.

—¿Qué pasa? —dice De Paula—. ¿No ve que la estoy interrogando?

Enfundado en su traje vagamente funerario, Boamorte lo mira desde el umbral de la puerta. La cara alargada, todo huesos y piel amarilla: una de esas estatuas de faraones que flanqueaban las entradas de los templos del Antiguo Egipto.

—No se lo va a creer usted, inspector —dice por fin.

3

TRASGO

La mente del doctor Menelaus Roca es un jardín botánico. Categorías y especímenes, cifras y familias. La mente de Menelaus Roca es una carta celeste. Es un gabinete de curiosidades.

Bajo la luz del cabo de vela que arde en su escritorio, envuelto en una manta llena de chinches, el doctor Menelaus Roca, anatomista, frenólogo y bibliófilo, extiende un brazo y, haciendo gala de unos reflejos encomiables en un hombre de su edad y condición física, atrapa un escarabajo que corre por su mesa. Lo coge entre los dedos índice y pulgar y se lo queda mirando a través de la nubecilla que forma su aliento en el aire helado de la celda. Es un hombre voluminoso, grande en todas las direcciones, y aunque salta a la vista que de joven fue fornido de una forma torpe, su cuerpo ya se ve flácido y pesado. Derrotado por la gravedad. El pelo canoso ya se ha retirado de la mayor parte de su cráneo rapado. Ahora levanta la vista y contempla el ventanuco de la celda, cubierto con un paño. Por los resquicios del paño asoma la luz amoratada del amanecer. La celda de Menelaus Roca solamente parece una celda cuando uno cobra conciencia del lugar donde está. Cuando uno repara en la puerta de hierro y las inscripciones de sus antiguos ocupantes en las paredes. Por lo demás, podría ser un cuarto de cualquiera de las casas de huéspedes que proliferan por el barrio del Hospital. Un camastro de hierro con una manta remendada. Un escritorio con cuadernos y libros. Un cabo de vela en un platillo y un baúl pegado al pie del camastro.

El doctor Roca se incorpora y le da la vuelta al escarabajo. Se trata de un geotrúpido macho de un par de pulgadas de largo, un coprófago de los muchos que rondan cada noche por su orinal. Le da la vuelta expertamente y con la uña larga y amarilla del índice le hace una incisión en el abdomen. El bicho agita frenético las antenas y las patas. El abdomen del macho está dividido en diez segmentos; los esternitos son claramente visibles, salvo los superiores, que están cubiertos por los élitros; los seis ventritos se pueden contar hasta el ápice del abdomen, mientras que el noveno segmento abdominal debería ser el genital, con nuevas subdivisiones que Roca renuncia a examinar por falta de luz y de instrumental adecuado.

Roca tira el escarabajo al suelo de la celda. El animal se revuelve y echa a correr, dejando un rastro de tripas blancas sobre las losas. Con la espalda enorme encorvada sobre el escritorio demasiado pequeño para él, Roca moja la punta de la pluma en el tintero y continúa escribiendo. La caligrafía del doctor Menelaus Roca ya no la puede leer nadie salvo el propio doctor Menelaus Roca. Los años de escasez de papel la han ido volviendo cada vez más diminuta. También la naturaleza de sus anotaciones se ha adaptado a las condiciones de la cárcel. Sin instrumentos, sin tejidos, sin nada que no sea una pluma y un papel, sus diarios científicos se han alejado progresivamente de lo experimental y se han ido acercando a la indagación teórica. Planos de máquinas inexistentes. Prototipos de instrumentos concebidos en la soledad de la celda. Fórmulas que avanzan añadiendo ingredientes ausentes y se pierden en marañas de efectos hipotéticos. Páginas y páginas de fórmulas que terminan bruscamente después de chocar con murallas de incertidumbre. Especulaciones interrumpidas por el alba o por una ocurrencia inesperada. Y, por supuesto, dibujos de la Pseudorquídea. Con partes nuevas añadidas. Extensiones de sus diversas secciones. Apéndices articulados sobre otros ya existentes, como brotes inesperados en un cuerpo animal pubescente. No hay nada en los escritos de Menelaus Roca en su celda que se parezca remotamente a un principio ni a un fin. Encerrado en su celda desde hace siete años, la conciencia de Menelaus Roca ha sido reducida al mínimo. Un hilo que bordea con la inexistencia. La única realidad es la que hay ante los ojos. No hay diferencia entre el doctor Roca y su trabajo. Solamente el fin de una cosa desencadenará el fin de la otra. La conciencia, si algún día regresa, lo inundará igual que el aire fresco inunda una casa que lleva décadas cerrada.

La siguiente vez que moja la pluma en el tintero, el doctor Roca oye los ladridos de los perros en la explanada de la muralla. El primer anuncio del alba. Las jornadas de trabajo de Roca empiezan justo después de la oración de la noche, cuando pasa la ronda a comprobar los cerrojos. Entonces se sienta a su mesa y enciende el cabo de vela. El día concentra todo el suplicio de la cárcel. Los paseos por el patio, arrastrado por los guardias y protegido del sol con su manta piojosa. Las comidas con el resto de los presos. La desnudez en los baños. El desfilar y cantar oraciones. La noche de la cárcel, en cambio, es larga y plácida. La paz nocturna de la celda le permite mantenerse vivo. Solamente cuando el alba roza el paño de la ventana, guarda su pluma y se acuesta para dormir unos minutos antes de que irrumpa la ronda de la mañana.

La llama del cabo de vela tiembla, se tuerce violentamente a un lado y se apaga. Menelaus Roca levanta la vista hacia el ventanuco de la celda, donde el paño que hace de cortina se ha inflado bajo una ráfaga de aire. Frunce el ceño.

Se pone de pie, camina hasta la ventana y aparta el paño con la mano. Es entonces cuando oye la campana del amanecer.

En invierno, el sector de cielo que se ve desde la celda de Roca muestra las constelaciones de Libra, la Serpiente, el Serpentario y Hércules. No hay más variación que los cambios estacionales. Y, sin embargo, el doctor Roca juraría que esta noche ha cambiado algo. Algo en la disposición de la carta celeste.

Todavía está mirando por la ventana cuando oye acercarse el claqueteo de los cerrojos de las celdas. Una por una, los carceleros abren las puertas de hierro para que los presos salgan al patio a ser contados y a rezar sus oraciones matinales. Roca se baja del camastro. Igual que ha hecho todas las mañanas de los últimos siete años, gatea por el suelo hasta la pared del fondo, se encoge debajo de su escritorio con las rodillas pegadas al pecho y se tapa la cabeza con la manta. El estruendo de los cerrojos se acerca inexorablemente.

Los dos carceleros abren la puerta de su celda. La luz baña el suelo, el orinal, el camastro vacío y por fin los libros del escritorio. El cabo de vela que lleva varias horas ardiendo en un platillo. El doctor Menelaus Roca no ha dormido en su camastro esta noche. El doctor Roca nunca duerme de noche. De noche lee y escribe y ordena el gabinete de curiosidades que es su mente.

–Me tienes harto, Trasgo –dice uno de los carceleros–. Un día te voy a partir las piernas y entonces tendrás una buena razón para no salir de ahí.

Con la pericia que otorga la práctica diaria, los dos carceleros agarran al doctor Menelaus Roca de los pies y de los brazos y lo sacan a rastras, primero de debajo del escritorio y después de su celda. Arrastrado por el pasillo de la galería carcelaria, con la cabeza y el torso cubiertos por la manta, el doctor Roca patalea, suelta espuma por la boca y trata por todos los medios de que no le toque la luz del sol matinal.

4

LAS SOMBRAS DE DEBAJO DEL DOSEL DE SOMBRAS

Las gestiones de Semproni De Paula para conseguir que alguien le traiga el desayuno se han materializado en forma de un saco humeante lleno de panes recién horneados y de un queso envuelto en un paño que sostiene uno de los agentes uniformados junto a las casetas de los baños de San Beltrán. De la longaniza, ni rastro. Las casetas de los baños están cerradas, como corresponde a un lunes helado de enero, y su perímetro rodeado de cadenas oxidadas. Tampoco hay bañistas, ni paseantes, ni ninguna de las otras especies que uno suele asociar con una playa. A primera hora de la mañana, la playa de San Beltrán está vacía de todo lo que no sea basura y los perros que se dedican a comérsela. Perros en distintos grados de despojamiento de su dignidad de perros. Perros sin dientes, o bien con muñones en lugar de orejas, colas o patas. Perros que defecan entre aullidos de dolor y luego se comen sus excrementos humeantes.

Semproni De Paula y Blai Boamorte están a poca distancia de donde rompen las olas, aguantándose los sombreros con la mano para evitar que la brisa del mar los haga volar. Boamorte se lo aguanta con la mano derecha y De Paula con la izquierda, codo con codo. Perfectamente simétricos y grotescamente dispares en tamaño. Con los ojos fruncidos para distinguir mejor el cadáver de la segunda víctima bajo las sombras de debajo del Dosel de Sombras de Barcelona. Con ellos hay media docena de agentes de uniforme, formando un cordón alrededor de Nanet.

—¿Qué es eso? —dice De Paula. Señala con la cabeza la soga que rodea a la víctima—. La cuerda esa.

—¿Cuerda? —dice Nanet—. No es una cuerda.

Nanet está en cuclillas, con su delantal de cuero negro y fumando un cigarrillo con sus guantes de caucho. Hay muchas cosas que resultan desagradables de Nanet a primera vista, y sin embargo ninguna lo es tanto como las cosas desagradables que se descubren en él después de un minuto de conversación. Su pulcritud, por ejemplo. Esa forma de ir extremadamente pulcro y perfumado que en los hombres de mediana edad resulta más repulsiva que si fueran sucios. O la parsimonia con que se recoge el pelo con una redecilla elástica y procede a enfundarse distintas partes del cuerpo en distintas fundas profilácticas.

—No es una cuerda —repite Boamorte, insuflándole un asomo de vida a la máscara de su cara—. Son sus tripas.

En ese momento uno de los policías de uniforme resbala sobre los guijarros de la playa y cae de costado encima de una lazada de tripas de la víctima. Nadie dice nada mientras el policía se levanta y se sacude el uniforme dándose palmadas nerviosas. Tampoco nadie alude al hecho de que hay varias vueltas de tripas alrededor de la segunda víctima del Asesino de la Esperanza. Que es una mujer.

—La han matado dándole con algo en la cabeza —está diciendo Nanet—. Con un ladrillo, posiblemente. Igual que al otro. También le han atado las muñecas con alambre. Igual que al otro. Y la han matado en otro sitio, bastante lejos, parece, igual que al otro, porque el cuerpo está todo golpeado y raspado de arrastrarlo. —El guante de caucho se extiende para señalar un rastro que discurre por la arena—. Todavía se ve por dónde la han traído.

De Paula sigue con la mirada el rastro en dirección a la ciudad, al portal de Santa Madrona, el baluarte y la mole oscura de las Atarazanas, ya casi tapada por los edificios nuevos que han brotado sobre los antiguos huertos de extramuros. Una composición de sombras, con los contrastes dramáticamente rebajados. No es que el cielo haya amanecido gris sobre la ciudad en que se ha convertido Barcelona, aunque hace muchos meses que no hay día en que el cielo no amanezca gris. Es que el cielo de Barcelona ha *desaparecido*, literalmente. En su lugar está suspendido el Dosel de Sombras. Una bóveda baja de humos negros y arremolinados. Los humos de un millar de chimeneas que nunca se apagan. Las chimeneas de Gracia, del Pueblo Seco y del Besós, del Fuerte Pío, de la Laguna y del Pueblo Nuevo, ardiendo día y noche. Con sus columnas de humo congregándose a una legua por encima de los tejados. Una geografía de nubarrones químicos, que convierten todos los colores en variaciones del mismo gris químico. Y a través de ese humo, el sol únicamente asoma en forma de resplandor enfermo. Una degradación periódica del negro al gris oscuro que es lo único que queda del ciclo circadiano en Barcelona.

—¿Podemos comer ya? —dice Nanet, incorporándose y sacudiéndose el delantal de cuero con gesto distraído—. Con todo esto, ya llevo una hora levantado.

De Paula le hace una señal al agente que custodia el pan y el queso.

—Nosotros venimos de sofocar un disturbio —dice—. Una mujer que levitaba y curaba las llagas. Menos las de ella, claro.

—¿Curaba las llagas? —Nanet levanta las cejas.

—Los vecinos llevaban meses poniéndole velas —dice Boamorte—. Dicen que convirtió una garrafa de vino en agua de rosas.

—¿Y eso para qué? —Nanet parece genuinamente perplejo.

Los agentes se congregan en torno al saco del pan y sacan sus navajas. Todo el mundo se sirve rebanadas de pan y trozos de queso. Mastican en silencio, con nubecillas de vapor saliéndoles de las bocas.

—Menos mal que nadie ha traído longaniza —dice uno, señalando con la cabeza la soga de tripas que hay sobre las piedras.

En ese momento aparece una pareja de agentes trayendo a un hombre maniatado. Al hombre le tiemblan demasiado las piernas para aguantarse de pie, de manera que cuando le sueltan los brazos se desploma sobre las piedras. Lleva la barba cubierta de sangre y mocos. De Paula y Boamorte se lo quedan mirando, sin dejar de masticar. Desde la distancia de las casetas de baños, los perros contemplan al hombre maniatado con el pelo del lomo erizado. Con los muñones enhiestos. Enseñando las encías enfermas. Como si el hombre ya hubiera iniciado su transición a la condición de carroña comestible.

—¿Y éste quién es? —dice De Paula, cortando otro trozo de queso.

—Un sospechoso, señor inspector —dice uno de los agentes, cuadrándose.

—Lo hemos cogido merodeando por la playa, señor inspector —dice el otro—. Iba armado, con arma blanca. Ya ha confesado, señor.

De Paula mira al hombre que ahora está de rodillas. Aunque la boina le tapa la cara, se ve que está llorando por los espasmos que le sacuden los hombros.

—¿Has confesado? —le pregunta el inspector—. Contesta.

El detenido levanta los ojos.

—No, señoría —dice—. Yo no he hecho nada. Me han prendido en la cantina.

Uno de los agentes le da un golpe en el costado de la cabeza y el sospechoso vuelve a caer sobre los guijarros. Allí se queda tumbado un momento, recuperando el aliento. Bajo la luz plana y difusa del Dosel de Sombras, ninguno de los presentes proyecta ninguna sombra sobre la arena de la playa.

—Que firme una confesión —dice De Paula por fin—. Y encerradlo en la jefatura. Esta tarde lo hacemos público.

—¡No, señoría! —gime el sospechoso, con un hilo de mocos cayéndole de la nariz—. Yo no he hecho daño a nadie nunca. Dígales que no me peguen más, señoría.

—Hacedlo callar —dice De Paula—. Lo van a oír todos los vecinos, joder.

Se produce un forcejeo. Uno de los agentes uniformados mantiene agarrado al hombre esposado mientras el otro lo golpea en la cabeza con la porra. Un par de gotas de sangre salpican el traje blanco de De Paula, que chasquea la lengua. El detenido cae de lado sobre las piedras, con un hilo de sangre saliéndole de la oreja.

Nanet se acerca al cuerpo y se arrodilla a su lado. Se quita uno de los guantes de caucho y le pone los dedos en el cuello al detenido, buscando el pulso.

—Os lo habéis cargado —le comunica a los agentes. Luego se gira hacia De Paula—. Se lo han cargado. Nos hemos quedado sin sospechoso.

Uno de los policías resbala otra vez sobre las piedras y cae sobre las tripas de la segunda víctima del Asesino de la Esperanza.

5

LA CIUDAD SECRETA

Sentado a la mesa del salón comedor del palacio de la Diputación, rodeado de tapices y pinturas que hacen que tanto él como la mesa y la comida que hay sobre la misma se vean diminutos, Melcior Estrany, gobernador civil de Barcelona, se dedica a hojear la última entrega de *La ciudad secreta*, que los bouquinistas de la Rambla ya han empezado a repartir esta misma mañana. Prácticamente todos los folletines que se han publicado durante las últimas semanas en la ciudad están dedicados al Crimen de la Esperanza. O mejor dicho, a una versión fabulosa del mismo. Construida a partir de una amalgama de habladurías de la calle, fantasía literaria desbocada y un compendio de los miedos más arraigados del vulgo. Todas menos *La ciudad secreta*. Impávido al crimen que ha sacudido Barcelona, el protagonista de *La ciudad secreta*, Merlín Fluxá, se dedica a deshonrar a jóvenes damas de sociedad, beber absenta en las tabernas de la calle de Trentaclaus y escribir sangrantes libelos que se resuelven con duelos de madrugada. Nada explica el éxito de sus andanzas. Nada explica que la ciudad entera se haya volcado en su lectura. Las cartas de los lectores escandalizados inundan las páginas del *Diario de Barcelona*. Las hojas parroquiales se han manifestado a favor de su cierre. Y, sin embargo, piensa el gobernador mientras pasa las páginas repletas de actos de libertinaje y huidas nocturnas a caballo, hay algo en *La ciudad secreta* que impulsa a leerlo todas las semanas.

El único consuelo que le queda a Melcior Estrany es que, al lado de las depravaciones que los folletines están publicando últimamente, cualquier actividad delictiva real que se produzca en la ciudad parece un chiste.

Sentado en el otro extremo de la mesa, el que no está lleno de comida, Semproni De Paula se lleva un puño a la boca y carraspea. Si su gesto iba destinado a llamar la atención del gobernador, no surte el efecto deseado. Estrany se limita a seguir hojeando el folletín, contemplando una ilustración indecente tras otra, y no levanta la cabeza hasta un minuto más tarde. Se trata de un hombre de bigotes grandes y calvo como una bola de billar, con una servilleta a cuadros embutida por debajo del cuello almidonado.

—¿Ha visto usted esto? —le pregunta a De Paula.

El gobernador sostiene en alto una ilustración en que Merlín Fluxá, con capa y sombrero, se inclina con expresión lasciva sobre el cuerpo de una joven desmayada. Junto a la joven, una copa volcada deja ver los posos del cloroformo. Luego cierra el folletín y se queda mirando la portada con los ojos entornados. Bajo una representación estilizada de los bajos fondos de la ciudad, el editor ha impreso en la portada: «LA CIUDAD SECRETA. UNA NOVELA SOBRE LOS TIEMPOS MODERNOS, ESCRITA POR ANIOL ALMARROSA».

—¿Por qué permitimos que se publiquen estas cosas? —Estrany deja el folletín a un lado y devuelve la atención a su comida. Delante tiene un plato de chuletones con guarnición de patatas humeantes. Otros platos por comer o a medio comer que hay sobre la mesa incluyen embutidos fríos, sopa de morcilla y estofado de gallina. También hay una botella de Rioja vacía y otra llena, una junto a la otra, como si la vacía le estuviera contando sus penas a la llena—. Me ha dejado el estómago todo revuelto —añade, contemplando su comida con cara melancólica. Al cabo de un momento se encoge de hombros, agarra un chuletón y le hinca los dientes.

—¿Para eso me ha llamado? —dice De Paula—. ¿Para que prohíba las novelas?

Melcior Estrany deja en el plato una versión esquelética del chuletón.

—No sea bobo —dice—. Lo he llamado porque he recibido un telegrama de la Corte, sobre esta imbecilidad del Crimen de la Esperanza. O *crímenes*, tengo que decir ahora. ¿No?

De Paula contempla, con sus rasgos diminutos de niño bigotudo, cómo Estrany coge otro chuletón con los dedos.

—¿Y por ese telegrama me ha hecho venir para reunirme con Dado Blokium? —dice De Paula—. Todo esto no me gusta ni un pelo. Me pone nervioso esta patraña del Crimen de la Esperanza. Y me pone nervioso Dado Blokium.

El gobernador se queda mirando a De Paula por encima del chuletón.

—¿Blokium?

—Conozco a mucha gente que diría que es un espía —dice De Paula.

El gobernador da un mordisco a su chuleta y niega con la cabeza.

—Aquí no usamos ese lenguaje —dice con la boca llena—. Blokium tiene su trabajo, igual que usted tiene el suyo y yo el mío. Todos hacemos falta en la máquina, espero que se dé cuenta.

—¿Y cómo es posible que esta mañana me encontrara yo al destacamento de San Pablo a cargo del tumulto? —dice el inspector—. Alguien pide una carga a la una de la mañana y a mí me despiertan a las cinco. Luego llego y me encuentro a Lombardo pavoneándose de que ellos han resuelto el problema, cuando tenemos un foco de anarquistas que han tomado un edificio entero, y nadie dispara ni una sola bala.

El gobernador deja caer ruidosamente el chuletón a medio comer sobre el plato, en un gesto que podría o no indicar enojo. Se vuelve a limpiar las manos con la servilleta y en ese momento llaman a la puerta. Señala la puerta con un dedo grasiento.

—No me venga con monsergas de anarquistas —dice—. Ya llega Blokium. Intente portarse bien.

La puerta se abre y un mayordomo anuncia a Dado Blokium. Los dos contemplan la entrada del heredero de la familia de diplomáticos más célebre de la ciudad: vestido con un frac de hombreras anchas y cuello vuelto que probablemente valga más dinero que todo el ropero de la mujer de De Paula. Los ojos grises, el pelo pajizo y los pómulos altos delatan su sangre eslava. La entrada de Blokium en el salón comedor, pese a no resultar especialmente pomposa en ninguno de sus detalles concretos, tiene ese mismo aire pomposo que caracteriza todo lo que hace o dice Dado Blokium. A De Paula no le cae particularmente bien ese rasgo del diplomático. Ni tampoco ningún otro de sus rasgos. En términos generales, no puede evitar una punzada de irritación cada vez que ve a un hombre alto y hermoso como Blokium. Ni siquiera una punzada: una vaga sensación de incomodidad. Cierto deseo inconsciente de cambiar de postura o de estar lejos de allí.

Estrany se pone de pie, se limpia los dedos con la servilleta para estrecharle la mano al recién llegado y se vuelve a sentar sin más ceremonia delante de su plato.

—Siéntese por ahí, muchacho —le dice al recién llegado—. ¿Tiene hambre?

Blokium niega con la cabeza, sin dejar de sonreír. Su sonrisa contiene algo paradójico. No exactamente algo relacionado con la falta de sinceridad, sino algo que parece colocarla fuera del espectro mismo de la sinceridad y su contrario. Como si la semejanza con una sonrisa auténtica fuera una coincidencia no deliberada. El diplomático coge una de las sillas con el escudo de la ciudad repujado y se sienta entre el gobernador y De Paula.

—El gobernador me estaba diciendo que tendríamos que prohibir los folletines. —De Paula señala el ejemplar de *La ciudad secreta*.

Blokium coge el folletín y lo hojea.

—Extraordinario —dice, examinando las ilustraciones con expresión calculadora—. ¿Tal vez han leído ustedes la obra de Augusto Comte? —Como ninguno de sus dos interlocutores le contesta, Blokium continúa–: Comte define algo que él llama «física social». Con eso quiere decir que la sociedad hay que estudiarla como si fuera un cuerpo vivo, con las herramientas de la física. Con el método positivista de la ciencia. ¿No les parece extraordinario? Miren esto.

Los dos hombres estiran el cuello para contemplar la ilustración que les está mostrando Blokium. Merlín está descolgándose con una soga de sábanas por la ventana de una casa de la alta sociedad. A través de la ventana se ve a la dueña de la casa mirando con cara de horror sus joyeros desvalijados.

–De acuerdo con Comte –sigue explicando Blokium–, las sociedades alcanzan su madurez al adoptar esa visión positivista, pero de vez en cuando enferman, igual que los cuerpos. Y cuando enferman, regresan a la etapa infantil. A la superstición, a la fantasía.

De Paula y el gobernador intercambian una mirada.

–A ver si me he enterado –dice De Paula, cruzándose de brazos–. Estamos aquí porque algún bergante de la Corte se ha cagado en los pantalones cuando ha leído una de esas novelitas. –Señala el ejemplar de *La ciudad secreta*–. Y ahora yo voy a quedar en ridículo delante de todo el mundo y voy a tener que seguir una directriz idiota de algún chupatintas de la Corte. Y encima cada vez que llego a algún sitio a hacer mi trabajo, me encuentro con que alguien se me ha adelantado y lo está haciendo en mi lugar. La infantería del Rey, o la guardia civil, o el obispado, o qué sé yo. Se supone que dirijo el Cuerpo de Vigilancia, pero lo que acabo vigilando es que ningún listo se intente poner medallas a mi costa.

Blokium hace caso omiso del tono de De Paula.

–Estamos aquí –dice– porque en la Corte hay cabezas muy preocupadas por lo que está pasando en esta ciudad. –Les enseña el folletín–. Cabezas muy insignes. Y sí, tenemos una directriz. Que viene con el sello del Rey, por cierto.

–*Caram*, no me diga. –De Paula enarca las cejas–. ¿Y por qué le preocupan a la Corte unas pendencias de barrio bajo?

—Precisamente porque no las ven como pendencias de barrio bajo –dice Blokium–. En una situación como ésta no va a funcionar quemar la herida sin más, caballeros. Hay que buscar el síntoma. Imaginar que somos médicos.

De Paula se remueve en su asiento. Con un gesto que parece arraigado en su inconsciente, yergue la espalda y proyecta el torso hacia delante. Igual que hacen ciertos animales para parecer más altos o más voluminosos.

—¿Y qué *cony* de órdenes son esas que trae usted? –dice.

Blokium intercambia una mirada con Estrany, que se está llevando a la boca un trozo de morcilla pescado de los restos del caldo. De Paula tiene la sensación enojosa de que los otros dos están representando un guión escrito de antemano.

Blokium abre su valija de piel y saca una carta con el sello real.

—Traigo órdenes de la Corte para liberar al doctor Menelaus Roca. –Blokium rasga el sello con un cuchillo y desdobla la carta del interior–. La documentación está lista para que lo saquemos hoy mismo.

Estrany acaba de pescar un pie de cerdo de la olla del cocido, usando dos tenedores, y ahora se lo lleva hasta el plato dejando un rastro de goterones de grasa sobre el mantel.

—El Trasgo –dice por fin De Paula, cruzándose de brazos–. Quieren sacar al Trasgo. ¿Y qué hacemos con todos los testigos que lo han visto encerrado mientras estaban asesinando a esos desgraciados?

Estrany se limpia los labios con su servilleta y hace un gesto con la mano que indica que lo esperen un momento, que dirá lo que tenga que decir en cuanto termine de masticar.

—No lo está entendiendo –se le adelanta Blokium–. No vamos a usar al doctor Roca como sospechoso.

—No lo vamos a usar como sospechoso –dice Estrany–. Le vamos a rehabilitar sus privilegios. Lo vamos a poner a andar otra vez.

De Paula no dice nada. Se reclina hacia atrás en su silla. Por encima de él, los murales de las paredes representan las escenas de una batalla celestial. Justo encima de su cabeza, un arcángel está pinchando con una lanza el cuello del demonio que tiene bajo los pies.

—Estoy dispuesto a hacer el ridículo delante de todo el mundo —dice por fin—. Pero tengo dos condiciones.

Estrany asiente con la cabeza, como si ya se esperara lo que acaba de decir el inspector.

—Y yo me imagino que una de las condiciones debe de tener que ver con nuestro amigo el capitán Lombardo, ¿no? —dice.

—La primera condición —dice De Paula, entrelazando las manos detrás de la cabeza, como si estuviera pasando una tarde apacible en los toros— es que a Lombardo lo cambien de destinación. Que lo manden a algún sitio muy lejos de aquí. A África quizás, es lo primero que me viene a la cabeza.

Estrany se quita la servilleta que lleva metida por el cuello de la camisa. Se saca una cigarrera de plata del bolsillo del chaleco y le ofrece un caliqueño a De Paula, que se inclina sobre la mesa para cogerlo. De Paula guiña los ojos con el cigarro en los labios y se dedica a darle vueltas con la mano mientras el otro se lo enciende laboriosamente con el yesquero. Por fin abre los ojos y expulsa una nubecilla de humo que se eleva entre los serafines y los demonios de las paredes. Los otros dos hombres lo están mirando con caras expectantes.

—¿Y la segunda condición? —dice Estrany, guardándose la pitillera.

—La segunda condición —dice De Paula desde el centro de la nube de humo— es que quiero ser yo quien saque al Trasgo de la cárcel. Yo lo metí y yo lo quiero sacar.

6

ANIOL / METAL BLANCO

Plantado frente a la puerta del despacho paterno en el piso de arriba de la Imprenta Almarrosa, Aniol Almarrosa admira su indumentaria en el espejo de pared de la antesala. La capa negra sujeta con un broche con forma de cabeza de lobo. El sombrero negro. El frac ajustado con chaleco de seda y corbata ancha. La barba que se ha estado dejando crecer durante las últimas semanas y la cara pintada con maquillaje blanco para acentuar su palidez. Al fondo del espejo, detrás de su reflejo, arde la llama de carbón de uno de los soldadores. Todos los ventanales de la imprenta están siendo reemplazados por vidrieras fantásticas. Grifos que sobrevuelan los tejados del monte Táber. Faunos que tocan el violín sobre rocas fabulosas. Doncellas semidesnudas perseguidas por lobos. Al fondo del espejo, el soldador acciona el pedal del soplador y amartilla las varas de acero para darles la forma deseada. La luz de la Nueva Imprenta Almarrosa es la luz fantasmagórica del metal al rojo blanco. Por fin Aniol levanta su bastón y golpea varias veces con el pomo la puerta del despacho paterno. Al cabo de un momento se oye el chirrido crispado de una silla seguido de una voz que amenaza con hacerle pagar la puerta si la tira abajo a golpes. Aniol sonríe por debajo de su barba y entra en el despacho.

El despacho paterno tiene el mismo aire apolillado que tenía el resto de la imprenta antes de la remodelación. Carteles polvorientos de fiestas mayores colgados de las paredes. Hojas parroquiales, anuncios de casamientos y programas del Liceo. Tomos y más tomos de libros de contabilidad en las librerías y un retrato de la madre de Aniol antes de contraer la tisis. Y a la luz de los ventanales, una atmósfera compuesta por millones de motitas danzarinas de polvo resplandeciente. El mismo despacho que han ocupado tres generaciones de impresores fornidos y callados, con los mismos ojillos diminutos y las mismas manos manchadas de tinta azul. Para irritación de Aniol Almarrosa, el despacho paterno no ha experimentado ni la más pequeña alteración en el último cuarto de siglo. El éxito de las primeras entregas de *La ciudad secreta* no ha encontrado ningún reflejo en él. Un imperio de indecencia que extiende sus tentáculos por todos los quioscos de prensa y bouquinistas y tabernas de la ciudad: todo desdeñado por el viejo asno de su padre. Un escalofrío de furia recorre la espalda de Aniol.

Sentado a su mesa, su padre lo mira con una mueca de asco en su cara de bruto impresor de programas de fiestas mayores. Por fin levanta un dedo teñido de tinta azul para señalarlo.

–Tendría que haber dejado que te murieras de niño –le dice con la voz temblorosa–, cuando te caíste debajo del hielo. Ya se veía entonces que eras una víbora.

Aniol se sienta al otro lado de la mesa paterna y apoya las manos nudosas y arácnidas en el pomo de su bastón. Sus manos no son en absoluto las manos grandes y teñidas de tinta azul de su familia, igual que sus ojos no son los ojillos diminutos de la dinastía de impresores. Su cara, de hecho, recuerda poderosamente a las caras de los tuberculosos del sanatorio donde lo metieron de niño, después de que se cayera debajo del hielo. Las mejillas hundidas. Los ojos perdidos al fondo de las cuencas. La barba poco poblada y los mechones grasientos que le caen por debajo del sombrero. El maquillaje blanco no contribuye exactamente a darle aspecto de tuberculoso. Más bien le da aspecto de tuberculoso que *ya* se ha muerto y al que han maquillado al embalsamarlo para quitarle el amarillo de la piel.

—Deberías darme las gracias por librarte de este estercolero. —Aniol señala en dirección al despacho—. ¿Quién crees que te daría un céntimo por esto? Aquí huele a muerto, padre. Ya hace mucho tiempo que eres un cadáver. Agradéceme que venga a sacarte de aquí.

—A sacarme los ojos vienes, cuervo —dice su padre, con la cara roja de furia—. En mala hora naciste.

Aniol se saca un fajo de documentos del bolsillo del frac y los deja sobre la mesa. Su padre los mira con el ceño fruncido.

—Estoy insultando la memoria de mi padre y de mi abuelo —dice—. Qué vergüenza para esta casa. Que me queme para siempre en el infierno por firmar esos papeles.

—Al fin y al cabo, lo único que te faltaba era pudrirte aquí poco a poco —dice Aniol, estampando su firma laboriosa y florida en cada página del documento—. Qué feo espectáculo, padre. Qué ignominia. Ahora podrás cuidar de mi madre, gracias a mi dinero.

—¿Y por qué vas con esas pintas? —dice su padre—. Con esas barbas de mono. Y esa ropa... ¿Qué te has creído que eres, un asaltante de caminos? En esta casa se te ha educado en el cristianismo, aunque salta a la vista que no te ha aprovechado. Y quítate el sombrero cuando estés delante de tu padre, *desgraciat*.

El pelo largo y grasiento de Aniol se le queda absurdamente enhiesto al quitarse el sombrero. Como un halo de pelo. Como una versión grasienta de esos halos de pelo de los feriantes ambulantes que hacen demostraciones de electricidad.

—He estado investigando la clínica del doctor Sigfrido Moria. —Aniol termina de firmar la última página y le pasa los papeles a su padre—. Mi madre va a tener el mejor sanatorio para tuberculosos del país. La heroína es un tratamiento milagroso. La gente sale de allí corriendo y saltando. Y yo se lo voy a pagar hasta el último céntimo. —Se encoge de hombros—. Ahora soy rico.

Su padre escupe en el suelo, con las orejas rojas. A continuación coge el fajo de papeles del documento de cesión y se pone a marcar todas las páginas con la inscripción torpe y temblorosa de su firma.

—El trabajo de toda una vida —masculla entre dientes—, de mi padre y de mi abuelo. Que me queme en el infierno.

Aniol Almarrosa se pone de pie en medio de un susurro de los pliegues de su capa negra y rodea la mesa de su padre para acercarse al ventanal. Aparta la cortina y se queda mirando el ir y venir de gente por la calle de la Canuda a primera hora de la mañana. Los vendedores ambulantes. La procesión de mulas y carretas. En medio de la calle hay una veintena de curiosos, contemplando las obras de remodelación del pórtico de la imprenta que Aniol mandó iniciar hace una semana. Una compleja geología de andamios cubre la parte baja de la fachada, donde un ejército de artesanos trabaja en componer el nuevo rótulo. La inscripción «NUEVA IMPRENTA ALMARROSA» está siendo compuesta con mosaicos oscuros de inspiración pompeyana: exuberantes caracteres curvados y asimétricos, invadidos de motivos vegetales complejamente entrelazados. Y a ambos lados de los portones labrados, doncellas semidesnudas con los ojos en blanco, columnas retorcidas, serpientes y murciélagos y representaciones de sarcófagos y dioses egipcios con cabezas de animales. La multitud contempla los mosaicos con cara perpleja.

—Mira a esa gente. —Aniol señala con el bastón el grupo de curiosos que contempla la construcción de la nueva fachada desde la calle—. Todos me adoran. No entienden nada, claro. Pero algo notan. Son como moscas dando vueltas a la basura.

—Blasfemias —murmura su padre, poniéndose de pie con esfuerzo—. Blasfemia tras blasfemia.

Aniol se toca el broche de la capa con expresión desasosegada.

—Las blasfemias de ayer son las lisonjas del mañana, padre —dice, y se calla de repente, como si quisiera decir algo más pero no se atreviera a formularlo o no supiera cómo hacerlo correctamente.

Sobre la mesa de su padre están desplegados los originales de las ilustraciones para la próxima entrega de *La ciudad secreta*. Los besos clandestinos, las amantes violadas sobre camas deshechas, y en las últimas páginas, algo que no había aparecido hasta ahora: el desasosiego del protagonista, imposible de acallar con sus fechorías. El padre de Aniol camina pesadamente hacia el perchero y recoge su abrigo. Se lo pone evitando mirar el despacho que acaba de dejar de ser suyo.

—Te tendría que haber estrangulado al nacer —murmura sin levantar la vista—. Retorcerte el pescuezo como a un pollo.

Aniol recoge de la mesa las páginas firmadas del documento de la cesión y se las queda mirando con expresión calculadora.

7

LAS CONSTELACIONES SE MUEVEN

Uno a uno, los distintos movimientos de las estrellas por la esfera celeste se van convirtiendo en variables en los diarios científicos del doctor Menelaus Roca. La rotación de las estrellas respecto a la triple referencia del cenit, el polo norte celeste y el ecuador celeste. Los movimientos retrógrados de los planetas. Los cambios estacionales causados por la traslación. Y, por supuesto, la deriva de la precesión, que va reorganizando el mapa celeste con los años. La falta de instrumental no es más que uno de los problemas que Roca tiene que afrontar. Desde su celda ve un sector celeste minúsculo. Si lo dejaran asomarse a otra ventana del edificio ya habría una variación mínima de coordenadas, pero encerrado como está no puede hacer ningún paralaje. Y tampoco tiene cartas celestes. Todo lo tiene que hacer de memoria. Sentado a su escritorio a la luz de la vela, con su manta echada sobre los hombros, contempla las casillas vacías de la tabla que ha ido dibujando. Los datos observacionales lo rehúyen como si fueran pececillos y él un niño que los intenta pescar con las manos. Y, por supuesto, está la cuestión del Dosel de Sombras. Roca solamente consigue avistar algún cuerpo celeste en los momentos en que alguna ráfaga de viento abre una rasgadura en el telón de humos químicos. A juzgar por la luz desvaída que se cuela por el ventanuco, no debe de ser más que media tarde cuando un traqueteo en la cerradura lo alerta de que alguien está a punto de entrar. Roca cierra atropelladamente el cuaderno y se mete debajo del escritorio. La puerta se abre y la luz inunda el interior. Los escarabajos salen corriendo en todas direcciones.

Desde el refugio donde está encogido, con las rodillas pegadas al pecho, lo único que puede ver es una sombra con abrigo y sombrero que se proyecta sobre las losas del suelo. Y algo más entra en la celda: un olor tan extraño en la cárcel que Roca tarda un momento en entender de qué se trata. Colonia de hombre. La primera que huele en siete años. Si lo que hubiera entrado en la celda fuera una cebra, la aparición no habría resultado más exótica.

El hombre perfumado entra en la celda con pasitos cortos. Se detiene frente al sitio donde Roca está encogido bajo el escritorio y da un par de golpes en el suelo con la punta del zapato.

Sin dejar tiempo para que el otro reaccione, el doctor Menelaus Roca se le tira contra las piernas, usando todo su peso para desequilibrarlo. Y no resulta difícil. De hecho, sucede lo contrario. El recién llegado resulta ser tan liviano que Roca no puede controlar su impulso y los dos ruedan por el suelo, envueltos en la manta piojosa. Un porrazo metálico informa a Roca de que el otro se ha golpeado la cabeza contra el costado de hierro del camastro. Aprovechando la confusión, agarra por el pelo la cabeza perfumada y trata de usarla como escudo, pero en ese momento una mano le atrapa el tobillo y la porra del carcelero se le clava en el estómago.

—¡Trasgo, suéltame, me cago en la Virgen! —grita el hombre perfumado, con una voz que hace que el doctor Roca se quede de piedra. Una voz del pasado.

Todavía envuelto en su manta, el doctor Roca se suelta de las manos del carcelero y se arrastra de vuelta a su refugio. Al cabo de un momento el inspector provincial Semproni De Paula se incorpora como puede, sacudiéndose con las manos el traje blanco arrugado. En medio del pelo que siempre lleva encerado y escrupulosamente pegado al cráneo le acaba de brotar una especie de palmera de mechones acartonados y revueltos. Trata de aplastarse nuevamente los mechones despeinados contra la cabeza y se mira los dedos manchados de sangre con el ceño fruncido.

—Cierren la puerta —les dice a los carceleros—. Es la luz lo que lo pone violento. Cierren la puerta y déjennos solos.

La puerta de la celda retumba al cerrarse. Los dos hombres se quedan solos a la luz del cabo de vela. El uno todavía mareado por el golpe, aplicándose un pañuelo a la herida que tiene en la cabeza. El otro encogido debajo del escritorio, con el cuerpo panzudo retorcido de forma milagrosa debajo del escritorio, con una pericia que solamente puede dar el hecho de haberse encajado miles de veces en ese mismo espacio insuficiente. Un contorsionista forzoso. Un escapista a la inversa.

—¿Capitán? —Roca asoma los ojos por entre los pliegues de la manta—. ¿Capitán De Paula?

—Ahora soy inspector provincial.

El inspector se presiona el pañuelo contra la herida mientras se acerca al escritorio. Se quita un guante, coge del escritorio el cuaderno que Roca ha cerrado apresuradamente antes de esconderse y lo abre.

Las diez o doce primeras páginas están cubiertas de dibujos de lo que parece ser la disección de una rata. La rata despatarrada boca arriba, con el vientre abierto y el árbol de órganos a la vista. Con las dos mitades del pellejo del vientre estiradas y clavadas a los lados del animal. La garganta seccionada para poner al descubierto la laringotráquea y los pulmones. Y una serie de vistas y secciones laterales y frontales del cerebro: los brazos del telencéfalo rodeando la masa esponjosa del hipocampo, parecida a un bocado de comida masticado y escupido, y el hipotálamo diminuto, parecido a un fruto seco pequeño y arrugado. Y de pronto, en mitad del cuaderno, una masa impenetrable de cálculos trigonométricos, garabateada con letra tan minúscula y apretada que parece imposible descifrarla sin microscopio. Alternada con una sucesión de cartas celestes, con distintas disposiciones organizadas según las estaciones del año.

—¿Qué *collons* es esto? —dice Semproni De Paula, sosteniendo el cuaderno con las puntas de los dedos. Como si lo acabara de sacar del fondo de una letrina.

El doctor Menelaus Roca carraspea.

—En la madrugada de ayer registré una variación significativa en la carta celeste —dice con voz ronca. La voz de alguien que ha perdido el hábito de hablar.

Por primera vez desde que ha entrado en la celda, el inspector se agacha para mirar a Roca.

—¿Eso es lo que has estado haciendo todo este tiempo? —le dice—. ¿Mirando las estrellas por la ventana?

Roca se encoge de hombros.

—He registrado una variación significativa —dice—, hace unas doce horas. Simplemente no sé qué significa.

Semproni De Paula se sube a la silla de madera y levanta el paño que cubre el ventanuco para asomarse afuera. Si se pone de puntillas y mira hacia abajo, puede ver las célebres cuadras de la cárcel de la Reina Amalia, las jaulas al aire libre donde la mayoría de los reclusos pasa el tiempo, hombres mezclados con niños y con ancianos, todos apelotonados en unas jaulas donde la falta de espacio para moverse no impide las puñaladas continuas y las reyertas. Contempla las caras consumidas. Las señales de las palizas en todos ellos. Semproni De Paula siempre siente una punzada de orgullo cuando visita esta cárcel: es la prueba gratificante de que la casa de la ley tiene unos cimientos sólidos. La Cárcel Nacional de la Reina Amalia es la única pieza que sigue en pie de ese edificio cósmico demolido que es la ciudad. La piedra basal de la sociedad. El único lugar que consigue levantarle el ánimo cuando su mujer y el mundo se conjuran para enfurecerlo.

—Dicen que ya no estás loco —dice De Paula, bajándose con cuidado de la silla—. ¿Es verdad?

Bajo el escritorio, Roca frunce el ceño.

—Me envenenaron, capitán —dice—. La locura desapareció a la semana de estar aquí encerrado. Del todo.

—No te envenenó nadie —dice el inspector—. Es eso tuyo con la luz. No se puede vivir sin ver la luz del sol, no es bueno para la cabeza. Eso es lo que te pasó.

Roca acepta el caliqueño que le ofrece su antiguo superior.

—*Fas goig*, Trasgo —dice De Paula—. Se te ve bien, se nota que te han cuidado. Y este sitio es prácticamente una habitación de hotel. —Hace un gesto vago en dirección a la celda—. Quería venir en persona para asegurarme de que te estaban tratando bien. Cuando te traje aquí insistí mucho en que te dieran un trato especial. Ya sabía yo que no podías estar loco del todo.

Los dos hombres se entregan a la tarea de encender los cigarros.

—Hay un médico en la ciudad que lleva treinta años estudiando los venenos —dice por fin el doctor Roca—. Fue profesor mío. Se llama Fauré. Es el único que me puede decir lo que me pasó, si es que todavía vive. —Hace una pausa y traga saliva. Parece que le cuesta preguntar lo que pregunta a continuación—. ¿Cuánto tiempo llevo aquí dentro?

—Siete años, Trasgo. Estamos en mil ochocientos setenta y siete.

Roca asiente con la cabeza. Da una calada a su cigarro y se queda mirando la brasa de la punta mientras expulsa el humo.

—Te han restaurado los privilegios —dice De Paula—. No sé por cuánto tiempo, pero en la jefatura dicen que ya no eres peligroso. El jefe político es otro, claro. Ha habido varios desde que te fuiste. Pero ahora te necesitan. Ha habido un par de crímenes muy feos. O sea que coge lo que necesites. —Hace un gesto en dirección a la mesa y los libros—. Todo está listo. Los documentos, el coche en la puerta, todo.

Roca suelta otra bocanada de humo, todavía encogido bajo la mesa, envuelto en su manta. Por fin levanta la vista hacia el diminuto inspector.

—¿Y adónde voy a ir? —dice.

De Paula se lo queda mirando, con una mueca de perplejidad divertida.

—¿Que adónde vas a ir? —dice—. ¿Y a mí qué me cuentas? A tu casa, me imagino.

8

MUSEUM CLAUSUM

Con una lámpara en la mano, Menelaus Roca contempla desde el pie de la escalera el recinto de la antigua lechería que ocupa la planta baja de su vetusta casa de la calle Riudecendra. La casa de Menelaus Roca no es como el resto de las casas que se levantan a su alrededor en el barrio del Hospital. No es una de esas casas altas y esbeltas con artesonados en las fachadas enyesadas que se levantaron por todas partes el siglo pasado. Tampoco es una de las enormes casas de vecinos con balcones de hierro forjado que han brotado en las últimas décadas, llenando los últimos espacios sin urbanizar del barrio. La casa de Menelaus Roca lleva en su sitio mucho más tiempo, más del que nadie recuerda: una antigua lechería de piedra negra, pegada al muro de atrás del hospital. Baja y robusta, con una planta para vivir encima del recinto de la lechería y unos desvanes enormes que ahora albergan el Museum Clausum y la sala de disección. El lugar parece haber aguantado bastante bien los siete años de reclusión de su dueño. Una de las paredes de azulejos se ha hundido sobre el suelo de piedra y la zona donde se amontonan las cubas y las lecheras de acero parece más invadida de ratas que siete años atrás, pero por lo demás todo sigue igual que el día que vinieron a prenderlo.

Roca sube la escalera hasta los desvanes y forcejea con la cerradura encallada. Cuando consigue abrirla, una nube de polvo lo devora. Apartando telarañas a manotazos y pisando cadáveres crujientes de insectos, Roca levanta la lámpara de aceite y contempla la sala que se extiende hasta donde alcanza la luz. El Museum Clausum. La mente de Menelaus Roca convertida en estancia de techo alto y surcado por gigantescas vigas alabeadas de madera. Librerías hasta el techo, que albergan la colección de casos clínicos y textos de frenología más importante del país. Las colecciones botánicas, clasificadas en docenas de mesas de exposición, paneles y cajones. Colecciones de insectos, pequeños mamíferos disecados y aves. Esqueletos minuciosamente montados, que se apelotonan en los estantes junto con fósiles de peces y moluscos antediluvianos traídos de lugares como Malta y la península de Anatolia. Los gabinetes de curiosidades, la gran atracción del museo en caso de que éste recibiera alguna visita: hileras y más hileras de frascos llenos de tejidos y embriones. Organismos fallidos y cosas inimaginables. Blancas y gelatinosas o bien llenas de pliegues y cubiertas de pelo oscuro y apelmazado. Daguerrotipos y grabados y fotografías de siameses y fenómenos de feria y hermafroditas procedentes del mundo entero. El espectro entero de los poderes de la naturaleza, de lo sublime a la aberración, convertido en espacio secreto, cerrado bajo llave y con las ventanas cegadas con ladrillos.

El doctor Roca camina por entre las librerías. Pasa una mano distraída por alguna superficie y la retira embadurnada de polvo. El escritorio donde registró una década entera de investigaciones está cubierto de una capa de telarañas y cadáveres quitinosos de insectos. Cuando limpia la superficie con una manaza peluda, se encuentra todo exactamente igual que lo dejó el día en que vinieron a prenderlo. El cuaderno todavía abierto por la página a medio escribir. La tinta solidificada al fondo del tintero. Y los libros que estaba consultando en ese momento. El *De vi atractiva ignis electrici* de Alessandro Volta, editado en Padua en 1818. El *De incertitudine et vanitate scientiarum*, de Cornelio Agrippa, en una edición sin fechar pero reimpresa a partir de una edición hecha en Lyon en 1550. Y varias obras de medicina y frenología: las *Dispositions innées de l'âme et de l'esprit* de Franz Joseph Gall, en edición parisina de 1812; el *Traité de matière médicale* de Hahnemann, en la edición de tres volúmenes de 1834; y dos obras del americano Orson Fowler, *La maison octogonale* y *Sur le mariage*, ambas en traducciones sin fechar.

Con la lámpara en alto, forcejea con la puerta del otro extremo del museo y se adentra en el pasillo que hay al otro lado. El pelo y la ropa se le enredan con las telarañas. Al otro lado del pasillo, levanta la lámpara para contemplar su sala de disección.

Su otra gran obra: una sala cuadrada y de techo alto, con una lámpara enorme suspendida encima de la mesa de necropsias, neveras para los cadáveres y regueros para la sangre por el suelo de piedra. Y en el centro de la sala, cubierta con una sábana raída, la divinidad mecánica en cuyo altar Roca ha sacrificado su carrera científica: la Pseudorquídea.

Su creador se acerca y admira su silueta vagamente monstruosa antes de descubrirla dando un tirón de la sábana. Descubierta, vuelve a dar la impresión de ser algo vivo: mitad animal quitinoso aletargado y mitad crisálida terrible. Roca examina sus partes en busca de desperfectos: el motor eléctrico a un lado, con su colosal rueda oxidada de acero y madera; la batería de corriente continua, inutilizada después de siete años pero fácilmente reemplazable en cuanto tenga los materiales para fabricar otra. La mayoría de los cables se han deshecho y se han soldado entre ellos o bien se los han comido las ratas. La camilla, sin embargo, se ve intacta, con la lona manchada de sangre seca y las correas en buen estado. Las extensiones laterales para los brazos y las piernas, con sus correas para tobillos y muñecas, convierten la camilla de la Pseudorquídea en una cruz de San Andrés acolchada. Y por encima de la misma, suspendida de un complicado sistema de cadenas y poleas que milagrosamente se ha conservado intacto, la corola magnífica y temible, con sus pétalos de bronce que el tiempo y la humedad han teñido de un verde sorprendente. El pistilo central con su electrodo enorme y los cinco pétalos de la orquídea, uno para la cabeza, dos para los brazos y dos para las piernas, que en pleno funcionamiento de la máquina descienden sobre el cuerpo del paciente para cubrirlo como una planta carnívora. La visión de la máquina le provoca a Menelaus Roca una punzada de alguna emoción indefinible. La misma que sintió durante las escasas demostraciones públicas del aparato, ante audiencias de colegas horrorizados que se santiguaban y se levantaban para increparlo y marcharse con las caras rojas de furia.

Cinco minutos más tarde, entra en su dormitorio y se queda mirando la cama alta con su dosel de cortinas de terciopelo. En sus años de ausencia, la carcoma y las polillas le han dado a la cama aspecto de haber sido pescada de un naufragio. Mira la alfombra, prácticamente libre de polvo salvo en las partes contiguas a las paredes, y se agacha para recoger algo que había entre las patas de la cama.

Una muñeca. Con la cara de porcelana y unos ojos de cristal pintado que le devuelven la mirada con una mueca de burla. Roca da un tirón de la cortina, que se desprende del dosel y cae al suelo con un susurro. En la cama, entre las sábanas arrugadas y revueltas, hay una docena más de muñecas, con caras de porcelana y melenas rubias apelmazadas.

Así pues, ella sigue aquí. Liberata todavía vive en la casa.

9

EL SUEÑO DEL DEMONIO CON CABEZA DE PERRO

En el Sueño del Demonio con Cabeza de Perro, Roca camina de madrugada por la calle Riudecendra, a la luz de los hornos de las lavanderías. La calle Riudecendra no da la impresión de haber sido puesta allí de manera deliberada. No parece ni siquiera una calle, parece más bien la ausencia de una calle: un error de cálculo al planificar las vías públicas. El equivalente de esas cámaras de aire que quedan entre los muros interiores de una casa, el negativo de un lugar. Un pasadizo encharcado que bordea el muro de atrás del Hospital de la Santa Cruz. Y a la sombra de éste, la calle vive sin vestigios de luz del día: una cloaca olvidada, sin farolas, iluminada solamente por los hornos de las dos o tres lavanderías que funcionan día y noche en mitad de la calle, emitiendo nubes de vapor rancio y humo de sales cáusticas. Y con sus llamas reflejadas en la cara, Roca ve la figura que corre: una figura pequeña que se aleja corriendo por el centro de la calle, chapoteando en los charcos, diminuta y blanca. Un niño tal vez, o una niña. Y, sin pensarlo dos veces, echa a correr detrás de ella.

En el sueño, Menelaus Roca corre con esa dificultad típica de los sueños. Al cabo de un momento, se da cuenta de que algo va mal. La calle es mucho más larga de lo que debería ser. Es literalmente interminable. Roca corre y corre, luchando por alcanzar la bocacalle que no llega, con la figura blanca y diminuta ya apenas visible. Y es entonces cuando aparece.

El Demonio con Cabeza de Perro.

La primera señal de peligro es la luz. Los haces de luz caen como lanzas por entre los muros de la calle, rebotando en las paredes y bañándolo todo. Menelaus Roca cae de rodillas y se cubre la cabeza con las manos, pero es demasiado tarde. Un amanecer inesperado lo está barriendo todo, llenando hasta el último portal y el último recoveco con su luz blanca. Y entonces se empiezan a oír los pasos del Demonio. Un retumbar rítmico, que hace temblar los muros, que hace que los perros se pongan a ladrar y las gaviotas levanten el vuelo. Sobre los adoquines de la calle caen cascotes de las paredes y polvo de argamasa. Y durante todo ese tiempo, la calle permanece desierta. Sin saber cómo lo sabe, Menelaus Roca sabe que todos los edificios de la calle están vacíos. Que la ciudad entera está vacía, a excepción de él y del Demonio con Cabeza de Perro.

Arrastrándose por el pavimento, Roca intenta alcanzar la seguridad de su portal. Ya se ve al Demonio acercándose por la calle. Lleva una capa negra y tiene una cabeza enorme, con hocico largo de perro y colmillos amarillos. Y se sigue acercando, muy despacio pero de forma implacable.

Y el suelo no deja arrastrarse a Roca. Impide su avance, se le pega a la ropa y a las manos. Y antes de que pueda hacer nada para ponerse a salvo, el Demonio está con él, sobre él.

Y en ese momento, siente un golpe en un costado que le hace despertarse.

Con el corazón latiéndole muy deprisa, abre los ojos y trata de entender qué es lo que está viendo: la alfombra deshilachada de su dormitorio, a un par de pulgadas de su cara. Luego levanta la vista. Parece haberse caído por un lado de la cama, envuelto en un enredo de sábanas y muñecas de porcelana. Un momento más tarde, cuando ya se le ha calmado un poco el corazón, comprende lo que acaba de suceder.

Hacía siete años que no lo visitaba el Demonio con Cabeza de Perro. Y mientras le sube por el pecho una oleada de alivio, piensa que por lo menos esta vez se ha despertado.

10

CUERPO SUCCIONADO DESDE DENTRO

La brasa incandescente del caliqueño del inspector Semproni De Paula es el único punto de luz del interior de su berlina oficial del Cuerpo de Vigilancia. Así es como el inspector ha decidido reunirse con el Trasgo. No en la oscuridad *casi* absoluta de la noche de Barcelona bajo el Dosel de Sombras, interrumpida solamente por esas llamitas de las farolas de gas que tiemblan como mariposas embotelladas. Para su reunión con el Trasgo, De Paula ha optado por la oscuridad absoluta de su berlina con la lamparilla apagada y las cortinas cerradas. Las mejillas de Semproni De Paula se hunden para dar una calada al caliqueño. No hay ningún ruido en la noche que anuncie la llegada del Trasgo. No se oyen pasos pesados sobre los adoquines. De Paula tampoco espera oírlos. El Trasgo es un trasgo, por el amor de Dios. La cabina de la berlina experimenta una sacudida brusca hacia un lado cuando el Trasgo se agarra de los asideros del costado del vehículo para subir. Luego la portezuela se abre de golpe y la noche invade el interior de la cabina. Es decir, la oscuridad casi absoluta de fuera irrumpe como un fogonazo en la oscuridad absoluta de dentro.

La sacudida que ha experimentado la berlina bajo el peso del Trasgo cuando éste ha subido es seguida por otra sacudida todavía mayor en sentido opuesto cuando el recién llegado se deja caer pesadamente en el asiento de delante del del inspector. La portezuela se cierra, restaurando la oscuridad absoluta. Todo es negro salvo el punto de luz tembloroso del caliqueño. Del asiento donde el Trasgo acaba de desplomarse viene un resuello horripilante, como si el hombre se estuviera asfixiando. Desde la casa de Roca hasta el callejón de detrás de palacio donde está aparcada la berlina no hay más que un paseo de diez minutos. Y, sin embargo, De Paula ha visto el mismo fenómeno en otros presos que acababan de salir de la cárcel después de varios años. Los pulmones llenos de moho. Los ves caminar un par de manzanas como si nada y de repente los ojos se les salen de las órbitas. La cara se les pone morada y se tienen que sentar. Tal vez hiciera una década o dos que no caminaban tanto. Y de repente son como marionetas a quienes nadie les tira de los hilos.

—¿Lo has encontrado todo bien? —De Paula blande el caliqueño con sus deditos invisibles. El punto de luz traza arabescos vertiginosos en la cabina—. ¿Tu casa bien? ¿Tus bichos disecados y esas cosas?

En el asiento de delante, el resuello se va ralentizando poco a poco. El Trasgo se empieza a recuperar.

—Y la chiquita aquella que vivía contigo, ¿qué? —De Paula baja la voz, adoptando una versión burlona del murmullo de las confidencias—. ¿Te ha esperado? La mudita aquella que tenías como si fuera un perrito, ¿eh? ¿Todavía te calienta la cama?

En el asiento donde está el Trasgo se oye un susurro de tela contra el cuero del asiento. El carruaje se bambolea al desplazarse el peso del cuerpo robusto del Trasgo. De pronto las posiciones relativas de los dos ocupantes del vehículo han cambiado. Aunque no puede ver nada a la luz de la brasa del caliqueño, De Paula *nota* que el otro se ha incorporado hasta sentarse en el asiento. La oscuridad enmascara la diferencia grotesca de envergaduras. En lugar de un pigmeo albino que intenta entablar conversación con un oso lampiño no hay más que dos voces incorpóreas, con el detalle añadido del punto de luz movedizo.

—Necesito dinero —dice por fin el Trasgo, con un hilo de voz—. Necesito cosas para trabajar. Aceite para lámparas, desinfectante, instrumental nuevo. Se me han podrido muchas piezas que eran de goma y de madera. Estoy seguro de que el jefe político entenderá la situación.

De Paula ahueca las mejillas para dar una calada al cigarro. Con cada calada hay un descenso infinitesimal del nivel de oscuridad de la cabina. Un fogonazo minúsculo.

—El jefe político sabe exactamente todo lo que necesitas —dice por fin—. Y yo también. Y lo que necesitas es conocer las reglas. En otras palabras, lo que va a pasar a partir de ahora y lo que no puede pasar *de ninguna manera*. ¿Está claro? —Deja un momento para que el otro le conteste con un asentimiento invisible de la cabeza—. Bien. Y la primera regla es: nada de desaparecer. Quiero saber dónde estás todo el tiempo. A la que pasen dos días sin saber de ti, te mando a la guardia, que te encuentren ellos. A la que pasen tres días, te vuelves a la Reina Amalia. Y segunda regla: a la mínima que oiga que ha desaparecido alguna chavalita del barrio, voy a tu casa a buscarla. Nada de llevarte chicas a casa. Nada de hacerles exámenes médicos ni exámenes de ninguna clase. Y esto te lo juro por mi madre, que en gloria esté. —El punto de luz de la brasa del caliqueño se despega del sitio donde debe de estar la carita diminuta y bigotuda del inspector y se acerca temblando un poco al asiento del Trasgo para señalarlo—. Como aparezca otra muerta, te juro que te llevo a la horca. Me da igual que digan que te has curado. Pero que te quede clara una cosa: ya te habrían ahorcado la otra vez si no fuera por mí. Fui yo quien les dije que no te ejecutaran entonces, que la cárcel hace bien. Que había que apartarte de las calles una temporada, ponerte un poco de religión en el cuerpo. Eso lo hacen bien en la Reina Amalia.

El punto de luz vuelve a su sitio de origen. Hay un momento de calma. A cada fogonazo infinitesimal de la brasa del cigarro le sigue el «pop» apenas audible que hacen los labios del inspector al despegarse para soltar una calada de humo aromático.

—Pasamos diez años trabajando juntos y yo no olvido —dice De Paula, y su voz crispada regresa a ese tono nasal y carente de profundidad que es su voz habitual—. Es por eso que sigues vivo.

El punto de luz cada vez más mortecino de la brasa del caliqueño experimenta un movimiento extraño. Como si girara sobre sí mismo. El gesto medio inconsciente del fumador que le da la vuelta al cigarro para comprobar si la brasa se está extinguiendo. A continuación se oye un susurro de telas. Un ruido de dedos que hurgan entre la ropa. El chasquido de un yesquero, una vez, dos, tres. A la luz de la llama aparecen la nariz respingona del inspector Semproni De Paula, sus ojos fruncidos y sus mejillas hundidas mientras succiona el humo del caliqueño para reavivar la brasa. Sus rasgos centrípetamente deformados en torno al cigarro. Como si algo los estuviera sorbiendo desde dentro y amenazara con darle la vuelta a su piel y su carne. Como si su cuerpo entero estuviera siendo succionado desde dentro con una bomba hidráulica. Luego la imagen desaparece tan de repente como ha aparecido. Solamente queda la brasa, exultante.

—¿Qué quieren que haga? —dice la voz del Trasgo.

El punto de luz del caliqueño experimenta una sacudida breve, casi como si el inspector se hubiera encogido de hombros o hubiera hecho un pequeño gesto exasperado.

—Hace un mes —dice por fin—, un sereno vio una luz rara en una cuadra del Padrón. O por lo menos le debió de parecer rara, porque mandó aviso al cuartel. —Su tono es ese tono vagamente molesto de quien se ve forzado a revelar algo que compromete su discreción—. Cuando llegó la guardia a la plaza, ya se había juntado un tropel de gente, hasta niños había. Tiraron abajo la puerta de la cuadra y se encontraron un muerto, sin ropa y con las manos atadas. Lo habían matado en otra parte y lo habían arrastrado hasta allí, y parece que les había costado lo suyo. El anatomista dijo que se lo habían cargado dándole en la cabeza con una piedra o un ladrillo.

—¿Con qué anatomista trabajan ahora? —pregunta el Trasgo.

—Con Nanet.

—¿Con *Nanet*? —repite el Trasgo en tono incrédulo.

—Al lado había un perro muerto —dice De Paula—. A los dos les habían cortado la cabeza con una sierra, al hombre y al perro. Y luego se las habían cosido en los hombros, pero cambiadas. Al hombre la del perro y al perro la del hombre. ¿Qué te parece? Creemos que el hombre era un vagabundo. Los cuerpos están enterrados en San Pablo del Campo, no en el mismo cementerio, sino un poco más allá, en una huerta. No vas a tener problemas para encontrarlos.

—¿Los cuerpos?

De Paula suspira.

—Ha vuelto a pasar —dice—. Hace dos noches. Esta vez una mujer, la encontramos al lado de los baños de San Beltrán. El mismo asesino, todo igual. En vez de ponerle una cabeza de perro, le habían sacado las tripas y las habían dejado por la playa. Llevo desde entonces sin comer longaniza, maldita sea mi estampa. —La luz del puro se aparta a un lado mientras se oye al inspector escupir su desprecio en forma de salivazo al suelo de la cabina—. La primera víctima la encontramos la noche del diecisiete de diciembre, la víspera de la Virgen de la Esperanza. Es por eso que un periódico lo empezó a llamar el Crimen de la Esperanza, y desde entonces no han parado de inventarse historias. No hablan de otra cosa. Del segundo crimen no se ha dado parte, pero casi está siendo peor. Al no haber parte oficial, ahora ya sí que se están inventando lo que les da la gana.

—El trabajo de Nanet es irrelevante —dice la voz del Trasgo—. No es más que un carnicero que sierra piernas en el hospital.

Hay otro susurro de tela contra cuero y esta vez el bamboleo de la cabina del carruaje indica que alguien se está moviendo. La madera cruje. La portezuela se abre con un chasquido de la manecilla y la noche vuelve a invadir el interior de la berlina. La penumbra anaranjada de afuera revela al inspector Semproni De Paula de pie, con el caliqueño agarrado imperiosamente entre los dientes, sosteniendo la portezuela abierta para que el Trasgo salga del vehículo.

—No te vamos a quitar ojo, Trasgo —le dice, con los ojos entornados para protegerlos del humo del cigarro—. Cada vez que entres o salgas, te estaremos observando.

La cara sin afeitar del Trasgo mira al inspector y después se gira para mirar la oscuridad casi absoluta de la noche que se extiende al otro lado de la portezuela abierta. Por la cuesta del callejón donde está la berlina aparcada con las ruedas calzadas se acercan varios mendigos, atraídos por las voces que salen del carruaje. Caminando con cautela. Como ratas atraídas por las gotas de sangre que caen de la carreta del matarife. Con sus platillos en las manos raquíticas. Con sonrisas sin labios en sus caras de porfiria. Uno de los mendigos es un saltimbanqui que no puede tener más de diez años, con la cara maquillada y un traje circense a cuadros, que se acerca haciendo piruetas y trompos con las manos y los pies.

11

LOS SANTOS DEL CARMEN

El doctor Menelaus Roca abandona su casa de la calle Riudecendra poco después del anochecer, aprovechando la confusión que ha creado un carro cargado de pan al volcar en la calle del Hospital. Después de pasar un rato soltando espumarajos por la boca, la mula que tiraba del carro se ha girado para mirar al carretero con cara resentida; ha soltado un último rebuzno que ha helado la sangre de todos los transeúntes y ha caído al suelo entre convulsiones. Su caída arrastra consigo la carreta y obliga al carretero a saltar del pescante para no romperse la cabeza. Los panes salen deslizándose en todas direcciones sobre los charcos helados de la calle. Una multitud de niños, perros sarnosos y mujeres envueltas en bufandas inunda al instante la calle, resbalando ellos también en el hielo y cayendo los unos encima de los otros. Deslizándose en direcciones aleatorias con bollos de pan todavía calientes abrazados contra el pecho. Un agente del cuerpo de seguridad, sin saber muy bien qué hacer, se pone a tocar su silbato, como si fuera eso lo que la gente espera de él. El policía de paisano asignado a la esquina de la calle Riudecendra para vigilar las entradas y salidas de Menelaus Roca corre a un lado y a otro para ver más allá del tumulto y termina resbalando él también en el suelo helado y convertido en uno más entre los cuerpos que se deslizan.

Menelaus Roca camina pegado a la tapia trasera del Hospital de la Santa Cruz, echando algún vistazo por encima del hombro para asegurarse de que el policía sigue resbalando por el suelo. Sus zancadas silenciosas lo llevan a la esquina del muro negro de la Casa de la Convalecencia. Bajo y gigantesco, con más aspecto de fortaleza militar que de casa de salud, el Hospital de la Santa Cruz convive con la ciudad que ha crecido hasta englobarlo igual que un león soñoliento convive con las gacelas en el borde del abrevadero. Demasiado lleno de carne para molestarse en atacar a una población que de todas maneras va a terminar muriendo dentro de sus muros.

Roca está doblando la esquina del muro trasero del hospital cuando levanta la vista y se para en seco, sobresaltado. Delante de él, hasta donde alcanza la vista, un vacío enorme. Hay luces a lo lejos, sí. Hay rumor de carruajes por el lado de las Ramblas y tráfico de transeúntes por el lado de la calle de Poniente y la Casa de la Caridad, como de costumbre. Pero delante de Roca, justo delante, no hay nada. El Carmen ha desaparecido. Todo entero.

Roca se acerca al descampado inmenso, equivalente a varias manzanas de ciudad. Ahora que lo ve de cerca, no todo ha desaparecido. Aquí y allí quedan trozos en pie, una pared, un arco o una caseta. Pero el conjunto, la pequeña ciudad dentro de la ciudad que era el convento, con su campanario alto y la aldea crecida en torno a las huertas, ya no está. Ha desaparecido mientras él estaba encerrado.

En el descampado, Roca se ve obligado a orientarse de memoria. Por culpa del Dosel de Sombras, ya no hay ni luna ni estrellas que iluminen las ruinas. Deja atrás el enclave de la antigua iglesia, donde el arco de entrada sobrevive solitario. En la antigua portería, el portón está entreabierto y solamente hace falta empujarlo. Pasa por un trozo techado que antaño daba a la sacristía y sigue hacia la zona central del conjunto de edificios. Como falta la mayoría de las paredes, antes de darse cuenta ya ha salido al claustro en ruinas. Las paredes siguen en pie, pero no hay nada detrás. Un decorado de teatro, bajo un cielo nocturno que a efectos prácticos ya no es un cielo. El Dosel de Sombras ha cancelado la idea misma de cielo. Al norte de donde ahora está Menelaus Roca no queda nada: ni el claustro antiguo ni los almacenes. Roca cruza el claustro invadido de malas hierbas, tanteando las losas funerarias con la punta de las botas, y por fin encuentra una puerta que parece llevar a alguna parte.

Al otro lado, una escalera de piedra lleva a un cuarto donde las paredes sobreviven sin techo. Roca entra con la sensación de estar entrando en uno de esos cuartos sin techo de las casas de muñecas. Los cuerpos se apilan sin contemplaciones contra las paredes, como en un campo de batalla. Cadáveres grotescamente mutilados y miembros sueltos, amontonados sin orden ni concierto. Un osario de cuerpos incorruptos. Como las muñecas despanzurradas de la casa de muñecas de una niña gigante. Roca se agacha para mirar los cadáveres de cerca. Ojos en blanco y ojos que miran suplicantes al cielo, como si con el último soplo de vida le hubieran rogado a su creador que tuviera piedad. Ojos extáticos en caras torturadas. Con coronas de espinas. Hombres desnutridos y sin más ropa que un taparrabos. Mujeres con los cuerpos retorcidos como si las hubieran arrojado desde lo alto de una torre. El espectáculo resulta extrañamente fascinante. Roca remueve el montón de brazos y torsos de madera con la pintura descascarillada y reconoce a un par. Está Teresa de Ávila, escribiendo con la cara puesta en el cielo, aunque tal como ha quedado tirada en el suelo está mirando hacia abajo, como si se estuviera inspirando en el infierno. Un fraile de cara triste con una leyenda desvaída que dice «ALBERTVS» debe de ser san Alberto de Jerusalén. Los más célebres no están allí, claro. La Virgen del Carmelo que ocupaba el altar mayor de la iglesia, por ejemplo, se la debe de haber llevado la Orden al marcharse, y Roca tampoco ve ninguna de las estatuas de las capillas laterales. Las que han quedado aquí deben de venir de las dependencias privadas o de las antiguas comunidades rurales que se unieron al convento en siglos pasados. Roca está removiendo los cuerpos de madera cuando una luz temblorosa se proyecta en las paredes de piedra. Se da la vuelta y ve a un tipo bajito y gordo, con abrigo y gorra de sereno, que lo está enfocando con su fanal. La cara del sereno está agarrotada de miedo.

—No se preocupe —dice Roca, protegiéndose la cara de la luz del fanal—. No soy el asesino ese que buscan. —Hace varias señas con la mano hasta que el otro aparta por fin el fanal—. Me fui hace siete años de la ciudad y he vuelto hoy. ¿Qué ha pasado aquí?

El sereno mira con recelo a Roca, deteniéndose en su palidez de cadáver y en sus ojos rosados y nistágmicos. Por fin, como el otro no hace ningún ademán de asesinarlo, saca una pitillera con la mano temblorosa y se pone un cigarrillo en los labios.

—Usaron los edificios para la universidad —dice por fin, encendiendo el pitillo con la llama del fanal—. Luego se fueron todos a la universidad nueva, fuera de la muralla. Y llevan tres años tirándolo todo. Ya tienen dibujadas las calles y las casas que va a haber aquí. —El sereno señala con la cabeza a los santos del Carmen desmembrados—. Llévese lo que quiera. A mí me da igual. Ya se llevaron todo lo que valía algo.

Roca no dice nada. Mira las paredes.

—Esto debía de ser una despensa —dice Roca—. Estamos al lado de donde estaba el refectorio, ¿no?

—¿Es usted carmelita?

—No. Pero me trajeron varias veces aquí de niño. Por la enfermedad que tengo en los ojos. Me crié en la Casa de la Caridad —explica Roca—. Le agradecería que apartara un poco el fanal. Me hace daño.

El sereno baja la lámpara.

—Yo también soy expósito —dice, y por alguna razón la coincidencia parece tranquilizarlo. Da una calada a su cigarrillo.

—Será mejor que me vaya —dice Roca.

—*Com vulgui.*

Roca examina la forma algo rígida en que el sereno está plantado a un lado del cuarto, casi como si estuviera tapando algo con la espalda.

—Puede decirle a la mujer que salga —dice—. No lo voy a denunciar. Solamente estaba de paso.

El alivio del sereno se puede palpar.

—Es usted un buen hombre —dice, mientras una mujer gorda sale de detrás de unas piedras, poniéndose las bragas—. Me podría meter en un lío, ya sabe, por estar en suelo consagrado.

—Que tenga buenas noches. —Roca se lleva una mano al sombrero.

—Estoy aquí todas las noches —dice el sereno—. Pase cuando quiera y le invito a un vaso de anís.

Mientras baja las escaleras que lo llevan de vuelta a lo que queda del claustro, Roca ve a la mujer gorda orinando en cuclillas debajo de una enorme cruz de piedra.

12

MUNDO MARAVILLOSO

La multitud de curiosos con que Aniol Almarrosa está forcejeando para abrirse paso hasta la puerta de su imprenta es la más enorme que se ha congregado nunca delante de la Imprenta Almarrosa. Un océano de cuellos estirados. Un mar de olores a sobaco y tabaco. Con la mano derecha Aniol va repartiendo bastonazos a las cabezas sorprendidas mientras con la izquierda se aprieta un pañuelo contra la nariz. Los codos se le hunden en las costillas como las flechas en los costados de un mártir medieval, o por lo menos así lo vive él mientras avanza inhalando bocanadas del pañuelo perfumado. Uno de sus botines se suelta en pleno forcejeo y se aleja como un pasajero caído por la borda. La escena tiene un componente casi sexual de sumisión a la marea de puñetazos. Los niños corren por entre las piernas de los adultos como si los adultos no fueran personas, sino árboles de un bosque en movimiento.

La lucha por alcanzar la puerta de la imprenta, y a la dotación policial que monta guardia en ella, termina arrojando a Almarrosa en el portal igual que el mar escupe a un náufrago en la playa. Con un solo botín. Con la capa hecha un nudo detrás de su espalda. Con el pelo grasiento cayéndole sobre la frente y el aliento formándole una nubecilla frente a la cara.

—Soy Aniol Almarrosa —les dice a los guardias, con un asomo de desafío en la voz.

Blai Boamorte se lo queda mirando con sus ojos quitinosos antes de girar la cabeza y escupir al suelo. Bajo el nuevo dintel de la imprenta, con sus mosaicos de inspiración egipcia, la figura enlutada de Boamorte adquiere un aire oscuramente mítico. Es probable que los policías lleven horas esperándolo allí. La nueva entrega de *La ciudad secreta* se ha repartido poco después del alba y ha despertado a una especie de bestia dormida bajo la ciudad. Los bouquinistas de las Ramblas han agotado sus ejemplares a primera hora y los repartidores no han parado de volver una y otra vez a buscar más, hasta vaciar el almacén. Poco después ha corrido la voz del escándalo. Los rumores de que la nueva entrega había provocado revuelo en el obispado. De que el gobernador civil había decidido tomar cartas en el asunto. De que la policía había salido a requisar los ejemplares de los quioscos y de que una dotación armada se había presentado en la imprenta misma. Plantado en la penumbra del umbral, Boamorte le hace una señal a Aniol para que lo siga.

En el piso de arriba, Boamorte le abre la puerta de su propio despacho. No hay nada en el despacho, ni en el mobiliario ni en la decoración, que haga pensar que se trata del mismo despacho que hace solamente una semana ocupaba el padre de Aniol Almarrosa. Sillas de palisandro y biombos japoneses de papel de arroz. Máquinas de escribir traídas de Nueva York. Alfombras venidas de Marruecos y todavía en sus cajas por falta de tiempo para desembalarlas. Cajones llenos de ron y tabaco recién llegados de los sótanos de Max Téller. Una *Danza de la Muerte* de Johann Overbeck en la pared, con los esqueletos bailando bajo un arco ojival. Todo arrumbado contra las paredes o simplemente dejado en medio de la sala, entorpeciendo el paso, como el almacén de un museo abandonado al acercarse un ejército invasor.

Sentado en la silla de Aniol Almarrosa con los pies diminutos encima de su mesa, el inspector provincial Semproni De Paula levanta la vista del ejemplar de *La ciudad secreta* que está leyendo y se queda mirando al recién llegado con el ceño fruncido. Se saca el caliqueño de la boca y señala a Aniol con la punta mojada de saliva.

—¿Qué *collons* te crees que estás haciendo? —le dice.

Aniol cojea con su único botín hasta una de las sillas que hay dispersas por la sala y se sienta.

—Estoy inaugurando una nueva época para la literatura —contesta, atusándose la barba—. ¿A usted qué le parece?

Semproni De Paula suspira. Cierra su ejemplar de la novela y lo tira a una papelera. La mesa del despacho de Aniol Almarrosa tampoco da ningún indicio de ser la misma que usaba su padre. Principalmente porque resulta imposible ver ni un centímetro de mesa debajo de una geología complejamente estratificada de pruebas de imprenta y libros de filosofía moderna. Del estrato superior, De Paula coge una hoja de papel manuscrita con caligrafía intrincada. La mira por un lado y por el otro y la vuelve a dejar sobre la mesa.

—He encontrado el fundamento de una nueva moral —continúa Almarrosa, señalando los libros que hay sobre la mesa—, que supera por igual la *Ética a Nicómaco* y el imperativo kantiano. No me cabe duda de que en la policía están ustedes familiarizados con estos conceptos. Con esa nueva ética, Merlín por fin puede sentirse en paz. Ya no está exiliado del mundo. Ya puede crear el suyo propio. En la *inmoralidad* ha encontrado su razón de ser.

—Y por eso mata a su mujer —dice Semproni De Paula.

Almarrosa se encoge de hombros y enseña las palmas de las manos, como preguntando qué otra cosa podría haber hecho.

—Su mujer era su vínculo más importante con su época —dice—. Al matarla está mudando la piel, por así decirlo.

—¡Ni siquiera tenía mujer en las primeras entregas! —El inspector suelta un soplido—. Te la has sacado de la manga, *gamarús*.

Por un momento, Almarrosa da la impresión de no tener paciencia para esta conversación.

—Ahora Merlín es libre —dice—. Eso es lo que cuenta.

De Paula suspira. Mira a Boamorte, que sigue plantado junto a la puerta con su cara de esfinge. Y por fin mira de vuelta a Aniol.

—¿Qué intentas, que la gente se ponga a matar a su mujer? —le dice—. Yo he tenido ganas de matar a la mía muchas veces, pero no por eso lo voy a hacer, ¿no te parece? No somos animales.

—Será que no le gustan las mujeres —dice Boamorte, desde la puerta—. Será que es maricón.

—No lo entienden —dice Aniol—. *Ya estamos* todos matando a nuestras mujeres. ¿Cómo se creen que vamos a sobrevivir en el nuevo mundo, si no es matando rápidamente nuestra moral? ¿O es que creen que el siglo diecinueve me lo he inventado yo?

Semproni De Paula le aguanta la mirada un momento antes de cambiar de posición en la silla y carraspear.

—Escucha, majadero —dice—. No sé si te has enterado, pero esta basura de novela que escribes ha llegado a manos del *obispo*, y dicen que se está subiendo por las paredes. ¿Me entiendes? El *obispo*. Y cuanto más arriba llega esto, más me compromete a mí. Tengo una ciudad que ha perdido la chaveta. Tengo ladrones, anarquistas, conspiradores, agentes carlistas, incendiarios, asesinos a sueldo, y ahora encima tengo a un imbécil que me altera la paz publicando esta idiotez. ¿Qué tengo que hacer contigo?

Aniol Almarrosa se queda mirando al inspector con cara indescifrable.

—¿Cómo iba a imaginar yo que el obispo leía novelas? —dice por fin—. Es un honor. Le mandaremos un ejemplar gratis todas las semanas.

De Paula y Boamorte intercambian una mirada larga. Para cualquier persona familiarizada con los métodos de Semproni De Paula y de su superintendente Blai Boamorte, para cualquiera que tenga algún conocimiento de la jerarquía del Cuerpo de Vigilancia de Barcelona en el año 1877 y de las cosas que suceden en sus calabozos debajo de palacio, la visión de esa mirada debería constituir razón suficiente para coger el primer tren que saliera de la ciudad y poner muchos cientos de leguas de por medio entre uno y Barcelona. Aniol Almarrosa, sin embargo, no parece percibir el peligro potencial de esa mirada.

—El progreso se nos va a llevar a todos por delante —dice, haciendo un gesto con las cejas que parece sugerir que lo que está diciendo es algo perfectamente evidente—. Cuando llegue, será mejor estar de su lado.

Aniol sigue allí sentado, con la misma cascada de pelo grasiento sobre la frente y la misma capa enredada, cuando ya hace rato que los dos policías se han marchado de su despacho. Por fin sale de su ensoñación y repara en la hoja de papel manuscrita que el inspector estaba ojeando. La coge y se la queda mirando. La escritura es reciente, pero los caracteres son antiquísimos. Casi indescifrables para una mirada moderna. La mirada de Almarrosa reconoce palabras aquí y allí. «FONS.» «PULCHRA.» «BARCINON.» Frunce el ceño y se acerca la página a los ojos. Hay algo extraño en la manera en que el autor de la página ha transcrito los caracteres antiguos. Como si no los pudiera leer. Alguien ha copiado una página de un códice en latín como si cada letra fuera un dibujo. Una cifra opaca.

Y después, se lo ha dejado en la mesa de su despacho.

13

DE HUMANI CORPORIS FABRICA

El destino de la electricidad animal en los minutos posteriores a la muerte es una de las cuestiones cruciales para dilucidar la veracidad de la Hipótesis de la Araña Basal. Y de todas las investigaciones científicas del doctor Menelaus Roca, la Hipótesis de la Araña Basal es la que más horas de trabajo y de escritura le ha ocupado nunca: la piedra angular de sus trabajos en el terreno de la frenología. Su obra magna y la razón de su descrédito. Mitad organismo y mitad animal, distinto a cualquier otro ente natural, la Araña Basal es la única explicación plausible de la vida y la muerte. Frente a la controversia de la electricidad animal, la Araña Basal llena las lagunas de la neurociencia. Si el tejido en reposo es isoeléctrico, y por tanto incapaz de generar electricidad animal, entonces hace falta algo que explique por qué el cuerpo inmóvil no se apaga y muere. Hace falta un origen para la electricidad que equivale a la vida, un cuerpo generador, un motor inmóvil. La Araña Basal, sin embargo, es lo bastante esquiva como para haber burlado durante milenios al ojo de la ciencia. Como Roca intentó explicar muchas veces ante una audiencia de colegas escépticos, desaparece en los minutos previos a la extinción de la vida que la soporta. Igual que un parásito, vive dentro del huésped y goza de movilidad. E igual que un órgano, ejerce una función de generación de impulsos que alimenta directamente el encéfalo y lo mantiene activo. Su naturaleza híbrida le permite desplazarse mediante los propios impulsos que genera, tan pequeña que apenas es visible al ojo humano y sin embargo capaz de tender largos brazos sinápticos. Una mota rosada que viaja por entre los tejidos, bajo la piel y entre los músculos, a veces alojándose en un órgano y prefiriendo asentarse entre el cerebelo y el nacimiento de la médula espinal. Menelaus Roca jamás ha visto la Araña Basal. Jamás ha encontrado restos de la misma ni siquiera en cadáveres recientes. Su disolución debe de ser casi inmediata en las secreciones previas a la muerte cerebral. Sin embargo, no hay duda de que existe: es la única explicación posible. Es el eslabón perdido de la cadena de la vida. La pieza perdida del rompecabezas. Alguna vez cree haberla hecho reaccionar aplicando electricidad galvánica o farádica. Para encontrarla, se pasó diez años construyendo la máquina más fabulosa creada por la ciencia moderna.

La Pseudorquídea.

En medio de un triángulo de lámparas de aceite, bajo las vigas colosales del Museum Clausum, Roca despliega sobre la mesa una colección de frascos sellados. Nuez vómica. Ricino y cicuta. Beleño y belladona. Nunca había deseado tanto tener un cerebro para diseccionarlo. Del funcionamiento de los venenos enloquecedores en el cerebro se sabe tan poco como de la misma electricidad animal, aunque ahora, mientras comprueba las etiquetas de los frascos y los ordena en la mesa, Roca no considera ambas cuestiones como problemas distintos. La solución de uno le aportará la solución del otro. Se sabe, por ejemplo, que la mayoría de las drogas enloquecedoras producen alteraciones funcionales en el hipocampo. El hogar de la memoria y los sentimientos. Se sabe que las alteraciones producidas por drogas son en esencia análogas a las alteraciones producidas en el cerebro por la luz y la oscuridad. Usando una escalera de mano para alcanzar un estante alto, baja su ejemplar del *De humani corporis fabrica* de Vesalio y lo coloca sobre la mesa con cuidado. Se trata de la segunda edición en gran formato, de 1555. Lo abre directamente por el libro séptimo, el dedicado al cerebro. Esta vez no busca al habitante del órgano a cuyo estudio ha dedicado su vida. Esta vez busca a un intruso. Al atacante.

Pasando páginas, le da vuelta a esta idea. Un asaltante, buscando una vía de entrada. Pasando una uña amarilla y larga sobre los renglones del papel mohoso, relee una serie de pasajes. El libro de Vesalio está construido sobre la metáfora arquitectónica. El cuerpo es una casa. Un edificio inmenso y laberíntico. Provisto de entradas fastuosas para el público, pero también de puertas secretas y pasadizos prohibidos. Y con la yema del dedo todavía pegada a la página de Vesalio, Roca levanta de repente la cabeza. Con esa expresión parecida a la expresión de haber oído algo de quien acaba de tener una idea sorprendente. En sus registros iniciales de la casa, a Menelaus Roca le ha bastado un examen de la cerradura y de los detritos que cubren la escalera para certificar que Liberata sigue frecuentando la casa pero no está usando la puerta para entrar y salir. Ahora, sin molestarse en cerrar el libro ni en devolverlo a su sitio, Roca sale a la calle armado con una lámpara y una vara de medir y se pone a examinar las paredes exteriores de su casa. La vida entera de Liberata ha sido un ejercicio de sigilo. Un acercamiento concienzudo a la invisibilidad. Al cabo de unos minutos Roca encuentra un agujero que comunica la pared de la cocina con un pasadizo encharcado, poco más que una cámara de aire entre dos casas de vecinos del callejón de Picalqués. Acerca la lámpara al boquete: es imposible que lo haya abierto Liberata con sus brazos escuálidos. Lo más probable es que el fuego del horno y el hierro recalentado hayan debilitado la pared de atrás y la humedad y el abandono hayan hecho el resto. Hecho el descubrimiento, vuelve a casa. Pone una silla en la cocina y se sienta con una bolsa de picadura de tabaco. El tiempo no es problema. Puede esperar todo lo que haga falta. Los años pasados en la cárcel han terminado de templar un temperamento paciente, que ya antes era capaz de pasarse días enteros esperando la emergencia de algún fenómeno natural. Esta vez, sin embargo, no le hace falta esperar más que una hora.

Al cabo de ese tiempo, la puerta del horno se abre desde dentro.

Con movimientos incómodos y encajonados, y al mismo tiempo con la fluidez de quien repite una maniobra practicada cientos de veces, asoman del horno primero las manos de Liberata, agarrándose a los bordes de la portezuela, a continuación sus brazos flacos y morenos y por fin la cabeza.

Antes de que ella lo vea, Roca tiene ocasión de contemplarla. En los siete años que él ha pasado encerrado, Liberata se ha convertido en otra sin que ninguno de sus rasgos individuales se haya alterado de forma patente. El cuerpo flaco y la piel morena son los mismos. Los ojos negros y la melena grasienta son los mismos. Hasta el vestido de algodón y el abrigo remendado parecen ser versiones casi idénticas de la ropa con que Roca la recuerda. Más que por los cambios tangibles, la apariencia de Liberata parece marcada por la desaparición de elementos intangibles. Entre los trece años que debía de tener cuando a él lo apresaron, y los veinte que debe de tener ahora, su cara ha perdido toda apariencia infantil. Pese a seguir igual de flacos, sus brazos han dejado de parecer débiles. La mueca con que ahora forcejea para salir del horno es una mueca de determinación furiosa que Roca no recuerda haber visto nunca en ella. Después de sacar la cabeza y los hombros, Liberata apoya las manos en el suelo de baldosas rotas de la cocina y hace fuerza para sacar las caderas del agujero. Toda la operación dura menos de cinco segundos, al cabo de los cuales la chica cae suavemente en el suelo de una forma que recuerda inevitablemente a un recién nacido.

Y levanta la vista hacia Roca.

Solamente uno de los dos tiene tiempo de reaccionar. Liberata suelta un chillido silencioso y se echa atrás, golpeando con la espalda contra el horno de hierro. Roca deja caer el cigarrillo y se pone de pie de un salto. Con dos zancadas, ha salvado la distancia que lo separa de ella y se le ha abalanzado encima.

El forcejeo que viene a continuación resulta salvajemente desequilibrado. Roca le agarra las muñecas con sus manazas, le da un bofetón en la cara y la tira al suelo. Ella intenta defenderse dando sacudidas con todo el cuerpo arqueado y pataleando. Roca le agarra las dos muñecas juntas, se baja los pantalones y se saca el pene, todavía flácido. Durante el minuto siguiente, lo único que pasa en el suelo de la cocina es que Roca, usando todo su peso para mantener a Liberata inmovilizada contra las baldosas, se frota el pene con furia desesperada para conseguir ponerlo erecto. Cuando le parece que ya lo tiene suficientemente duro para penetrarla, le levanta la falda y le clava el glande con todas sus fuerzas. Liberata lucha por respirar y crispa todas las facciones en un grito silencioso. Roca tiene la frente amoratada. Una y otra vez la penetra y su pene se ablanda casi al instante, obligándolo a salir. A continuación otro minuto de frotamiento crispado y otra penetración. Por fin, cuando ya deben de llevar media hora así, Roca masculla una palabrota y se pone a masturbarse encima de ella. Tres o cuatro gotas de semen amarillento aterrizan sobre la pelvis de la muchacha. Agotado, Roca se deja caer a su lado.

Los dos permanecen un minuto así, tirados el uno junto al otro en el suelo, respirando con dificultad. Liberata con la cara amoratada por la falta de oxígeno. Agarrándose el bajo vientre con las manos. Roca frotándose los ojos con las yemas de los dedos. Por fin él se pone de costado y la abraza. Ella solloza en silencio un instante y por fin le devuelve el abrazo, con las manos sucias de tierra del suelo.

Afuera, en las sombras de los portales de la calle Riudecendra, los hombres del inspector Semproni De Paula montan guardia.

14

IBIS EGIPCIOS

Un séquito de gatos desgreñados acompaña a Menelaus Roca en su excursión nocturna por los caminos pavimentados del pueblo de Sarriá. Las tapias de piedra blanca flanquean su avance. Huertos familiares y casas de veraneo. Capillas diminutas en las tapias, ocupadas por virgencitas de cara compungida. Cuando por fin se detiene delante de la mansión del doctor Fauré, Menelaus Roca vacila un momento antes de adentrarse en la neblina amarilla de un fanal cercano. En su caminata desde la calle Mayor, apenas se ha cruzado con un par de labriegos soñolientos. Hace una hora que se ha puesto el abrigo raído y los guantes de lana, en la cocina de su casa, ha entrado de espaldas en el agujero de la pared y, con medio cuerpo dentro, ha agarrado el armatoste de la cocina y lo ha arrastrado detrás de sí. Con un chirrido metálico, se ha quedado a oscuras en el callejón de Picalqués. Ha retrocedido por el mismo, dando algún que otro puntapié para apartar a las ratas, y ha salido a la calle del Carmen por la boca del callejón, detrás de la espalda del agente puesto allí por el inspector De Paula. Un minuto más tarde, Roca ha parado un carruaje en las Ramblas. Ahora, plantado delante de la verja de la mansión de Fauré, tira de la cadena que hace sonar una campana en algún lugar del otro lado de la verja. Por encima de las copas de los pinos, la desviación de los ejes de las constelaciones de la Serpiente, el Serpentario y Hércules ya es lo bastante acentuada como para verse a simple vista. Sea lo que sea que está pasando en la bóveda celeste, se está acelerando.

La criada tarda un rato en salir, y cuando lo hace, con un chal echado sobre los hombros, se queda mirando al desconocido con una mueca de desaprobación mientras éste anuncia el motivo de su visita.

—El señor está cenando —dice la mujer, cruzándose de brazos.

—Por favor, anúncieme —contesta él—. Cuando oiga mi nombre, sé que querrá verme.

La mansión del antiguo profesor de Menelaus Roca en el Colegio de Cirujanos es un bloque de piedra revestida de cerámica esgrafiada por tres de sus lados. La fachada tiene un pesado balcón gótico con parteluces retorcidos y un pináculo negro. Sin descruzar los brazos ni borrar la mueca ofendida de su cara, la criada lo lleva por un pasillo que desemboca en la antesala de un despacho privado. Allí Roca espera entre las colecciones de tomos científicos vetustos, grabados médicos, retratos al óleo y un busto ceñudo de Paracelso que vigila a las visitas con la mandíbula fuertemente cerrada. Un solo minuto en la antesala le basta para notar algo fuera de lugar: la disposición de los cuadros de las paredes es anómala. Dos huecos grandes entre los retratos indican que en ellos hubo otros que se descolgaron a toda prisa y nunca fueron reemplazados. Roca acaba de acercarse a examinar estos huecos cuando oye pasos tras su espalda.

En la puerta de la sala está el dueño de la casa, vestido con batín de seda y con el pelo recogido en una redecilla. Su aspecto no ha cambiado. Todavía parece que haya sufrido en sus carnes el efecto acumulado de todos los venenos que pasan por su laboratorio. Espantosamente flaco y macilento, con unos ojos húmedos que se hunden a los lados de la nariz ganchuda como moluscos diminutos al fondo de sus cavernas, el doctor Fauré levanta un dedo tembloroso de furia.

—¿Cómo se atreve a presentarse aquí? —pregunta escupiendo gotitas de saliva—. Ésta es una casa decente. ¿Y cómo es que no está en la cárcel? Ahora mismo mando a la criada a buscar a la guardia.

Menelaus Roca se fija en que el batín de seda de su antiguo profesor tiene bordados de ibis egipcios. Luego contempla su cara consumida. La última vez que lo vio, hace más de una década, fue en la última de las demostraciones de la Pseudorquídea que llevó a cabo en el teatro de operaciones del Colegio de Cirujanos. La demostración, que pasaría a la historia como el mayor escándalo de la historia del colegio y le supondría a Roca la expulsión, terminó con todo el público de pie y algunos de los estudiantes más jóvenes bajando las gradas para atacar físicamente a la máquina y liberar a la mujer que estaba atada con correas a la camilla. Menelaus Roca permaneció todo el tiempo a un lado, inmóvil e impasible, con esa cara suya parecida a la cara de alguien que se queda dormido con los ojos abiertos. Los estudiantes liberaron a la mujer, que siguió chillando mientras alguien le daba una sábana para cubrirse. Los espectadores enardecidos atacaron la rueda gigante de acero del generador de la Pseudorquídea, arrancaron los cables de la batería y trataron de descolgar la corola de su armazón de cadenas y poleas. Y en medio de los gritos y los golpes, la mirada de Roca encontró la de Fauré. Rojo de furia como los demás, pero distinto. En la mirada de Fauré había algo más que simple cólera. Un dolor más intenso, la frustración de una esperanza íntima. El dolor solamente duró un instante. Después un velo de frialdad cubrió los ojos del profesor. Como las córneas de un paciente velándose al morir. Aquélla fue la última vez que el viejo toxicólogo y su alumno predilecto se vieron, a mediados de la década de los sesenta, antes de esta noche en la mansión de Sarriá.

—Usted y esa atrocidad de máquina suya. —A Fauré le tiembla el labio inferior mientras habla, además del dedo que señala—. Deberíamos haberlo entregado a la ley entonces. Antes de que tuviera tiempo de matar a aquella pobre chica. Es usted un asesino inmundo, Roca. Salga de mi casa ahora mismo.

Roca mueve los pies, en un gesto que podría delatar cierta impaciencia.

—Necesito que me escuche —dice—. Nadie más me puede ayudar. Cuando me expulsaron del Colegio de Cirujanos, también perdí mi empleo con el Cuerpo de Vigilancia. Pero tenía que continuar con mi investigación. Así que para ganar algo de dinero, me puse a ayudar a mujeres ricas caídas en desgracia. Mujeres que necesitaban que les quitaran de encima un problema.

—¿Cómo se atreve a mencionar eso? —A Fauré le estalla un rubor en las mejillas—. ¡Ésta es una casa cristiana!

Roca levanta la mano para atajar la diatriba del otro.

—Hice cosas mucho peores —dice—. Con el dinero que ganaba soborné a un bedel de la Casa de la Caridad. El bedel me mandaba muchachas para que yo pudiera experimentar con ellas. Practiqué muchas operaciones. Intenté apoyar mis escritos con resultados empíricos. Es verdad que violé la ley. Pero nunca quise hacer daño a nadie. Es por eso que estoy aquí. Hubo alguien más detrás de aquella locura asesina.

Fauré deja escapar un soplido de burla.

—¿A quién intenta ahora echarle la culpa, bellaco?

—A principios del setenta empecé a sufrir episodios de locura —continúa Roca—. Una locura que iba y venía, y se marchaba tan pronto como había venido. Los periodos entre episodios se fueron haciendo más breves, e iban acompañados de abatimiento y de humores biliosos. Y la locura empezó a traer imágenes muy nítidas. Visiones que parecían reales.

Todo el sistema de rasgos asociados a la furia del doctor Fauré continúa en su sitio, inalterado: el rubor en los pómulos, el temblor del labio y del dedo. Y, sin embargo, algo le empieza a iluminar los ojos húmedos. Un asomo infinitesimal de expectación. Algo que se podría asociar fácilmente con un chispazo de su curiosidad científica pero que en realidad responde a un impulso más profundo. Una voracidad inarticulada que conecta a Fauré y a Roca en un mundo previo a lo científico.

—¿Qué clase de visiones? —pregunta Fauré, receloso.

Roca saca una página de cuaderno doblada de un bolsillo de su abrigo, la desdobla y se la da a su interlocutor. El doctor Fauré se queda mirando el dibujo que hay en el papel. La cara del Demonio con Cabeza de Perro. Lo dobla otra vez y se lo devuelve a su propietario.

—Los episodios se detuvieron de golpe cuando me metieron en la cárcel —dice Roca—. Desde entonces, me he sentido mejor que nunca.

Fauré se lo queda mirando con el ceño fruncido.

—¿Me está insinuando usted que alguien lo envenenó? —dice.

—Estoy convencido de que la locura me la administraron, sí.

—Entonces acuda usted a la policía —dice Fauré—. Y déjeme cenar en paz.

—Si existe ese veneno —insiste Roca—, puede ser algo que cambie la historia. Usted sabe que tengo razón.

El doctor Fauré frunce el ceño. Por un momento lo bastante fugaz como para no ser más que un espejismo, su mirada se desvía hacia los huecos que hay en la pared allí donde alguien ha descolgado un par de cuadros. Por fugaz que sea, la mirada no le pasa desapercibida a su antiguo alumno. Por fin el viejo profesor suspira y se encoge de hombros.

—Necesitaría haberle hecho un reconocimiento entonces —dice Fauré—. Después de siete años es casi imposible que le queden residuos en el cuerpo. Ese dibujo, ¿es de algo que usted había visto antes? ¿Algo que pudiera estar ya en su mente en forma de recuerdo?

—Creo que no —dice Roca—. No.

—Es solamente una conjetura, y por tanto carece de valor como diagnóstico médico...

Roca asiente.

—Existen ciertas plantas en América del Sur y Central —dice Fauré—. Ciertos cactus, la mimosa hostil y una salvia que se conoce como hierba de los dioses. Con esas plantas se hacen infusiones que los salvajes toman para sus rituales. En alguna ocasión he oído que se referían a esa droga como «la saliva de la luna». Nunca me la he encontrado en persona, pero los efectos me recuerdan a la historia que me ha contado.

Roca vuelve a asentir.

—No olvidaré esta ayuda —dice—. No hace falta que me acompañe a la salida.

—Un momento —le dice el doctor Fauré mientras ya está saliendo de la sala.

Roca se gira para ver cómo Fauré se le acerca lentamente. La voracidad inarticulada le ilumina los ojos con mayor intensidad. Casi con admiración.

—Su piel ha empeorado —murmura—. Recuerdo el hipomelanismo, claro. Hay pérdida de pigmentación en las córneas y también un principio de nistagmo. Debe de llevar décadas sin ver el sol. Es el caso de fotofobia más severo que me he encontrado. ¿Cuál es la causa? ¿Meningitis infantil, quizás?

Roca no dice nada. Y un instante más tarde, el brillo se apaga en la mirada de Fauré. El velo de frialdad le vuelve a cubrir los ojos.

—Pensaba que se habría muerto en la cárcel —dice—. Ándese con cuidado. Si corre la voz de que anda usted suelto por la ciudad, le aseguro que lo van a buscar por esos Crímenes de la Esperanza. Y una cosa más le digo: no es usted el único que tiene amigos en las altas esferas. Así que no vuelva jamás. Que no le vuelva a ver cerca de mi casa o de mi mujer.

Y un momento más tarde, el doctor Menelaus Roca se encuentra solo en la antesala.

15

ANDAMIAJE / NOCTURAMA

La casa de Max Téller en la calle de Trentaclaus es una caseta de ladrillo escondida al final de un patio de vecinos. Para llegar a ella, el doctor Menelaus Roca tiene que atravesar un portal oscuro donde montan guardia un par de individuos con navajas enormes en el cinturón, a continuación cruzar el patio de vecinos bajo las miradas de una docena de caras mugrientas y envueltas en humo de tabaco, y por fin enfrentarse a otros dos vigilantes en la puerta de la caseta. No hay mucha gente a quien se le permita llegar hasta ahí, mucho menos sin identificarse y sin que nadie le registre o le vende los ojos. Pero el Trasgo es distinto. El Trasgo puede moverse con libertad por los pasadizos de Trentaclaus. La gente simplemente se aparta y mira a otro lado. En el barrio de Trentaclaus rigen normas especiales. Un laberinto de callejuelas situado en la punta del distrito de las Atarazanas, pegado a la Muralla de Mar. Con la puerta de Santa Madrona al sur y las calles de San Beltrán y del Olmo al norte, a un tiro de piedra de los baños públicos. Nada que ver con el bullicio bienestante de la cercana calle del Conde del Asalto, con sus teatros y sus cafés musicales. Es a ese laberinto adonde la ciudad ha ido expulsando su inmundicia: prostitutas, fumadores de opio, bebedores de láudano y niños desnudos que mendigan de madrugada. Los vecinos de ese lado de las Ramblas, de los respetables barrios de San Antonio, del Hospital, del Carmen y de Poniente, evitan con escrúpulo el barrio de Trentaclaus. Y allí es a donde se ha dirigido esta noche Menelaus Roca, por primera vez después de siete años, tras escabullirse una vez más por el agujero de su pared.

El Trasgo se detiene frente a la puerta de la caseta de ladrillo donde vive Max Téller. Uno de los tipos con navajas enormes que montan guardia se aparta y da unos cuantos golpes en la puerta cubierta de estampas de santos, escapularios, medallas y toda clase de amuletos. La estrategia de Max Téller para conjurar la mala suerte se suele basar en la acumulación defensiva de toda la munición espiritual que pueda reunir. Al cabo de un momento su voz aflautada suena desde el interior de la caseta.

—No hay plumas —grita Téller—. Si vienen a buscar plumas, no hay más. Ni perlas. Ni seda salvaje. No hace falta que vengan más. Como se les ocurra seguir viniendo, se las van a ver conmigo.

Menelaus Roca sabe que Téller está hablando del barco lleno de perlas, seda y otros artículos de lujo de contrabando que hace dos días que la guardia costera cañoneó y hundió en el golfo de Rosas. Una gran parte de los barcos de esas características tienen como destino final el barrio de Trentaclaus y la casa de Max Téller. Ése es el trabajo de Téller. Conseguir cosas que nadie más puede conseguir. Recibir cargamentos de artículos secretamente deseados. Que después él se encarga de hacer llegar por canales igualmente secretos a los hogares de la Ciudad Nueva y los pueblos residenciales del Llano. Roca saluda con la cabeza al centinela y empuja la puerta.

El interior de la caseta está igual de lleno de estampas y abalorios que el exterior. Cubriendo cada rincón de las paredes. Además, hay un perchero lleno de pelucas y una cama con dosel en miniatura para muñecas donde duerme el mono de Max Téller. Un mono que Menelaus Roca nunca ha estado muy seguro de si está o no amaestrado y que ahora se queda mirando a Roca con expresión funesta desde el hombro de su dueño. Téller es un hombrecillo completamente calvo y sin cejas, con maquillaje de mujer y los labios agrietados y embadurnados de pintura. En la cara con que se queda mirando a Roca se mezcla el pánico supersticioso con la rabia de ver violado su *sanctus* privado.

—Me cago en la puta, Trasgo —dice, apresurándose a tocar madera—. Eres la última persona a la que quiero ver. Primero se hunde el barco y ahora vienes tú. ¿Qué más me puede pasar? —Hace una pausa para besar una medalla que lleva colgando del cuello—. ¿No estabas muerto? ¿De dónde sales?

—Quiero saber si se ha enterado usted de algo que tuvo que llegar por mar —dice Roca desde la puerta. La luz de la lámpara hace que su sombra enorme baile por las paredes de la caseta—. Un veneno. Es posible que fuera un veneno muy caro. Ya hace por lo menos siete años. Algo fuera de lo común.

Max Téller se queda mirando a Roca con cara de no entender. El mono que lleva en el hombro mira a Roca con expresión idéntica de perplejidad y luego estira el cuello para lamerle la cara a su dueño. Roca ha visto antes la forma en que Téller y su mono están continuamente haciéndose carantoñas. El mono de Téller es uno de esos monos con carita negra rodeada de una especie de halo de barba blanca.

—¿Y a mí qué me cuentas? —dice Téller—. ¿Por qué iba a saber yo una cosa así?

Menelaus Roca parpadea y mueve ligeramente la cabeza, en un gesto que es lo más parecido a la contrariedad que se puede ver en su cara.

—Tuvo que llegar de América Central —dice por fin—. Puede que sea parecido al opio, pero también distinto. Es un veneno que fabrican los salvajes de América. Algunos lo llaman la saliva de la luna.

La cara con que Téller está mirando a Roca pasa de la perplejidad teatral a la preocupación. Cuando su mono se pone a lamerle la oreja, él ni siquiera se da por enterado. Y es posible que sea consciente de que su expresión lo está delatando, porque a continuación se mueve en su sillón y se seca el sudor de la frente. Y para su horror, el Trasgo busca con la mirada una silla, como si tuviera intención de sentarse. Lo más probable es que su fantasmagórico visitante sea consciente de que Téller es consciente de que cada minuto que el Trasgo pasa entre estas paredes incrementa el riesgo de mala suerte. Y que esté usando ese conocimiento para presionarlo.

—Sé que ha habido algo raro en las casas de opio —dice por fin Téller, nervioso—. Algo que les gira la cabeza a los clientes y los deja varios días mal. Pero no sé si es lo mismo que dices, ni me importa. Lo único que me importa es que salgas de aquí. Mira qué pinta tienes. Pareces más muerto de lo normal.

Téller se detiene. Desprovisto de la amenaza de infligir daño físico, se lo ve desorientado. Sabe que el Trasgo se acuesta con la Ley y se despierta junto al inspector De Paula, y también sabe que podría mandarlo a la Reina Amalia sin pestañear y sin remordimientos. Eso en caso de que el Trasgo tenga remordimientos como el resto de la gente. Por suerte para él, la puerta se abre en ese mismo momento, golpeando la espalda de su visitante.

Roca se gira. En el umbral está el centinela de la navaja, mirando a Téller con cara alarmada. Al otro lado de la puerta se ve a la gente gritar y correr hacia la calle.

—¿Qué pasa? —pregunta Téller, mientras su mono corre a esconderse detrás de su cabeza—. ¿Adónde va toda esa gente?

—Dicen que es el Asesino de la Esperanza. —El centinela hace una pausa para santiguarse—. En la montaña.

Roca y Téller salen a la calle llena de gente corriendo y miran en dirección a Montjuich. Por la montaña a oscuras sube una guirnalda de luces que al cabo de un momento Roca comprende que son lámparas y antorchas que están ascendiendo por el camino de la montaña. Escalando desde los antiguos huertos de San Beltrán por el acantilado del Morrot hasta las inmediaciones del castillo. Debe de haber una veintena de luces, confluyendo lentamente en el mismo punto cerca de la cima. Roca calcula que ya debe de haber cientos de personas allí arriba. Plantado en medio de la calle, no hace caso de los empujones de la gente que pasa corriendo a su lado ni tampoco de los chillidos aterrados del mono de Téller ni de los gritos del propio Téller, que ahora acusa al Trasgo de haber desencadenado el infortunio sobre la ciudad. Sin apartar la vista de las luces, Roca echa a andar también en dirección a los antiguos huertos de San Beltrán, de donde arranca el camino que sube por la falda de la montaña.

El ascenso del Morrot le demuestra a Roca cuánto han mermado sus fuerzas los años pasados en la prisión. En mitad de la subida, jadeando, se sienta a descansar sobre una roca y deja que una niña le dé un poco de agua de un vaso que acaba de llenar en un arroyuelo. Mientras bebe, se dedica a examinar a la niña por encima del borde del vaso. Lleva un vestido de luto largo y estrecho, que en la oscuridad casi parece una mortaja y que no deja al descubierto más que sus manos de dedos largos y una cara muy redonda. La niña tiene la piel tan blanca que, cuando Roca le devuelve el vaso, su mano se ve casi tan pálida como la de él.

—¿Qué le pasa en los ojos, señor? —le pregunta la niña, mirándolo con cara de preocupación.

—Me hace daño la luz, hija —contesta él—. Estoy enfermo.

Cerca de la cima, Roca tropieza con varias losas medio enterradas. Probablemente las ruinas de alguna de las muchas ermitas que había en la montaña. Tal vez incluso los restos de la capilla de San Beltrán original. Más adelante, la concentración de antorchas y fanales ha iniciado varios pequeños incendios en las arboledas que los mismos curiosos se dedican a apagar con pisotones y mantas. Roca sigue subiendo, tapándose la boca con la mano. Cuando por fin llega al descampado donde se concentra la multitud, en la cima del acantilado, sus ojos tardan un momento en descifrar lo que están viendo. Sobre el descampado flota una nube negra de algo que no es humo. Y la nube emite un zumbido que no se oye exactamente, sino que más bien invade los sentidos desde dentro.

—Es un milagro —le dice alguien que hay a su lado—. Libélulas en invierno.

Para cuando llega a las primeras filas de curiosos y se encuentra con los miembros del cuerpo de seguridad, las libélulas ya le cubren los brazos y la cabeza. La gente que camina por el lugar se dedica a ejecutar un bailecito grotesco de palmadas frenéticas para quitárselas de encima. Otros se retuercen y se dan tirones de la ropa para sacarse a las libélulas que se les han metido por dentro de la misma. El desconcierto general le permite aproximarse al cuerpo sin que lo detenga nadie, hasta que puede ver por entre las cabezas a Nanet fumando un cigarrillo con sus dedos enfundados en los guantes de caucho. Con una redecilla en el pelo y otra sujetándole el bigote, Nanet parece más un divo de ópera bufa relajándose tras la función que un anatomista que lleva a cabo un examen científico. Mientras algunas caras empiezan a girarse para mirar con curiosidad al gigante pálido que acaba de llegar, una mano grande y fuerte lo agarra del brazo. Roca se gira. Una cara correosa y amarilla lo está mirando a través de una cortina de libélulas. Es el ayudante de De Paula.

—Trasgo —le dice Blai Boamorte—. ¿Cómo has llegado aquí? —Señala al cielo con una mano amarilla—. Está a punto de amanecer. ¿Dónde te vas a meter?

Roca señala el bulto que hay tapado con una manta sobre la hierba.

—Necesito verlo —dice.

Boamorte y el doctor Roca se abren paso por entre los policías y las libélulas. Las siluetas deformadas de todos ellos se proyectan sobre las copas de los árboles que los rodean. El canto de las aves matinales no se oye por ninguna parte. La naturaleza entera ha quedado en suspenso sobre los riscos del Morrot.

Menelaus Roca se agacha junto al bulto. Encima de la manta hay tres o cuatro libélulas, que levantan el vuelo a intervalos regulares para ser reemplazadas por otras idénticas. De rodillas en el suelo, Roca levanta la manta que cubre a la víctima. Se trata de un varón joven, de unos dieciséis años. Tiene las manos detrás de la espalda, y cuando Roca ladea un poco el cuerpo para mirar, ve que las tiene atadas con alambre detrás de la zona lumbar. Le han roto el cráneo con un objeto pesado, desde varios lugares, como si varias personas le hubieran estado pegando en la cabeza con piedras de gran tamaño. O con un ladrillo. Lo más llamativo del cadáver, sin embargo, es el color. Un amarillo artificial. La textura de la cera. Roca lo ha visto antes. Examina los labios cosidos y los orificios nasales taponados y a continuación palpa el vientre. El cadáver está embalsamado. Deja caer de nuevo la manta y se pone de pie. Aunque el dato carece de significado por sí mismo, y no parece apuntar en ninguna dirección ni arrojar ninguna luz sobre este ni los anteriores crímenes, sí que produce la sensación de estar añadiendo un nivel más a alguna clase de armazón complejo. Algún poderoso andamiaje, demasiado disperso para adivinar su forma. Roca se aparta una libélula de la cara de un manotazo y busca a su alrededor con la mirada. Por fin lo ve: en medio de los matorrales, una vasija alta, de arcilla pintada. El depositorio de las vísceras. Desde un lado del cadáver, Nanet señala a Roca con una mano enguantada.

—¿Qué cojones está haciendo *ése* aquí? —dice a través de la nube de humo de su pitillo.

Roca está mirando las pinturas de la vasija. Una figura familiar: los mismos rasgos feroces, las alas desplegadas, las garras a los costados. No hay forma de suponer que pueda ser una mala pasada de su imaginación. La misma cara del Demonio con Cabeza de Perro que él mismo dibujó hace un par de días para enseñársela a su antiguo profesor.

—¿Trasgo? —dice Boamorte—. ¿Qué estás mirando?

Perplejo, Roca levanta la vista y se da cuenta de que el cielo ya no está oscuro. Por encima del mar, a través de la nube zumbante de libélulas, el cielo es del color de un hematoma reciente. Menelaus Roca da un paso atrás, espantado.

—Llevadlo al coche —son las últimas palabras que oye, de labios de Blai Boamorte, antes de taparse la cara con el sombrero y dejarse caer en el suelo.

16

AL FONDO DEL ARMARIO HAY UNA CAJA

En las horas siguientes al hallazgo del cadáver embalsamado, el doctor Menelaus Roca entra en un estado febril que su criada Liberata conoce bien. La ciudad entera podría estar bajo las bombas. Su misma ropa se podría estar quemando y lo más seguro es que Roca se limitara a darle un par de palmadas distraídas mientras rebusca entre los libros de su biblioteca, o bien escribe en su diario científico. En ese estado febril, el doctor Roca y su casa se convierten en mitades de una misma cosa, o tal vez en funciones de un mismo organismo. Y, como de costumbre, Liberata es testigo del mismo. Aunque solamente llevan un par de días conviviendo otra vez, su simbiosis ya se ha vuelto a activar. Ella lo sigue en silencio allí donde él va. No tanto una persona como un animalito de compañía: un gato escuálido y distraído. Mirándolo desde el umbral de la sala, o bien sentada en el suelo con las piernas cruzadas, en esa posición infantil que los años no han cambiado. Lista para levantarse de un salto cuando Roca tiene que pasar por donde ella está, o bien para acercarle la lámpara cuando él está leyendo y tantea con la mano en su busca. Si Roca hace un movimiento brusco, ella se sobresalta. Si Roca se ríe para sí mismo, ella también sonríe.

Desde el otro lado de la puerta, Liberata contempla a través de la cerradura cómo Roca se dedica a subir por la escalerilla de las librerías de su Museum Clausum. A bajar los libros de cuatro en cuatro o de cinco en cinco, amontonarlos sobre su escritorio y volver a los estantes a por más. Con la misma expresión vacía y ajetreada con que un depredador mira a la nada mientras desgarra con los dientes la carne de su presa. Y con esa forma que tiene ella también de ser más un pequeño animal de compañía que una persona, Liberata se pasa las horas sentada junto a la puerta, sin hacer nada, echando vistazos de vez en cuando por el ojo de la cerradura. Rascándose las costras de las rodillas y hurgándose la nariz o los dientes.

Escribiendo en su diario y descartando mecánicamente los libros que no lo satisfacen, el doctor Menelaus Roca no se da cuenta de que el sol ya está alto al otro lado de las ventanas entabladas. Lee el *Entierro en vasijas* de sir Thomas Browne. Compara varias ediciones del *Libro de los muertos egipcio*, estudia el proceso de embalsamamiento de las momias y después repasa todas las posibles divinidades asociadas con el tránsito de los muertos. Compara estatuillas shabti hasta que se le empiezan a cerrar los ojos y contempla con lupa los grabados de diversas máscaras con la cara de chacal de Anubis que usaban los sacerdotes para embalsamar. Pero ninguna guarda el menor parecido con el Demonio de la vasija. El demonio pintado en la vasija solamente se parece al demonio de sus visiones. Por fin se queda dormido con la pluma en la mano y la mejilla apoyada en la página de diario que acaba de escribir.

A continuación Menelaus Roca sueña que está en el orfanato donde se crió. En las naves de piedra de la Casa de la Caridad, de donde proceden sus primeros recuerdos. Es esa hora de después del almuerzo en que la luz blanca del sol lo envuelve todo. Las cosas se mueven increíblemente despacio. La creación flota dentro de una piscina de ámbar. La Hora de la Siesta Eterna. Los haces de luz entran por los ventanales del orfanato y Roca, sentado en la cama, contempla las formas trapezoidales que proyectan en el suelo. A veces se atreve a extender el brazo hasta meter la mano en la zona iluminada. La luz del sol le quema la piel y le obliga a retirarla.

El orfanato es un ciclo de rituales bajo el sol. Las plegarias en el patio, con la cabeza ardiendo. La hora del ejercicio, en que los niños corren alrededor de la fuente. Cada vez que un niño cae desmayado de insolación, el cura toca la campana para ordenar que nadie se detenga. Las sombras de los portales son territorio prohibido. Los curas golpean con sus varas a quienes escapan del sol. El sol es donde Dios los puede vigilar a todos.

Sentado en su camastro del dormitorio, Roca se mira el cuerpo enclenque, vestido con unos pantalones y una camisa de arpillera blancos, demasiado cortos para sus brazos y piernas. Cada noche se examina los brazos y las piernas en busca de llagas. Se rasca hasta que aflora la sangre. En la cama, se encoge bajo la manta y tiembla de miedo. Miedo al edificio enorme en que se encuentra, miedo a los ventanales, miedo a que se haga de día. Solamente de noche está a salvo. A veces, para conciliar el sueño, se baja del camastro y se arrastra hasta debajo del mismo. Ése es su Primer Lugar Seguro. Debajo del camastro cierra los ojos y se imagina que está bajo tierra, en un sótano diminuto y sin ventanas. Con una sola portezuela que comunica con el exterior y cuya cerradura está por dentro.

Pronto la necesidad de huir del sol se impone a todo lo demás. Cada vez que lo sacan a rastras de debajo de la cama, la luz lo ciega al instante y lo invaden las convulsiones. El contacto más pequeño con la luz le produce una herida roja que al cabo de un momento empieza a humear y se pone negra. La vida es una búsqueda de cobijo. Una sucesión de carreras de un punto de sombra al siguiente. Y cada vez es más difícil encontrar esos puntos. En el dormitorio de la Casa de la Caridad, en la iglesia, en el comedor, en los pasillos, las distancias se alargan. Las cosas están cada vez más lejos. Huyendo del sol, Roca camina hacia una puerta, pero cuanto más camina, más lejos está la puerta. Y cuando arranca a correr, las sombras se alejan más deprisa. Hasta dejarlo perdido en una extensión de tierra baldía, un desierto azotado por el sol. El cielo es enorme y de un azul intenso que le quema las retinas.

Roca cae de rodillas y se cubre la cabeza con las manos. Se encoge como un feto sobre la arena. Sin nubes, el cielo es un ojo gigante, una boca voraz que se cierne sobre él. En ese momento abre los ojos y está en la Casa de la Caridad, rodeado de caras que se ríen y de dedos que lo señalan. Rodeado de sus compañeros vestidos con los mismos uniformes blancos de arpillera. Y al niño que es Roca en el sueño lo sacuden las convulsiones y le sale vapor helado de la boca.

El Segundo Lugar Seguro es un armario olvidado al fondo de un cuarto donde se guardan los muebles y las cosas de la limpieza. El cuarto tiene forma de L, con lo cual el armario queda en un rincón apartado, detrás de una muralla de trastos. Invisible hasta para la gente que abre la puerta del cuarto para recoger algo. Roca empieza a frecuentar cada vez más el armario. A esconderse en él cada vez más horas del día, mientras los curas lo buscan por los soportales y debajo de las camas.

Dentro del armario, cubierto con una manta, el niño que es Menelaus Roca cierra los ojos y se cobija en un mundo cálido y seguro. Un sótano con la cerradura por dentro. El interior de un ataúd. El frío y el miedo se alejan. A la luz de una vela, el niño organiza los objetos de su mundo personal. Una ratonera. Una caja de bolas de naftalina. Un montón de trapos viejos. Los huesos de un ratón. Al fondo de un armario hay una caja que Menelaus Roca nunca ha conseguido abrir. Una caja de hojalata, con una cerradura vieja que se resiste a sus intentos de forzarla con un alambre. Con el paso de las semanas, los intentos de abrir la caja se convierten en un ritual al mismo tiempo apasionante y molesto. Y de pronto, en el preciso momento en que el alambre arranca por fin un clic de la cerradura, unos golpes imperiosos resuenan dentro del armario. Al niño le da un vuelco el corazón. Dentro del sueño, a la luz temblorosa de la vela, alguien empieza a llamar imperiosamente a una puerta. Frenético, el niño se pone a hurgar en la cerradura con las manos temblorosas. Y un instante más tarde, las cosas empiezan a alejarse. Las distancias se alargan.

Roca sabe lo que eso significa. Sabe lo que está a punto de pasar cuando las distancias se alargan y el cobijo de las paredes se aleja y el cielo se hincha en lo alto. Primero se queda repentinamente solo en medio de una extensión de tierra, sin techos ni paredes, intentando abrir la caja, indefenso bajo la luz que cae desde todas partes. A continuación los golpes en la puerta del fondo de la memoria se convierten en un retumbar rítmico de la tierra, en una vibración que se le transmite por las botas y le sube por las piernas. Y por fin el retumbar se convierte en un estruendo profundo, como un repercutir de planchas de metal: los pasos del Demonio.

El acercarse del Demonio siempre es lento. Lento y tortuoso, como si se regocijara en dilatar el terror de quien lo espera. Al principio su figura es un punto negro en el horizonte, que crece y crece. Y nunca se acerca de forma gradual. Durante un rato parece que se encuentra lejos, flotando en un horizonte reverberante, y *de repente* uno lo tiene encima.

Y Roca sigue intentando abrir la caja. Levantando la vista lo justo para ver la figura enorme a lo lejos, la cabeza terrorífica de perro, con las orejas enhiestas, el hocico lleno de dientes amarillos, las babas humeantes colgando. Desesperado, golpea la caja contra el suelo y trata de arrancarle la cerradura con las uñas. Por fin, con un chasquido inesperado, la tapa sale disparada.

Roca mira el interior. Un feto a medio formar, ensangrentado y azul por la asfixia. No más grande que un polluelo de gorrión. Y en ese preciso instante, todo se vuelve blanco.

17

LA CONVERSACIÓN ANGÉLICA

Un estruendo como no se ha oído nunca entre las paredes de la casa de Menelaus Roca despierta de golpe a su dueño. Aturdido, Roca levanta la cabeza del escritorio y su mejilla se despega con un ruido húmedo de la página donde se había quedado apoyada. En la mejilla sin afeitar le queda impreso un reflejo invertido de las notas de la página del cuaderno. A continuación, un ruido familiar. Un ruido de pasos descalzos corriendo, los pasos descalzos de Liberata. Menelaus Roca se restriega los ojos y cierra el cuaderno que tiene sobre la mesa. El estruendo ha venido de abajo, y aunque es la primera vez que lo oye, a Roca no le cabe duda de qué es lo que ha pasado.

Alguien acaba de tirar abajo la puerta de su casa.

Roca se frota la cara con fuerza para disipar las brumas del sueño. Sobre la mesa, un volumen abierto de crónicas jesuíticas de las colonias de Indias. Con el ceño fruncido, abre el cuaderno que acaba de cerrar y comprueba las últimas anotaciones. En 1692, el jesuita Juan Lorenzo Lucero cuenta que los brujos de los jíbaros tenían chozas apartadas donde bebían «el zumo de varias yerbas, cuyo natural efecto es embriagar al hombre con tanto vahído de cabeza, que está del todo y tan por los suelos, y bien se le hace la humildad de la ermita en que vive la yerta calavera de un embaidor». En 1737, el también jesuita Pablo Maroni escribe que los brujos «para adivinar, usan beber el zumo del borrachero, otros de un bejuco que se llama vulgarmente ayahuasca, ambos muy eficaces para privar de los sentidos, y aun de la vida, cargando la mano. Bébele, pues, el que quiere adivinar, con ciertas ceremonias, y estando privado de los sentidos boca abajo, para que no lo ahogue la fuerza de la hierba, se está así muchas horas y a veces aun los dos y tres días, hasta que haga su curso y se acabe la embriaguez». En 1754, por fin, el jesuita Manuel de Uriarte cuenta que los indígenas del río Coca «toman una raíz o corteza que llaman Yoco cuando quieren matar a alguno».

El estruendo de pasos que ascienden las escaleras de la casa se detiene al otro lado de su puerta y un par de golpes brutales destrozan la cerradura del Museum Clausum. Roca se da la vuelta a tiempo de ver a dos agentes del cuerpo de seguridad armados con mazos que entran en la penumbra de su museo y fruncen el ceño mientras esperan a que los ojos se les acostumbren a la falta de luz. Detrás de los dos primeros aparecen media docena más, uniformados y de paisano. Uno de los que blanden las mazas señala a Roca con el dedo.

—Eh, ¿qué *collons* le pasa en la cara al Trasgo? —dice.

Menelaus Roca se lleva una mano a la mejilla y luego se mira con el ceño fruncido las yemas de los dedos sucios de tinta. Levanta la vista justo a tiempo de ver entrar a Blai Boamorte. Las llamas de las lámparas de aceite tiemblan bajo la corriente de aire que entra por la puerta destrozada. Los agentes se hacen a un lado para dejar pasar al superintendente. Por un momento, parece que las mismas cortinas y el humo de las lámparas se apartan espantados ante su avance. Boamorte se va directo hacia el doctor Roca, pasando por entre las librerías y las vitrinas de curiosidades sin apartar la vista del frente.

—Le debo una disculpa —empieza a decirle Roca, y es lo último que tiene ocasión de hacer antes de que el puño de Boamorte se estrelle contra su nariz y se la parta en medio de un crujido de cartílagos y huesos.

Roca cae desplomado al suelo, agarrándose la cara ensangrentada. El golpe también parece haberle arrancado por lo menos un diente.

—No te preocupes, Trasgo —dice Boamorte, mirándolo desde arriba—. No voy a dejar que te dé la luz. Te voy a partir todos los huesos, pero por respeto a tu problema te voy a envolver en una alfombra.

Y apenas ha terminado de decirlo cuando, en efecto, los cuatro agentes de vigilancia que lo acompañan agarran cada uno una esquina de la alfombra y se ponen a enrollarla con Roca dentro. El anatomista se retuerce y forcejea, pero no puede hacer nada para evitar quedar envuelto. A continuación los policías se echan la alfombra al hombro y bajan nuevamente la escalera.

El trayecto escaleras abajo y luego en carruaje, con el traqueteo de los adoquines, es una sinfonía grandiosa de dolores. En la oscuridad de la alfombra, a Roca lo invaden visiones confusas. Imágenes de misioneros en la cordillera andina, que contemplan los rituales de los brujos indios desde el margen de la luz de una fogata, mezcladas con fragmentos de sueño que ya se empiezan a desvanecer. En un momento de subida brusca vomita varias bocanadas de bilis mezclada con trozos de diente partido. Al cabo de unos minutos, lo vuelven a sacar en volandas del coche y lo suben por unas escaleras. Por fin lo tiran sin miramientos al suelo. Roca se queda un momento intentando recuperar el aliento mientras los policías desenrollan la alfombra a patadas.

—O sea que éste es el famoso Trasgo —dice la voz de alguien que lo está observando.

Roca se incorpora hasta sentarse en el suelo. Los ventanales altos con sus parteluces labrados dejan entrar la luz vespertina rojiza. Deteniéndose apenas un segundo para limpiarse la cara con la manga, Roca gatea hasta esconderse debajo de la mesa enorme de mármol que ocupa el centro de la sala. Desde allí asoma la vista y contempla los murales. Seis paneles organizados en el sentido de las agujas del reloj, a razón de dos por cada pared que no da a la plaza. Los episodios de la batalla entre ángeles y demonios, extraídos del Apocalipsis de san Juan y de los profetas del Antiguo Testamento. La coronación de Satanás como querubín guardián, en lo alto de la Montaña Sagrada y rodeado de las piedras en llamas. El pecado de Satanás, cautivado por su propia belleza. La expulsión, seguida de la primera batalla del arcángel Miguel y sus legiones contra el Dragón del Apocalipsis. Y en la última pared, la batalla final de Miguel contra Satanás la Serpiente y la expulsión del cielo del Ángel Caído y sus huestes. Los pies blancos y puros pisando cabezas cornudas. Las túnicas azules ondeando al viento y dejando al descubierto muslos poderosos de marfil. Los brazos dorados blandiendo las lanzas. Y por debajo, las hordas de caras barbudas y de ojos rasgados. Demonios con cola de serpiente y serpientes con cabeza de brujas desdentadas. Menelaus Roca sabe perfectamente dónde se encuentra, no por haber estado antes ahí, sino por haber leído en numerosas ocasiones sobre esa sala y sus murales.

Está en palacio, en la Diputación de Barcelona. En el monte Táber.

A continuación baja la vista. Hay tres hombres en la sala, a juzgar por los tres pares de pantalones y zapatos que puede ver desde debajo de la mesa. El primer par de piernas, plantadas junto a la puerta, pertenece a Semproni De Paula, eso está claro. Cortas como las piernas de un niño y enfundadas en uno de sus trajes blancos. El segundo par de piernas son gruesas y están sentadas a la mesa, lo bastante cerca de Roca como para que éste pueda tocarlas con la mano si extiende el brazo. Tienen los zapatos tirados a un lado y acarician ociosamente la alfombra con la punta de un calcetín. Tampoco en este caso hay mucha duda: cualquiera que tenga la frescura de quitarse los zapatos en palacio solamente puede ser el jefe político en persona: el gobernador civil de Barcelona, Melcior Estrany. Por fin Menelaus Roca se gira en dirección al tercer ocupante de la sala, que ahora está plantado junto a la mesa, con las manos detrás de la espalda y la espalda inclinada para mirar a

Roca a la cara. Se trata de un hombre de edad indeterminada, entre los treinta y cinco y los cincuenta. Su frac es mucho más elegante que el de los otros dos. La configuración de sus pómulos, su frente estrecha y sus ojos grises lo delatan claramente como eslavo. El tercer hombre se agacha y señala con el mentón uno de los cuadros.

—Supongo que ha oído hablar usted de la locución angélica —le dice a Roca, estirando un poco el cuello para ver al hombre corpulento que está encogido debajo de la mesa—. Consiste en imprimir directamente en el entendimiento del otro la idea que uno quiere transmitir. Así es como los ángeles se comunican entre ellos, según la doctrina. Dice santo Tomás que la conversación angélica se lleva a cabo sin más que el deseo del ángel de dirigir su concepto a otro. No solamente los ángeles se entienden sin palabras, claro. Piense en los amantes. En los hermanos gemelos. —Hace una pausa y le ofrece una mano a Roca—. Me llamo Dado Blokium, por cierto. Quizás haya oído hablar de mí.

Roca se saca un pañuelo del bolsillo y se limpia la sangre de la boca.

—He oído hablar de su familia —dice con voz ronca—. Sé que cazan y veranean con la familia real.

Un carraspeo viene de encima de los pies descalzos y las piernas gruesas y sentadas del gobernador.

—El inspector De Paula está muy decepcionado. —La voz del gobernador suena más aburrida que genuinamente consternada—. Y con razón. Le costó lo suyo convencernos de que no lo mandáramos a la horca hace siete años. Y, con franqueza —añade, y hace una pausa donde Roca se puede imaginar perfectamente un encogimiento de hombros o una mueca de perplejidad—, empiezo a preguntarme por qué le hicimos caso.

Junto a la puerta, las piernas de Semproni De Paula se mueven, incómodas.

—Ahora nos encontramos con un problema —continúa la voz del gobernador—. Lo hemos sacado de la Reina Amalia, que es donde metemos a los asesinos como usted, para que nos ayude. La idea era que, si nos ayudaba, podíamos mantenerlo fuera de la cárcel una temporada, dejarle que respirara un poco de aire. Lo que no nos esperábamos era que se iba usted a negar a trabajar para nosotros.

—Denme una pistola —dice la voz de De Paula—. Y lo mato ahora mismo.

—Se da el caso —continúa la voz del gobernador— de que ese hombre a quien visitó usted la otra noche está casado con la hermana de mi esposa. O sea que no solamente no ha hecho usted nada por ayudarnos, sino que también nos está poniendo en evidencia. Haciéndonos quedar como unos payasos, *a veure si m'enten*. Y ahora no sabemos qué hacer.

Agachado en la alfombra, Blokium mira fijamente a Roca.

—Esto es el monte Táber, doctor Roca —dice—. Las columnas de Hércules, por así decirlo. Todos los que estamos aquí somos el Círculo de Ángeles del cielo. Nuestras alas son tan grandes que cubren la ciudad. Es por eso que no necesitamos dar demasiadas explicaciones. Aquí en palacio nos entendemos sin palabras.

—Para serles sincero —dice la voz del gobernador, con la boca llena—, a mí no me iría mal que alguien me explicara a qué viene tanto jaleo. Esos Crímenes de la Esperanza son obra de algún invertido, y por lo menos tienen a la gente distraída. Me preocupan mucho más los sediciosos que conspiran por todos lados. Pero órdenes son órdenes, y la orden de darle a usted otra oportunidad viene de la Corte.

—Estoy seguro de que es una orden juiciosa —dice Blokium.

La voz del gobernador tarda un momento en contestar, durante el cual se oyen los ruidos húmedos de la masticación.

—Eso no lo sé —dice por fin—. Pero si se trata de hacerle entender al Trasgo la importancia de las cosas, podemos intentar explicárselo otra vez.

El doctor Menelaus Roca oye un chasquear de dedos. Varios brazos procedentes del grupo de agentes que lo han traído enrollado en la alfombra lo agarran de los tobillos y lo sacan a rastras de debajo de la mesa, entre sacudidas y forcejeos. Cubriéndose la cara con la mano para protegerse de la luz, Roca ve cómo el pequeño inspector vestido de blanco procede a quitarse la chaqueta. Durante tres minutos, De Paula y los agentes se dedican a golpear con puños y botas la masa inerte y reblandecida que es el cuerpo de Menelaus Roca. Después de la primera media docena de golpes, Roca se desploma en el suelo, donde dos de los agentes lo agarran de las axilas y lo levantan otra vez para favorecer la labor de quienes lo siguen golpeando. Poco a poco su cara deja de parecerse a su cara. Su ropa empieza a teñirse del color oscuro de la sangre. Al final, Roca tose un par de veces y vomita un chorro de sangre. De Paula y sus hombres lo dejan caer al suelo.

—¿Con eso ya vale? —pregunta el gobernador con las cejas levantadas.

De Paula asiente con la cabeza y se frota los nudillos doloridos. Después va a un rincón de la sala y coge una pala de cavar. Se la tira encima a Roca, que suelta un gemido.

Roca levanta la vista y mira primero la pala y luego a De Paula.

—¿Qué es esto? —dice.

—Una pala —contesta De Paula—. ¿A ti qué te parece que es? Esta misma noche desentierras esos cadáveres de la huerta de San Pablo y te los llevas a tu casa. No me importa cómo lo hagas, con tal de que no te vea nadie y nadie sepa que te los has llevado. Y ahora, fuera de mi vista.

Roca intenta ponerse de pie, pero los zapatos le resbalan en el charco de sangre y se vuelve a caer al suelo.

18

DEBAJO DEL HIELO

La luz que cae sobre la terraza del sanatorio del doctor Sigfrido Moria es la luz más fuerte que Aniol Almarrosa ha visto desde hace muchos meses. Protegido del sol con su sombrero de ala ancha, gafas ahumadas y su capa negra de la que solamente asoma la mano que sostiene el bastón, Aniol destaca poderosamente en medio del ejército de pacientes con camisas de dormir blancas, médicos con batas blancas y monjas con hábitos blancos que llena la terraza del sanatorio. Aunque no están a más de cinco leguas de la ciudad, el cielo de encima del sanatorio es un cielo azul y despejado. La brisa que viene del mar huele a sal y a espacios abiertos y un poco a carcasas de animales marinos. No huele a humos industriales ni a excrementos ni a miles de personas apiñadas en un puñado de manzanas. Mirando desde la terraza hacia el sur, Aniol puede ver la ciudad como si fuera un inmenso animal mecánico acostado, con su espina dorsal de chimeneas industriales, tejados de fábricas y depósitos de aguas. Encima de la misma, como un gigantesco hongo o una flor que se eleva majestuosamente hasta las nubes altas, la nube de humos químicos. El Dosel de Sombras.

La voz del médico distrae su atención del paisaje:

—Los padres de usted deben de estarle infinitamente agradecidos —dice el médico con voz obsequiosa desde detrás de su mascarilla clínica—. Hay pocos hijos que sean tan buenos cristianos en los tiempos que corren. La familia se está debilitando. La sociedad entera está enferma, con esa fiebre del oro de la que todos hablan. Es usted un ejemplo para los jóvenes, señor Almarrosa. Y yo por mi parte tengo que felicitarlo por la inteligencia que demuestra al elegir el tratamiento de heroína del doctor Sigfrido Moria de Leipzig.

Aniol se gira para contemplar a su madre. La señora Almarrosa está sentada en una hamaca de lona a rayas. La manta de hacer vahos le cubre la cabeza y el torso y deja al descubierto la parte inferior de su cuerpo consumido. Los manchones de orina en la camisa de dormir. Las garras moteadas y aferradas a los brazos de la hamaca. Las piernas cubiertas de llagas y rematadas con pantuflas.

La monja que la está atendiendo levanta la manta de hacer vahos. Su madre separa la cabeza del plato con las brasas de heroína que ha estado inhalando. Sus ojos no son más que medias lunas blancas por debajo de los párpados caídos. De la boca abierta desdentada le cae un chorrito de babas.

—La heroína es la *revolución* de la medicina pulmonar —continúa el médico—. Solamente hace un par de años que se usa, pero es fulminante. Creemos que en una década habrá erradicado la tuberculosis, el asma y la bronquitis de la faz de la tierra. Con las primeras dosis se detiene el espasmo de la tos y la irritación nerviosa que lo acompaña. Con los tratamientos combinados de jarabes y vahos de heroína, nuestros pacientes recuperan las ganas de vivir en cuestión de semanas.

Aniol Almarrosa mira a su madre con una ceja enarcada. Sentado detrás de ella en otra hamaca de lona a rayas, su padre permanece escondido detrás de un ejemplar abierto del *Diario de Barcelona*. Al final de la terraza, más allá del grupo de pacientes con camisas de dormir que están pintando marinas al óleo bajo la supervisión de un instructor, la orquestina del sanatorio está destrozando una rapsodia húngara de Franz Liszt.

—No hace falta que le recuerde —dice el médico— que solamente hace diez años que el tratamiento para los tísicos como su madre se basaba en supersticiones. Poner a los pacientes en la cima de una montaña, por ejemplo. Espero no importunarlo. —El médico se saca del bolsillo un ejemplar enrollado de la última entrega de *La ciudad secreta* y lo alisa dándole unos golpes con la mano—. Pero me preguntaba si me podría firmar una copia de su célebre novela.

Aniol coge la novela y la pluma que le ofrece el médico y firma en la primera página.

—No quisiera desaprovechar la oportunidad —dice el médico— para animarlo a que escriba sobre nuestro sanatorio. Ya que está usted aquí. El mundo tiene derecho a conocer nuestros milagrosos tratamientos.

Aniol lo piensa un momento. Por fin dice:

—Puedo ponerles un anuncio en la contraportada, si acaban deprisa con mi madre y dejan de mandarme facturas.

El médico ríe la ocurrencia y se vuelve a meter la novela en el bolsillo con gesto distraído. A continuación se excusa para continuar su ronda de visitas a los pacientes. Aniol Almarrosa se queda a solas con sus padres. Su padre pliega ruidosamente su ejemplar del periódico y se queda mirando a su hijo con una mueca de desprecio.

—¿Y ahora qué *collons* quieres? —dice—. ¿No tienes ya lo que querías?

Aniol pasea de arriba abajo por la terraza, golpeando el suelo con su bastón. La idea que lo ha traído al sanatorio ya le empezó a rondar la cabeza en los días posteriores a que se publicara el parricidio de Merlín Fluxá. Las ventas de la novela han subido tanto que ha tenido que comprar una nueva imprenta para el taller. La máquina llegó hace dos días a la calle de la Canuda en una vagoneta colosal arrastrada por un tiro de veinticuatro caballos, en medio de los vítores y los aplausos del público. El reparto ya llega a todas las poblaciones vecinas. Probablemente incluso hasta este sanatorio, donde ahora la brisa del mar hace ondear su capa negra. Por fin se detiene delante de sus padres y se saca algo del bolsillo. Un documento amarillo y atado con varias vueltas de cordel negro. Lo desdobla con prolijidad, revelando un plano de grandes dimensiones. El tiempo ha desvaído la tinta hasta darle un color ocre muy parecido al del mismo papel y casi invisible en algunos puntos. El padre de Aniol se queda mirando el plano con cara perpleja.

—¿Para qué traes *eso* aquí? —dice.

—Es muy sencillo. —Aniol sostiene con una mano el plano agitado por la brisa mientras con la otra se aguanta el sombrero—. Puedo vender los derechos de publicación de *La ciudad secreta* a un impresor de Madrid para doblar la tirada. O triplicarla. Me han llegado varias ofertas. Pero no me hace falta. Puedo *comprar* un taller allí. O una imprenta, ya puestos. Puedo comprar la que quiera. —Hace un gesto con las manos como si fuera un prestidigitador—. La Imprenta Almarrosa se convertiría en la más grande del país. Claro que tendría que reunir capital. Vender tierras, que tampoco es que a la familia le queden muchas. Para eso no me hace falta vuestra firma. Pero también está esto. —Agita el plano—. La cripta familiar.

La madre de Aniol da cabezadas con los ojos entrecerrados. La barbilla le cae una y otra vez sobre la pechera babeada del camisón. Su padre suspira.

—Olvídate ya de nosotros, *desgraciat* —dice por fin—. Ya no nos puedes hacer más daño. Ya no tenemos hijo. Estamos mejor así.

—La cripta de los Almarrosa está en la mejor parte del cementerio —continúa Aniol—. He hablado con los responsables. Es la parte más elevada y la que menos se inunda cuando llueve. Ciento treinta varas cuadradas, con obra de granito y mármol de la montaña. Todo construido hace menos de ochenta años. He hecho tasar la cripta, padre. Con lo que me darían podría montar un taller nuevo con seis máquinas. Si me conformo con cuatro, os puedo comprar una parcela pequeñita en el cementerio nuevo que están haciendo en Montjuich.

—Pero *quin tros de malparit*. —Su padre niega con la cabeza—. Después de todo lo que hemos hecho por ti. Demasiado bien te tratamos. Si no hubieras estado siempre entre algodones, no habrías salido como has salido. —Vuelve a negar con la cabeza y regresa a la lectura del periódico.

La madre de Aniol levanta lentamente la cabeza y mira a su hijo con los ojos bizcos.

—Aniol, *rei meu* —le dice—. Yo siempre te he querido. Y te querré siempre. *El meu pobret*, que se cayó debajo del hielo.

Al fondo de la terraza, sobre el rumor de fondo del batir de olas, la orquesta continúa destrozando la rapsodia húngara con indiferencia jovial. El comentario de su madre coge a Aniol por sorpresa. Como una ráfaga de aire que aviva una llama que tiene muy adentro. Nota cómo le arden las mejillas y el nacimiento del pelo. Por un momento, el recuerdo lo deja paralizado: la excursión familiar a las faldas del Montseny, cuando Aniol tenía siete u ocho años, y la sensación fabulosa de ver la nieve por primera vez en la cima del Pedraforca. Y luego el desastre: estaba patinando en una balsa helada cuando el hielo se resquebrajó, y la zambullida que duró el instante más largo de su vida. Porque debajo del hielo el tiempo se detuvo. Un mundo inmóvil de color verde iridiscente, con las manchas anaranjadas de los peces suspendidos. El instante interminable en medio del mundo verde, inmóvil, asombrado, mirando a los peces que se acercaban a mirarlo con curiosidad. Un instante que probablemente duró apenas unos segundos, hasta que su padre se zambulló para sacarlo, pero que al mismo tiempo duraría para el resto de su vida. Luego los dos años que se pasó en la cama, recuperándose, con la cara llorosa de su madre siempre a su lado, siempre aplicándole compresas y dándole jarabes y metiéndose con él en la cama cuando el frío le provocaba violentos temblores. Ahogándolo con su amor. Y después, cuando por fin estuvo en condiciones de salir de la cama, nada cambió. Su madre seguía llorando día y noche por él, por aquel chico que ya se quedaría debilucho y enfermizo para siempre. *Pobret* Aniol por aquí y *pobret* Aniol por allí. Y aquellos abrazos blandos y húmedos que no le dejaban respirar.

El recuerdo se disipa con el enésimo chirrido desafinado de la orquesta. Aniol mira a su madre con los ojos repentinamente inyectados de sangre.

—Ya he reservado la parcela nueva —dice, doblando el plano con furia y atándolo de cualquier manera—. Los huesos de los abuelos y las tías los pueden pulverizar y meterlos todos en el mismo nicho. Tampoco es que les *haga falta* nada más. Vosotros podéis ir juntos para ahorrar espacio. Mi abogado traerá los papeles mañana mismo para que los firméis. Son cinco años de alquiler para daros un poco de tiempo a disfrutar la parcela antes de ir a la fosa común. Alegraos. —Hace una pausa para ver el efecto de sus palabras. Ahora la terraza entera los está mirando—. Me han dicho que tiene vistas al *mar*.

En el coche de caballos que lo lleva de vuelta a la estación del ferrocarril, y a bordo del tren que lo devuelve a la ciudad, Aniol Almarrosa rememora con satisfacción la cara de horror de su madre. El ataque de toses y asfixias en medio del cual la ha dejado, victorioso por fin, alejándose con su capa negra al viento, mientras las monjas corrían a atenderla. Mirando por la ventanilla del tren, repasa mentalmente las mejores partes de su discurso en el sanatorio y fantasea imaginando partes del mismo que no se le han ocurrido a tiempo. Un par de horas más tarde, se apea del tren. Aunque todavía es mediodía, comprueba con satisfacción que la penumbra se ha adueñado del mundo. La ciudad entera se asfixia bajo el Dosel de Sombras. Otro carruaje lo lleva hasta la imprenta, donde supervisa la composición del texto y las ilustraciones de la nueva entrega de su novela. A última hora, cuando ya apenas queda media docena de trabajadores en el edificio, Aniol se dirige al jefe de impresores y le encarga que esta vez le deje un ejemplar de la primera edición listo sobre su mesa para poder revisarlo nada más llegar por la mañana.

—No le entiendo —dice el impresor—. La semana pasada ya le dejé un ejemplar sobre la mesa, justo antes de irme a dormir.

—Pues se debió de equivocar usted de mesa —dice Aniol—. Más le vale no volver a equivocarse esta vez.

Ya es de madrugada cuando llega a su casa y se desploma en la cama sin desvestirse y duerme hasta que lo despiertan los gallos.

Desde su ático, Aniol ve cómo el sol asoma sobre las colinas. A continuación se mira la ropa y el pelo acartonados. En menos de media hora se ha lavado y se ha cambiado de camisa y se ha subido a un coche que lo devuelve a la calle de la Canuda. Sube las escaleras a trompicones, silbando una melodía, y abre con brío la puerta de su despacho para encontrárselo bañado por los rayos rosados de la luz matinal. Busca y rebusca por su mesa, pero el ejemplar para su lectura privada no está por ningún lado.

Lo que sí hay, encima de los montones de libros y papeles desordenados, es otra página escrita en latín. Con la misma caligrafía arcaica, apretada y casi ininteligible. Un bloque de texto sin separación entre palabras ni párrafos. «IESUSCHRISTUSETDULCISQUE.» Con las volutas laboriosas de las letras copiadas por la misma mano torpe y analfabeta. Aniol se queda mirando la página durante un rato muy largo, sin moverse, mientras el sol asciende por encima de los tejados.

19

LEIPZIG

Sentado en su taburete de hierro, provisto de unas facciones que todavía no son las suyas, unos labios y una nariz inflados que le dan un aspecto vagamente negroide, el doctor Menelaus Roca contempla los tres cadáveres que yacen en el centro de su sala de disección: los dos primeros colocados sobre la mesa de necropsias y el tercero en una camilla de hierro. El de la camilla, con la cabeza sobre el tronco pero separada del mismo, se dedica a contemplar su propio cuerpo con los ojos medio cerrados. Como si no le acabara de interesar lo que ve. Los de la mesa están costado con costado, con la cabeza de uno junto a los pies del otro y viceversa. Dos arenques en un cajón de salmuera.

El proceso de desenterrar los cuerpos y traerlos ha resultado desconcertantemente fácil. Como si ya los hubieran enterrado allí previendo que Roca tendría que profanar las tumbas. Poco después de la medianoche, el anatomista ha entrado en los huertos de San Pablo por un camino trasero, sentado en el pescante de una carreta y con cuatro agentes del Cuerpo de Vigilancia en la parte de atrás. Las tumbas eran poco profundas, y el lugar era un recodo del cementerio separado de la avenida principal por una tapia. Invisible para cualquiera que pasara por los caminos próximos. Cajones de madera anónimos para las víctimas anónimas, debajo de cruces sin inscripciones. En cinco minutos los policías ya lo habían cargado todo en la carreta, fumando y charlando en voz baja bajo la luna llena.

Liberata empieza lavando los cadáveres con un balde de agua y una esponja. Les limpia la sangre apelmazada de las heridas. Les quita la tierra, las larvas y los gusanos. Sus movimientos son delicados, casi dulces. Los acaricia con la esponja y luego se agacha para escurrirla en el balde. Roca se incorpora con esfuerzo del taburete. Con movimientos rígidos, se pone su bata y espera a que Liberata se la ate por detrás de la espalda. Se pone los guantes y se acerca a los cuerpos, apartando a manotazos la nube de moscas que los cubre. Desde la mesa de necropsias, la segunda víctima, la chica de la playa, se lo queda mirando con una sonrisa. La sonrisa no es resultado de la expresión con la que murió, sino del hecho de que los escarabajos se le han comido varios trozos de boca.

Determinar la causa de la muerte se presenta complicado, dado que las dos primeras llevan bastante tiempo muertas y la tercera ha sido eviscerada y rellenada con fluidos químicos. Lo más que su informe puede obtener es una causa probable. La gran mayoría de las heridas de los tres cuerpos son post mórtem y superficiales. Resultado de trasladar el cuerpo durante un trayecto largo. El asesino tiene dificultades para cargar con el peso de sus víctimas. Parece que las ha arrastrado durante una parte del traslado. Lo mismo sucede con los golpes en el cráneo. Golpes sin mucha fuerza, que han terminado por hundir el cráneo no a base de fuerza sino más bien de insistencia. Determinar si esos golpes son la causa de la muerte parece imposible. Roca extrae tejidos de los cuerpos y analiza el grado de podredumbre interna y el estado de los órganos para determinar posible envenenamiento o señales de asfixia, pero el estado de los cadáveres no permite saber nada con certeza. Liberata se ha retirado a la puerta de la sala para contemplar su trabajo, tal como tiene costumbre de hacer. Sentada en el peldaño del umbral, abrazándose las rodillas como una niña. Hurgándose la nariz.

Después de trabajar con los cuerpos durante dos o tres horas, Roca se siente listo para sacar sus conclusiones.

Se quita los guantes y se los da a Liberata, que los tira en el balde para hervirlos junto con el instrumental. A continuación acerca su taburete a una mesa y se sienta para escribir su informe. El Asesino de la Esperanza, escribe, es casi con seguridad un hombre enfermo o una mujer. Carece de fuerza en los brazos y podría tener algún problema para caminar, a la vista de cómo los cadáveres han sido medio cargados y medio arrastrados hasta el lugar de su hallazgo. Sus víctimas parecen haber sido elegidas por su debilidad: la primera presentaba signos de dipsomanía avanzada, con podredumbre del hígado y principio de gangrena en las extremidades. Si no estaba ya muerto cuando lo encontró el asesino, le faltaba poco. La segunda y la tercera víctima son adolescentes livianos y con síntomas de malnutrición. No hay ninguna señal de que el asesino peleara con las víctimas, y es casi seguro que los golpes en la cabeza fueron propinados cuando las víctimas ya estaban postradas. De manera que es razonable pensar que el asesino atacó a sus víctimas mientras estaban inconscientes y que les ató las manos a la espalda para reforzar su indefensión. Las ligaduras de las manos también son obra de un autor débil y torpe. El elemento más desconcertante del informe es el hecho de que los golpes en los cráneos proceden de varias direcciones. En las tres víctimas se aprecian entre dos y cinco direcciones distintas de golpe contundente. En un primer momento, Roca atribuyó esto a un posible asesino múltiple, pero pronto ha tenido que descartar la hipótesis. Varios asesinos, por enfermos que estuvieran, no habrían tenido problemas para cargar con los cuerpos. Por no mencionar el hecho de que resulta inconcebible que varias personas distintas hayan podido presentar simultáneamente signos de depravación tan extrema. La doctrina psiquiátrica no deja lugar a dudas: los pervertidos y los depravados son gente solitaria.

El traslado de los cuerpos y la escenificación posterior también son factores cruciales de cara al informe. El asesino dispone de un lugar donde matar a sus víctimas, eso es seguro. Un sitio privado donde puede llevarlas y una vez allí drogarlas y proceder a quitarles la vida. La ubicación de dicho sitio es un asunto menos claro, dado que los dos últimos cadáveres se han encontrado en la barriada de San Beltrán, a media legua de distancia entre sí, pero el primero se encontró en el Padrón. En cualquier caso, la circunstancia refuerza la hipótesis de la mujer asesina. Una mujer tendría más facilidad que un hombre enfermo para atraer a las víctimas al lugar seguro, despertando menos recelo o incluso usando sus dotes de seducción.

Por fin está el asunto de la escenificación: la disposición de los cuerpos y sus mutilaciones indican que el autor es un lunático depravado, con toda probabilidad un invertido, o en caso de ser una mujer, una enferma de desviación mórbida o incluso de tipo sáfico. Dicha desviación explicaría que una mujer pudiera encontrarse detrás de las salvajadas del Asesino de la Esperanza.

Después de terminar su informe para el inspector De Paula, cuatro páginas de caligrafía minúscula, y de guardar los cuerpos en sus cajones refrigerados, Roca baja a la cocina. El amanecer se anuncia como siempre dentro de las habitaciones eternamente oscuras de la casa de Menelaus Roca en la calle Riudecendra: en forma de líneas blancas y finas que bordean los tablones que ciegan las ventanas. Y también en forma de un rumor lejano procedente del tráfico matinal de las calles del Carmen y del Hospital. Relinchos de mulas. Gritos de las hortelanas que venden su producto por las calles y que desde el interior de la casa se confunden a menudo con los relinchos de las mulas.

En la cocina, se sirve un vaso de vino y corta un trozo de tocino. Las heridas de la cara y las costillas rotas le mandan descargas de dolor. Varias cucarachas se lo quedan mirando desde la despensa, aunque Roca sabe muy bien que no lo están mirando, que lo que están haciendo es agitar las antenas en su dirección porque han percibido una ligera corriente de aire al llegar él. Se sienta a la mesa de la cocina y come en silencio, con esa cara inexpresiva de animal alimentándose que no solamente es la cara con que él come, sino lo más parecido que tiene a su expresión natural. Liberata está sentada con las piernas cruzadas en el suelo del rincón. Así sentada, con el cuerpo entero inclinado hacia delante, su espalda huesuda vuelve a transmitirle a Roca la sensación de que se ha convertido en una mujer adulta mientras él estaba fuera. El anatomista nota un ligero hormigueo en la base del pene. Termina de masticar el tocino y ayuda a bajarlo con el vino. A continuación se pone de pie.

Liberata está examinando algo que tiene en el suelo. Roca se le acerca. Lo que está mirando es una de esas novelas por entregas llenas de ilustraciones subidas de tono. Debe de habérsela robado a alguno de los bouquinistas de Santa Mónica. Roca intenta cogérsela de las manos, pero ella forcejea y trata de morderle. Roca se la arranca de las manos y le da un bofetón que la manda contra la pared.

Mientras Liberata sale gateando de la cocina, Roca se sienta con el folletín en la mano. Se titula *La ciudad secreta*. Echa un vistazo a los grabados y frunce el ceño. Como suele sucederle en situaciones de dolor o trastorno físico, la aparición de un estímulo intelectual suspende las señales del cuerpo. Lo que ha llamado su atención poderosamente no es el contenido en sí del folletín, sino el aviso publicitario que hay en su contracubierta. Un dibujo de una persona sentada en una hamaca bajo el sol, aparentemente disfrutando de una experiencia física placentera. El doctor Roca examina el dibujo de la persona sentada al sol y deja que su experiencia médica entre en juego. La expresión de la persona dibujada transmite algo más que el simple placer físico. Hay algo más. Síntomas evidentes de alteración de la conciencia. Dilatación de las pupilas, distensión de la mandíbula. Le vuelve a la cabeza la imagen del misionero que contempla los rituales de brujería desde el margen de la luz de la fogata. La persona tumbada en la hamaca ha sido envenenada.

El texto que acompaña al aviso publicitario dice lo siguiente:

LAS ENFERMEDADES PULMONARES Y RESPIRATORIAS
HAN LLEGADO A SU FIN
CON EL TRATAMIENTO A BASE DE HEROÍNA
DEL DOCTOR SIGFRIDO MORIA DE LEIPZIG.
CURACIÓN GARANTIZADA.

20

LA SEÑORA DE PAULA Y LAS LIBÉLULAS

El inspector Semproni De Paula entra en el recibidor de su hogar conyugal en la calle de la Libertad, mira a su alrededor con desconfianza y tira del cordón que avisa a la criada. Con el sombrero y el abrigo en la mano, se dedica a buscar sin éxito por la planta baja a la criada que debería haber salido a recogerle el sombrero y el abrigo. Cuando pasa frente a la chimenea fastuosamente encendida del salón se queda mirando las llamas con el ceño fruncido. Los indicios de una de las Ocasiones Conyugales Especiales de su mujer se multiplican. Las flores frescas en la galería. Los candelabros encendidos por todos los rincones. El olor a algo comestible que tuvo potencial para ser suculento antes de que la señora de Semproni De Paula llegara y lo calcinara por completo. Mientras cuelga el sombrero y el abrigo del perchero del recibidor, De Paula no está seguro de qué es lo que teme más: las noches cada vez más frecuentes de furia silenciosa, sentado a la mesa de la cocina y esperando el ruido del carruaje que traiga a su mujer de madrugada, o bien las raras Ocasiones Conyugales Especiales que organiza su mujer. Que siempre significan que su mujer está a punto de pedirle algo grotescamente caro o bien horrorosamente humillante o con toda probabilidad ambas cosas a la vez.

Cuando Remei De Paula aparece por fin en la puerta del salón, lo hace envuelta en una nube de olor a cosas suculentas calcinadas. Su marido trata de respirar por la boca. Por lo demás, la aparición de Remei tiene el efecto acostumbrado sobre él. Un efecto que se parece mucho a un mazazo en el pecho. Un golpe que lo deja sin respiración y sin habla durante un momento y que después le hace sentirse patoso y estúpido. Puede que Semproni De Paula no sea el hombre más inteligente del mundo, y él mismo está dispuesto a admitirlo, pero nunca se siente tan torpe y estúpido como cuando tiene delante a su mujer.

–¿Qué está pasando aquí? –dice el inspector–. ¿Se ha cancelado tu baile de esta noche?

Remei pulula por la sala con expresión feliz. Sin propósito aparente.

–He mandado a la criada a casa –dice con voz cantarina.

El inspector reconoce la actitud de su mujer como esa actitud de niña encantadoramente atolondrada que ella ha perfeccionado igual que ciertas especies animales perfeccionan intrincados procesos de adaptación al medio. Arpones y cuellos telescópicos y complejos sistemas de camuflaje cromático. Esta noche Remei De Paula lleva un vestido de muselina oscuro sin miriñaque, corpiño y blusa sin mangas. Tal como su marido tiene ocasión de certificar una vez más, la belleza de Remei no es exactamente una belleza pálida y salvaje y voluptuosa que se le echa a uno encima como una ola gigante y lo deja prácticamente sin respiración. Si fuera solamente eso, la vida del inspector Semproni De Paula sería bastante más fácil. La belleza de Remei es como esa ola gigante y *además* es como un insulto. Un insulto perfecto e incontestable.

–¿Qué es ese olor? –pregunta él.

–Es un lechón –dice ella con orgullo. El inspector hasta podría jurar que su voz es más aguda. Que todo su lenguaje corporal se ha infantilizado–. He ido esta mañana al mercado y lo he preparado yo sola.

Sentado frente a su mujer a la mesa del salón comedor, De Paula se las apaña para tragar cuatro o cinco bocados de la carne calcinada del lechón. Ayudando a bajarlos con vino. Su expresión es la misma expresión funesta de todas las Ocasiones Conyugales Especiales de su mujer. Desde la portada del *Diario de Barcelona* que tiene abierto sobre la mesa, un titular le revela la última explicación científica del misterio de las libélulas en invierno. La comunidad científica no se pone de acuerdo. Las explicaciones se suceden en las páginas del periódico. Alguien dice que las libélulas que han aparecido en Barcelona anuncian un huracán que arrasará la ciudad. Alguien dice que es la contaminación de las aguas. Alguien dice que es la indecencia de las mujeres, aunque Semproni De Paula no acierta a entender esta última explicación. Lo cual no quiere decir que no la secunde con pasión. Su lectura está amenizada por la voz cantarina de su mujer, hablándole de gente a quien él no conoce y ella probablemente tampoco, y de las actividades a que dicha gente se dedica por culpa de tener demasiado tiempo libre.

—Comes como un pajarito —le dice Remei cuando él se quita por fin la servilleta del cuello de la camisa. A continuación le alborota el pelo igual que uno hace con los niños—. Tienes que ponerte bien fuerte, que yo te quiero fuerte y sano.

—¿Tú? ¿A mí? —De Paula parece genuinamente perplejo—. ¿Y para qué, si puede saberse?

—¿Tú qué crees, tontorrón?

Semproni De Paula cierra el periódico. Cinco minutos más tarde, entre las sábanas, el cuerpo de Remei es un animal de otro mundo: terso como un armiño y repleto de partes extrañas y fascinantes que abultan y se hunden y se pliegan sobre sí mismas. El susurro de seda con que su piel acaricia las sábanas es increíblemente delicado y al mismo tiempo está cargado de una energía febril. Semproni De Paula se sienta al pie de la cama para quitarse con parsimonia un zapato y luego el otro. A continuación va dejando cada prenda doblada sobre la silla. El cuerpo que queda al descubierto es un cuerpo risible, desprovisto de los atributos de los cuerpos masculinos. Sin músculos poderosos. Sin manos grandes y fuertes para agarrar a las mujeres del pelo y robarles besos de las bocas ansiosas. Sin un pene que sea como una bestia poderosa dormida en medio de una madriguera de pelo ensortijado. El pene de Semproni De Paula, de hecho, es poco más grande que un dedo y brota en medio de un vello pajizo y ralo y lastimoso. La cara de su mujer cuando mira su cuerpo desnudo no contiene ningún elemento explícito de burla. Como mucho un alzamiento casi invisible de la comisura del labio, que bien podría ser una muestra de cordialidad o incluso de picardía. Y, sin embargo, es una cara que infunde en el inspector un deseo oscuro de hundirla a puñetazos.

Cinco minutos después de realizar el acto matrimonial —el inspector con una mueca crispada y las venas del cuello abultadas, su mujer con una media sonrisa minúscula y mirando tranquilamente hacia la pared—, Remei levanta una mano, acostada en su lado de la cama, para que algo grande y silencioso y reverberante se le pose en el dorso. Una libélula. Una de las misteriosas libélulas invernales. El inspector se incorpora hasta apoyarse en los codos y se queda mirando al animal con una mueca de asco. La aparición le acaba de despertar un desagradable recuerdo infantil. No es que quede gran cosa que rememorar de la infancia de Semproni De Paula. El inspector ya lleva mucho tiempo extrayendo de ella todos aquellos recuerdos que lo ponían de mal humor, hasta dejarla prácticamente vacía. Y, sin embargo, la libélula acaba de resucitar una imagen de sí mismo caminando por el borde de cemento del canal, probablemente alrededor de la época en que dejó de crecer, y del pánico que sintió al sentirse rodeado de aquellos insectos gigantes. Élitros silenciosos. Caparazones reverberantes. Cabecitas como guisantes malignos. Y él sacudiendo el aire con las manos frenéticas y chillando con voz aguda. Durante un segundo, Semproni De Paula siente el mismo asco que aquel niño espantado que chilló con voz de niña.

—Saca ese bicho de aquí —dice.

Un borboteo de mal humor le sube por el pecho, igual que el agua maloliente por un desagüe embozado.

Remei se acerca la mano a la cara para contemplar más de cerca al extraño animal.

—La semana que viene hay una fiesta —dice, girando un poco la muñeca para mirarlo desde todos los ángulos—. Todo el mundo dice que va a ser la fiesta del año. Podemos ir juntos, si te parece.

—¿Juntos? —El inspector se gira para mirarla—. ¿Quieres decir *tú y yo*?

Ella lo mira con una media sonrisa.

—Soy tu mujer. No pasa nada porque me saques a bailar, ¿no?

Por un momento, Semproni De Paula mira con sorpresa el espectáculo de su mujer y la libélula. La armonía de esos dos seres simultáneamente hermosos y terroríficos.

—Va a ser en la Torre dels Corbs —dice ella—. *La Torre dels Corbs*. Oh, Semproni. Daría lo que fuera por verla por dentro.

El inspector frunce el ceño, incapaz de apartar la mirada del insecto posado en la mano blanca y fina.

—¿La Torre dels Corbs? —dice—. Yo he estado ahí. ¿No es la casa de Dado Blokium?

Remei De Paula levanta de golpe la cabeza, con una mueca de sorpresa teatral.

—¿Conoces a *Dado Blokium*?

Y en ese momento, la libélula despliega los élitros silenciosos y se lanza sobre el inspector Semproni De Paula. Su chillido agudo de niña se puede oír desde la casa entera.

21

EL JARDÍN DE LOS ELÉBOROS

Menelaus Roca se para a contemplar la entrada de la Nueva Imprenta Almarrosa. El arco con motivos japoneses y egipcios. Las doncellas extasiadas de los pilares del dintel. El parpadeo de las farolas hace que las criaturas fantásticas de la entrada cobren vida. Una bandada de murciélagos sale volando. Una medusa vestida con una túnica ondulante señala con una mano de uñas largas el anuncio publicitario que Roca lleva doblado dentro del bolsillo. «CURACIÓN GARANTIZADA.» La idea de que el tratamiento de heroína del doctor Sigfrido Moria está relacionado con la droga mencionada por el doctor Fauré y por Max Téller se ha abierto paso en la mente de Menelaus Roca tal como acostumbran a abrirse paso en su mente esa clase de ideas. No como la luz al final de un túnel de conjeturas, sino más bien de esa manera en que una catástrofe natural irrumpe en el orden de las cosas. Borrando todo lo demás. Haciendo que nos olvidemos del hecho mismo de que existía una vida cotidiana antes del desastre.

Dentro de la imprenta hay una docena de trabajadores, fundiendo planchas de grabado en cubas de plomo incandescente. El calor es bestial. Roca le pregunta algo a un operario que tiene la cara cubierta de una pátina de grasa y el hombre señala una escalera que sube al piso de arriba.

En mitad de la escalera, Roca oye los pasos que bajan. Pasos llenos de brío. Un momento más tarde alcanza el rellano al mismo tiempo que el hombre joven que está bajando. Un joven con barba, vestido con levita de color rojo cobalto y pantalones a rayas. Polainas cortas, bombín y cadenilla en la cintura. Un cruce entre maestro de pista circense, marinero de ópera bufa y algo más. Algo ajeno a todo modelo conocido de indumentaria. No un rechazo deliberado a las leyes imperantes de la indumentaria, sino algo situado completamente al margen de las mismas. Como si alguien le hubiera dejado un vestidor a un indio salvaje sin darle más explicación y el indio salvaje se hubiera limitado a coger la ropa que más le apetecía para cada parte del cuerpo.

El encuentro en el rellano solamente dura un segundo. Y durante ese segundo la indumentaria del joven genera ondas concéntricas de desconcierto en la mente de Menelaus Roca. Las ondas todavía no se han apagado cuando llega a lo alto de la escalera. Y ya está a punto de llamar a la puerta del despacho de Aniol Almarrosa, con la mano extendida, cuando su mente consigue olvidarse de la ropa: Menelaus Roca regresa al encuentro del rellano y es repentinamente consciente de lo que la extraña indumentaria no le ha dejado ver.

Que el joven no es un hombre. Su barba es falsa. Una barba postiza y cejas postizas para disimular las facciones suaves y los labios llenos de una mujer. Y no una mujer cualquiera. La Asesina de la Esperanza.

Roca gira sobre sus talones y empieza a bajar las escaleras tan deprisa que se salta un escalón. Su caída tiene elementos de grandiosidad operística combinados con la indignidad bochornosa de un tropezón en cueros. Intenta sin éxito frenar la caída con las manos. Rebota sobre el trasero. Se le engancha un pie en la baranda y se golpea la frente con la pared antes de quedar sentado como un tonto al pie de la escalera. Frotándose el cuerpo dolorido. Todavía acierta a ver cómo la silueta de la mujer gira a la izquierda por debajo del arco egipcio de la imprenta, en dirección a la plaza de Santa Ana.

Bajo el resplandor anaranjado de las farolas, Roca la sigue a través del bullicio de la plaza Nueva. Al llegar a la esquina de la Tapinería, la mujer se gira de repente y lo obliga a esconderse en un portal. Tomando callejuelas laterales, ella bordea la plaza del Ángel en dirección sur. Roca camina cerca de los portales, manteniéndose a dos o tres calles de distancia. El campanario de Santa María del Mar toca las ocho. La mujer se detiene una vez más y Roca consigue a duras penas esconderse y evitar ser visto. Esta vez, sin embargo, cuando sale del portal, la calle está desierta. Mira a su alrededor a través de la nube de su aliento. Se encuentra en algún lugar al sur de la plaza del Ángel, dentro del amplio ángulo formado por la calle Platería y la calle de Jaime I. De noche, el Dosel de Sombras que cubre la ciudad no es exactamente un dosel. No es un paisaje de continentes químicos y mares tenebrosos. Es más bien como si no hubiera cielo. La obliteración misma de la idea de cielo. De noche, la ciudad entera es una enorme habitación iluminada con fanales anaranjados. El exterior se convierte en interior. Al girar por la siguiente bocacalle, divisando por encima de unas tapias anaranjadas la torre anaranjada de la iglesia de San Justo, su presa se le echa encima. Él la agarra de las muñecas y trata de inmovilizarla, pero ella resulta ser más lista. Después de un momento de forcejeo, la mujer le ve las heridas de la cara y le estrella la frente en la nariz partida.

El dolor del impacto es eléctrico. Roca suelta las muñecas de la mujer y por un momento está convencido de que se va a desmayar. Se lleva las manos a la cara y se aleja un par de pasos, dando tumbos. Cuando vuelve a abrir los ojos, su campo de visión se ha llenado de chispas y manchas de colores. La sensación sería como estar dentro de un barril que rueda por una pendiente si el barril estuviera lleno de fuegos artificiales y el suelo también estuviera dando vueltas. A tientas, usando una pared como punto de apoyo, echa a andar. A continuación abre los ojos a medias.

Una figura borrosa corre a lo lejos.

En cuanto se disipa la nube de dolor, Roca continúa su persecución. El lugar donde está parece ser un descampado encajonado entre edificios antiguos, en la ladera sur del monte Táber. A ambos lados hay tapias que delimitan huertos diminutos. Por fin dobla un último recodo y se topa con un muro. Un callejón sin salida. Gira sobre sí mismo y repara en un muro más alto que los demás, distinto de las tapias de piedra seca de las huertas vecinas. El muro de argamasa de una casa señorial, probablemente colindante con San Justo o el Regomir. El muro en sí es imposible de escalar, pero a su lado hay una tapia más pequeña desde la que sí se puede alcanzar. Por allí trepa Roca. Y desde encima del muro contempla por primera vez el Jardín de los Eléboros.

Bajo la luz difusa de la ciudad circundante, el Jardín de los Eléboros es un mundo anaranjado y autocontenido. Un sistema de simetrías radiales en torno a un punto focal. Radios y curvas y arcos de circunferencia intersectados. Una cifra sin correspondencia con la matemática natural. Menelaus Roca se aventura a dar un par de pasos sobre el muro. El centro del sistema lo ocupa una pérgola alta y anaranjada. La superficie reverberante de su cúpula de bronce condensa la luz de la noche entera. Igual que las masas celestes condensan la energía del éter que las rodea. Menelaus Roca piensa en la batería de corriente continua que alimenta el motor de su Pseudorquídea, con su resplandor químico y sus chispazos espasmódicos. Fascinado por los ángulos extraterrestres de la vegetación, tarda un momento en darse cuenta de que lo que está contemplando es una ruina. El cadáver de un jardín. Debe de hacer décadas que lo abandonaron. La simetría persiste solamente en forma de sombras y rastros. Las hierbas y los líquenes han crecido adaptándose al esquema original del jardinero. Los caminos de gravilla ahora son caminos de cardos. Las celosías del emparrado ahora son viveros de ortigas. Y por todas partes, de un extremo a otro del mundo autocontenido, una explosión furiosa de flores blancas de eléboro. Delicadas como copos de nieve. Una nevada al revés.

Encaramado al muro, Roca tarda un momento en recuperarse de su visión. Levanta la vista y contempla la casa. Un caserón antiguo, posiblemente de hace tres o cuatro siglos. Un antiguo palacio de los muchos que todavía ocupan las laderas del monte Táber, apostado en lo alto de un terraplén. Las ventanas entabladas. La fachada trasera infestada de hiedras. Baja la vista y estudia cómo bajar de la tapia. Parece imposible no torcerse un tobillo en el mejor de los casos. Nada indica que la mujer disfrazada haya pasado por ese jardín. Y, sin embargo, a Roca no le cabe ninguna duda. Así que se decanta por saltar. Y se queda rodando un momento en el suelo, sobreponiéndose a los latigazos del dolor.

Desde el nivel del suelo, el Jardín de los Eléboros ya no es una cifra. Las cosas han regresado al orden natural. Roca avanza cojeando por una de las avenidas invadidas de flores blancas que se cruzan en la pérgola. Mientras llega a la construcción central y sube los escalones de mármol, su mente viaja hacia atrás en el tiempo. A la Imprenta Almarrosa. Al encuentro en las escaleras. Y repasa los detalles de dicho encuentro con la misma minuciosidad con que un director de orquesta disecciona una sinfonía. En busca de indicios. Claves de interpretación. Cualquier cosa que pueda explicar la ropa extravagante y la barba postiza y la persecución y este jardín en cuyo centro se encuentra. Su mente ha dejado de operar con la parte con que la mente opera normalmente. La parte que opera ahora es una parte recóndita. Roca se detiene en el centro justo de la pérgola. Los baldosines del suelo dibujan una rosa de los vientos de ocho puntas. Y en el centro de la rosa, en el centro del centro del jardín, hay una trampilla abierta. Roca se agacha para mirar la abertura. El pozo que hay al otro lado de la misma es estrecho y negro. Demasiado estrecho para que Roca se meta por el mismo, aunque un niño o incluso un adulto muy liviano podrían estrujarse en su interior.

22

EL LEOPARDO DE LA MENTE

Aniol Almarrosa entra en el taller de la Imprenta Almarrosa dando golpecitos rítmicos con la punta del bastón en el suelo. Tamborileando con los dedos en el fajo de pruebas de imprenta que trae debajo del brazo. Su llegada es como la llegada de un leopardo a un abrevadero de ciervos. Los movimientos se detienen. Las cabezas se levantan. Las caras embadurnadas de grasa de los operarios se lo quedan mirando con hostilidad manifiesta. Hay algo extraño en el hecho de que todas las caras estén embadurnadas de grasa salvo la de Aniol. Algo que cancela de antemano el Enorme Potencial Dramático de la Escena. Alguien se santigua. Alguien murmura una palabrota. Algunos de los operarios tienen los ojos rojos, de esa forma en que se les ponen los ojos rojos a los hombres que se supone que no han llorado, porque son hombres, pero que sin embargo tienen todo el aspecto de haber estado llorando. Por encima del silencio hosco de los hombres, solamente se oyen el ronroneo de las máquinas y el repicar lejano de las campanas que tocan a difunto. A pocas manzanas de distancia, en la vetusta torre octogonal de Santa María del Pino.

Aniol se queda mirando las caras embadurnadas de grasa con el ceño fruncido. La barba ya casi le alcanza la parte superior del esternón. Se trata de una de esas barbas largas y descuidadas que hacen pensar en profetas, o bien en presidiarios que han desarrollado cierto grado de espiritualidad como resultado del encierro.

—¿Cómo es que sois tan pocos? —les pregunta, dando más golpecitos con la punta del bastón en las losas del suelo—. ¿Dónde están los demás?

—Se han despedido, señor —dice alguien—. Para ir al entierro.

Los operarios que se han despedido esta mañana para ir al entierro de la madre de Aniol no son los primeros que abandonan la plantilla de la Imprenta Almarrosa. Ya hace un par de semanas que empezaron las deserciones. Trabajadores presionados por sus mujeres o por sus curas. Muchos empleados que lo conocen desde niño han empezado a santiguarse al verlo aparecer. Las conversaciones se detienen cuando él llega al taller. Hace una semana el párroco de Santa María del Pino dio un sermón furibundo en el que describía con lujo de detalles el destino que esperaba a todo aquel que trabajara para Aniol Almarrosa. Un destino que incluía ollas de bilis hirviendo y bestias bicéfalas con tridentes. Encaramado a su púlpito bajo las nervaduras góticas, al párroco le salían gotitas de saliva disparadas de la cara roja. Ese mismo día dejaron de venir cuatro empleados de reparto y un maquinista. Ahora Aniol contempla las caras de los maquinistas que todavía no han abandonado sus empleos. Desde el sermón de hace una semana, las deserciones de la plantilla de la imprenta han desencadenado un proceso de selección natural invertida. Los más capaces, los más jóvenes y los menos desesperados fueron los primeros en desaparecer. Las caras de los que quedan delatan su condición de detritos de la antigua plantilla. Mejillas hundidas y embadurnadas de grasa. Dentaduras incompletas. Ojos bizcos debajo de cejas unidas.

—¿Alguien más se quiere marchar? —dice, sin ocultar un matiz de sorna. No exactamente sorna, sino esa burla casi afable que se usa con los niños—. ¿O les parece que nos podemos poner a trabajar?

Un susurro de cuerpos incómodos se suma al ronroneo de las imprentas y al repicar de las campanas. Las caras grasientas bajan la mirada. Vuelven a ser el leopardo y los ciervos, observándose desde ambos lados del abrevadero.

—¿Cuánta gente hace falta para operar las imprentas? —dice Aniol—. ¿Cuál es el mínimo? ¿Siete, ocho?

Silencio.

—¿Tres, cuatro?

Más susurros de cuerpos incómodos. Por fin un par de caras grasientas se miran entre ellas.

—Los que estamos —contesta uno de los maquinistas.

—Excelente. —Aniol hace un gesto con la empuñadura del bastón que parece dar por cerrado el tema. A continuación le entrega el fajo de pruebas al jefe de impresores—. Aquí tiene las últimas correcciones. No se olvide de subirme un ejemplar de la primera tirada. A mi mesa, como siempre.

—No se preocupe, que ahí se lo pondré. —El jefe de impresores sostiene el fajo de páginas sin mirarlas.

A solas en su despacho, Aniol saca las traducciones de las dos copias manuscritas encontradas en su mesa con una semana de diferencia. Enciende una lámpara y las examina una vez más. Por culpa de lo mal copiados que estaban los dos fragmentos de códice latín, hay alguna laguna en la traducción. Sin embargo, más o menos ha podido descifrarlo casi todo. El segundo fragmento está casi entero:

BAJO UN ARCO LAS NIÑAS AL CABALLO
SUBÍAN, Y LA NIÑA HERMOSA LO GUIABA
CON PALABRAS DE AMOR. Y ASÍ CABALGABAN
BAJO EL SOL DE LOS CAMINOS, DESDE
LO QUE LLAMABAN EL DESIERTO SARRIANENSE,
Y EL NÚMERO DE LAS NIÑAS ERA CUATRO, Y
TAL ERA LA ALEGRÍA QUE [...]
[...] LES DABAN RAMOS FRAGANTES
Y A LA NIÑA HERMOSA UNA CORONA
DE FLORES EN LA CABEZA. Y NO HABÍA COSA
QUE NO MARAVILLARA A LA NIÑA EN EL CAMINO
DE LA BELLA BARCINONA BAJO EL SOL.

> Y LA OYERON DECIR MUCHAS LAS VECES:
> DIOS ES MUCHOS PORQUE ESTÁ EN TODAS
> LAS COSAS. EN EL PÁJARO Y EN LA RAMA,
> EN LA ROCA Y EN LA FUENTE. Y NUNCA MIRABA
> LA NIÑA EL DOSEL DE SOMBRAS QUE VENÍA.
> Y A SUS COMPAÑERAS LES DECÍA: NO LLORÉIS
> QUE EN LA MUERTE NOS AGUARDA EL AMADO.

El primer fragmento, el que encontró el día de la visita de Semproni De Paula, tiene muchas voces latinas que Aniol no conoce:

> PORQUE DE LA NIÑA A TODOS EL VERBO
> MARAVILLABA, Y SE JUNTABAN DESPUÉS DE LA
> EUCARISTÍA PARA OÍRLA HABLAR DE SU MARIDO
> JESÚS CRISTO, Y DE LAS DULCES […]
> […] [MIEL DE LOS LABIOS?]
> QUE DISIPABA EL DOLOR DE SUS CORAZONES
> EN EL [BARCO QUE NAVEGA BAJO EL SUELO?]
> CANTANDO CON LOS BRAZOS EXTENDIDOS.

XXXII

> Y LAS CUATRO NIÑAS REZABAN ORACIONES
> QUE ALTERNABAN CON EL CANTO DE LOS
> HIMNOS. ARRIBA LA TIERRA TEMBLABA
> CON LOS CASCOS DE LOS NEGROS CORCELES.
> LOS [AMANTES?] ACUDÍAN A LAS VENTANAS
> Y A LOS BALCONES DE NOCHE CON LÁMPARAS
> Y HACÍAN SEÑALES A LOS BARCOS AMIGOS.
> ESO FUE EN EL DÍA CUARTO DEL MES SÉPTIMO.

Aniol se vuelve a guardar las traducciones y abre el armario de los artículos de oficina. Está vacío. Él mismo se ha encargado de vaciarlo para usarlo como puesto de vigilancia. Se mete dentro, encogido y muy rígido, y cierra la puerta. Lo invade una poderosa sensación de clandestinidad. Ya no la sensación de poder del leopardo en el abrevadero, sino la del leopardo escondido en el follaje, cuando funde los colores de su pellejo con los colores de la naturaleza. La naturaleza ha sido propicia con él, piensa: un pequeño desequilibrio en el sistema natural de las cosas, una ligera distorsión en el reparto de los talentos, y de repente ha nacido un genio. Al cabo de un rato allí dentro, sin embargo, la naturaleza del tiempo se transforma. Los picores se le multiplican por el cuerpo. Siente con nitidez cada gota de sudor que le cae por la espalda. Los detalles insignificantes le asaltan los sentidos con violencia. Las grietas y las telarañas y las manchas de humedad. Pronto se encuentra retorciéndose las manos en la oscuridad del armario. Al cabo de una hora oye los pasos del jefe de impresores que sube la escalera, seguidos del crujido de la puerta. Abre un poco la puerta del armario y ve cómo el hombre deja sobre la mesa el ejemplar de la novela con sus manos grasientas. Antes de salir, el hombre coge la lámpara de la mesa y apaga la llama, dejando el despacho entero y el armario en la oscuridad más completa.

Después de ese momento, el tiempo se dilata todavía más. Los minutos se convierten en horas. Todos los músculos de su cuerpo se ponen a mandarle señales simultáneas de agarrotamiento. Los picores se transforman en sensaciones táctiles más complejas. Legiones de insectos que le corretean por los brazos. Contactos furtivos que lo hacen contorsionarse frenéticamente. Constreñido entre los estantes, Aniol se dedica a ensayar mentalmente las frases que va a decir cuando salga de golpe del armario. Las horas podrían ser horas o simples minutos. Un poco como el instante eternamente dilatado que pasó debajo del hielo.

Ya es muy avanzada la madrugada cuando lo sacan de su trance unos pasos muy suaves seguidos de un chirrido apenas audible de la puerta. Sentado como un niño con las piernas cruzadas en el suelo del armario, Aniol tiene que recordarse a sí mismo lo que está haciendo ahí y a quién está esperando. A continuación se pone de pie y carraspea teatralmente. Lo ha preparado todo: el gesto vagamente operístico de abrir la puerta del armario, el ademán ampuloso con el bastón, y por supuesto el discurso. Para lo que no se ha preparado, sin embargo, es para que cuando por fin abre la puerta y contempla al intruso, que camina muy cerca del suelo con una página intrincadamente manuscrita en la mano, iluminado por el resplandor de la luna que entra por los ventanales, la forma de éste no parezca del todo humana.

Plantado frente a su armario, Aniol mira al intruso con cara perpleja. Y éste le devuelve la mirada. Con los ojos muy abiertos. No tan sorprendido ni alarmado como meramente interesado. Aniol frunce el ceño.

–¿Qué haces tú aquí? –dice por fin–. ¿Y qué es esa ropa?

23

ALGUIEN SE ARRASTRA

Alguien se arrastra por el fondo de la conciencia de Menelaus Roca. Alguien pequeño y oscuro. Un bosquimano capaz de fundirse con las sombras de la selva de la mente. Un saltimbanqui infantil entrenado para entrar a robar por las chimeneas. Alguien que no solamente es casi imposible de ver salvo con el rabillo del ojo, sino alguien *que vive* en el rabillo del ojo. Un habitante de los márgenes de la conciencia.

Sentado a la mesa de su cocina, Roca abre los ojos de golpe. El olor del café recién molido le invade la cabeza. El recuerdo de las flores blancas del eléboro. Arrodillada a su lado, Liberata se dedica a enrollarle con torpeza una venda en torno al tobillo torcido. A continuación trae un balde de agua junto a la mesa y se pone a lavarle la cara con un paño. Le lava las heridas del pecho y la espalda, estrujando de vez en cuando el trapo sobre el balde para dejar caer un chorro de agua ensangrentada. El agua que hay en el fogón emite un murmullo suave cuando rompe a hervir. Sobre la mesa de la cocina, los preparativos del café se despliegan como elementos de una alegoría medieval. Cada uno de ellos investido de un papel simbólico especial. El molinillo del café. El plato con los granos molidos. El tazón con el azúcar. Desplegados con solemnidad, como si fueran conscientes del papel que van a terminar jugando esta tarde.

Cuando esa tarde en la cocina se manifiesta el bosquimano que vive en los márgenes del campo visual de Menelaus

Roca, lo hace solamente durante un momento infinitesimal. Dando cuerpo a la intuición sin cuerpo. Suspendiendo la invisibilidad que era su misma naturaleza. Y durante ese momento infinitesimal, todo regresa: los días previos a su encarcelamiento, las semanas de visiones y las migrañas terribles. Los periodos de postración y cómo las atenciones de Liberata lo mantuvieron con vida: los vasos de agua y de vino que ella le llevaba a la cama, las hogazas de pan y los trozos de pescado seco. Cómo Liberata se dedicaba a partir trocitos de comida y a metérselos masticados en la boca. Cómo en aquellos días de locura no hubo comida ni agua que no pasara por las manos de Liberata.

Liberata vierte el balde de agua ensangrentada en el fregadero. Después coge el cazo del agua hirviendo y lo lleva con cuidado hasta la mesa. Su forma de llevar cosas con cuidado por la casa es esa forma en que llevan cosas con cuidado los niños pequeños: con destreza precaria. Con la punta de la lengua asomando entre los labios. Vierte el agua sobre el filtro del café y una nube aromática invade la cocina. Olor a selva, olor a bosquimanos reptando entre los árboles. Roca contempla con atención sus movimientos. La idea de que fuera su concubina muda quien lo envenenó se opone a la evidencia científica, claro: Liberata es sorda y muda de nacimiento. Eso provocó que su raciocinio no se desarrollara durante la infancia, como les pasa a quienes nacen con esa deformidad. Su retraso mental la convierte en un instrumento inválido para cualquier conspiración. Por lo que él sabe, nunca se ha comunicado con ningún otro ser humano. Fue abandonada en un hospicio y es seguro que habría muerto si él no la hubiera sacado de allí. Aunque lo hubiera querido envenenar, no se podría haber puesto en contacto con los proveedores de la droga. No podría haber entendido las instrucciones para prepararla. No podría haber recibido la orden de su envenenamiento. Y no hay razón para que se hubiera puesto en contra de él. La única persona en el mundo que ha cuidado de ella.

Por el fondo de la mente de Roca, la forma pequeña y oscura vuelve a arrastrarse. Invisible detrás de la espesura.

Para cuando Roca se levanta de la mesa, Liberata ya ha finalizado la prolija operación de servir el café y se ha retirado a su rincón. Roca se pone de pie con esfuerzo y va cojeando hasta uno de los aparadores de la cocina. Abre varios cajones hasta encontrar una cuartilla en blanco y un trozo de mina de grafito. Sentada en su rincón de la cocina, cascando avellanas con una piedra contra las baldosas partidas del suelo, Liberata ha dejado de prestarle atención. Roca vuelve a la mesa, aparta el tazón de café humeante para hacer sitio y se pone a dibujar la cara de la mujer disfrazada de la noche anterior. Basándose en los momentos escasos en que la tuvo delante. Borrando de su memoria el bombín y la ropa extravagante. Dibuja la cara estrecha y la barbilla afilada. La frente amplia y el pelo muy corto. El labio abundante y la nariz pequeña y recta. Todo el proceso dura un par de minutos. A continuación sostiene el dibujo con el brazo extendido y los ojos fruncidos, valorando el parecido.

Se gira en la silla y se queda mirando el rincón donde está sentada Liberata. Al sentirse observada, ella detiene la piedra en el aire y levanta la vista. Roca le indica por señas que se siente a la mesa. Liberata se acerca con cautela. Él sabe que las sillas y las mesas la ponen incómoda. Sin dejar de roer una avellana, la joven se sienta delante de él. Roca le da la vuelta al boceto de la cara y se lo ofrece a Liberata. Ella lo coge, sin demasiada curiosidad.

La reacción es casi instantánea.

Durante una fracción de segundo, la joven se queda mirando el dibujo con cara de no entender. Pero cuando la reacción llega, lo hace con la virulencia del instinto. Igual que uno aparta la mano del fuego. La sangre abandona de golpe la cara de Liberata, que se aparta violentamente del dibujo. La silla cae hacia atrás y queda volcada a sus pies. Con tanta rapidez se ha delatado a sí misma que el propio Roca se ve cogido por sorpresa. En la palidez de su cara queda plasmado lo más parecido que puede haber a la culpa pérfida en una criatura retardada. Roca se levanta de un salto, tirando también su silla hacia atrás, y la agarra de la muñeca.

Su error consiste en dejarle libre la otra mano. Con movimientos vertiginosos, la otra mano de Liberata coge la taza del café humeante y arroja su contenido a la cara de Roca. En la última fracción de segundo, Roca consigue ladear la cabeza y evitar que el café le abrase las córneas. Pero no puede evitar soltar la muñeca de la chica. Que sale disparada en dirección a la puerta.

Tapándose la cara con las manos, Roca va dando bandazos hasta el fregadero y le da a la manivela del agua. El chorro frío alivia el dolor de su piel. Al cabo de un minuto se incorpora. Abre los ojos y espera a que se materialice el dibujo borroso de la cocina.

Las sillas volcadas por el suelo, la mancha de café extendiéndose por las baldosas. Al fondo de la conciencia de Menelaus Roca, alguien suelta una risa maliciosa.

24

ATARDECER: LA TORRE DELS CORBS

El elegante faetón donde van Semproni y Remei De Paula baja traqueteando por la carretera de Gracia bajo esa ausencia de cielo nocturno que es el Dosel de Sombras. Ni una estrella ni rastro de la luna. Nada que no sea el resplandor epiléptico de la electricidad. Fuera del carruaje, el horizonte ha desaparecido tras la Ciudad Nueva. Los edificios en construcción son una *parousia* de cuerpos levantándose de sus tumbas. En el interior lleno de humo de caliqueño de la cabina, el miriñaque gigantesco del vestido de noche de Remei ocupa la mayor parte del espacio. Un vestido de noche de seda salvaje azul, con los lazos y los bordados de color esmeralda. A Semproni De Paula el uniforme de gala le da más aspecto de niño disfrazado que nunca: las botas de caña alta le llegan casi a las rodillas. Cuando camina, la vaina del sable que lleva colgado del cinto le arrastra por el suelo con un suave chirrido.

—Te estás tirando ceniza en la casaca —dice Remei, dándole unas palmadas distraídas en la pechera—. ¿Cómo puede ser que te acabes de vestir y ya vayas hecho unos zorros? No te toques el pelo. Y no te cruces de piernas, que te rozas todas las botas.

Desde la ventanilla del faetón, los tejados de la Ciudad Nueva se retiran de golpe para revelar la explanada de la muralla. El puente de Canaletas sigue en su sitio, vadeando el foso, pero el acueducto lo derribaron hace años. La puerta del

Ángel, que fue la entrada más majestuosa de la ciudad durante la infancia y la juventud del inspector, ya no es más que un arco absurdo, olvidado en medio de los edificios nuevos. Minutos más tarde, el faetón dobla por la calle de Fernando y empieza el suave ascenso al monte Táber.

La Torre dels Corbs debe de estar a tres o cuatro manzanas del palacio de la Diputación y a la misma distancia de la iglesia de San Justo. Con la fachada principal orientada al Regomir. El arco por el que el faetón entra en el patio tiene labrada la fecha «1354» bajo un friso mellado. Semproni De Paula espera a que se detenga el carruaje y salta con sus piernas cortas a las losas del patio. Da la vuelta al faetón, despliega la escalerilla y abre la portezuela de su mujer. Cuando Remei De Paula baja, todos los presentes tragan saliva. El azul del vestido de Remei De Paula es perfectamente apropiado a su condición de mujer casada, igual que el tocado y el chal. Es la forma en que la carne de su pecho y de sus brazos se impone al vestido y sugiere áreas rosadas y recónditas de su cuerpo lo que profana sutilmente el ambiente de la velada. Ese cuerpo que es un insulto perfecto e incontestable. Bajo las miradas de los presentes, marido y mujer suben la escalinata de la casa cogidos del brazo. Lo cual quiere decir que Semproni necesita ponerse ligeramente de puntillas y Remei inclinarse un poco de lado.

—Oh, Semproni —murmura ella sin mirar a su marido—, lo que daría yo por vivir en una casa como ésta.

Mientras le dan sus abrigos al mayordomo y Remei se arregla el miriñaque con los dedos, Semproni certifica que su mujer ya no está con él. Puede que su cuerpo esté presente. Abrumadoramente presente. Pero su expresión es una ventana a un salón vacío. Su mente ya hace rato que se ha ido. Ya está en otra parte, con otro hombre, contando los minutos que faltan para escabullirse de su brazo.

En el salón de fumar de la casa de Dado Blokium, Semproni De Paula se dedica a dar sorbos largos de una copa de brandy con la mano derecha y caladas largas de un cigarro habano con la mano izquierda. Lo que llaman «salón de fumar» en la Torre dels Corbs es una cámara de piedra con tapices en las paredes y lámparas colosales de hierro que cuelgan de complejos sistemas de cadenas. En ella cabría un barco sin dificultades. En medio del baile de sombras de las lámparas, el inspector ve al obispo Urquinaona, rodeado de su séquito de canónigos, todos bien provistos de copas de brandy, aunque, gracias a Dios, ninguno lleva ejemplares de *La ciudad secreta* asomando bajo las capas; están el médico José de Letamendi, héroe de la epidemia del cólera del cincuenta y cuatro; el periodista Mañé y Flaquer, de quien se dice que el rey en persona y Cánovas le consultan temas políticos; el marqués de Peña Plata, capitán general de Cataluña, héroe de la guerra carlista y vencedor de la batalla del Baztán; está Narciso Monturiol, diputado en Cortes y peligroso simpatizante republicano, en opinión de De Paula, además de notorio chiflado por sus investigaciones sobre la respiración submarina, y están, por fin, Manuel Duran y Bas y su séquito de políticos conservadores de la Liga del Orden Social, entre ellos Melcior Estrany, media docena de alfonsinos tenaces que controlan la política barcelonesa con puño de hierro.

Ahora Estrany se acerca a saludarlo con un apretón de manos y una palmada en la espalda.

—Espero que haya ejercitado usted esos pies. —Estrany hace un bailecito ágil que contrasta con su aspecto más bien pesado—. Mi mujer me ha estado instruyendo para bailar al estilo bostoniano. —Se encoge de hombros—. Que me aspen si sé qué es, pero yo le he dicho que estoy listo.

Después de cuatro o cinco copas de oporto, a Semproni De Paula le sale un rubor en las mejillas diminutas que hace pensar en colegiales sonrosados. En la clase de colegiales que evocan la expresión «mejillas como manzanas». A poca distancia de los hombres, el grupo de las mujeres se ha convertido en un sistema gravitacional que tiene como centro a Remei De Paula. Un sistema gravitacional genuinamente femenino, organizado en torno a consideraciones de belleza, juventud y odio atávico a la belleza y a la juventud. Entre los satélites más incómodos está la esposa del gobernador, una mujer de dimensiones elefantinas con un escapulario sobre la pechera del vestido que la acredita como regenta de la influyente Sororidad de Esclavas de la Virgen del Carmelo. Cuando se abren las puertas del salón de baile, las parejas se reúnen en el vestíbulo y por un momento De Paula desea que Remei le arregle las charreteras con displicencia. O que le recrimine lo mucho que está bebiendo. La mirada de ella, sin embargo, sigue siendo una ventana a un lugar vacío. Un letrero de «AUSENTE». El rubor suave que le cubre los pechos pálidos y venosos resulta vagamente poscoital. El inspector se quita el sable y se lo entrega a un criado que va recogiendo armas de distinto calibre en una cesta. Después todos entran en el Gran Salón.

Hay algo desnaturalizado en el Gran Salón de la Torre dels Corbs. Tal vez la manera en que la decoración romántica imita el estilo de las partes más antiguas del palacio. Tal vez el aspecto de estatuas de cera que tienen los músicos de la orquesta. El programa de la noche es el de costumbre en estas ocasiones: media hora de valses vieneses rápidos, seguidos de valses ingleses más pausados para recuperar un poco de fuelle y un gran final con los bailes románticos más populares entre las damas.

Remei cumple de forma sumaria con los bailes que le corresponden con su marido, saludando todo el tiempo con la cabeza a otra gente que el inspector no puede ver por culpa de la rapidez de los giros y el aturdimiento del brandy. Ella no le dirige la palabra en ningún momento, y las dos o tres veces que Semproni tropieza, atrayendo las miradas de la gente y mascullando alguna palabrota, Remei se limita a extender la mano y a esperar a que él se reponga. A continuación empiezan las rotaciones, y el inspector baila una vez con la mujer elefantina del gobernador y otra con la del capitán general antes de retirarse. En el centro del salón, Remei pasa de unas manos de hombre a otras manos de hombre, risueña y sonrojada por el esfuerzo, con un rubor cada vez más poscoital en la piel pálida y venosa de los pechos. Convertida ahora en el centro absoluto de un sistema gravitacional mucho más complejo, integrado por mujeres y hombres y regido por coordenadas entremezcladas de atracción, admiración y odio atávico.

El gobernador y Dado Blokium se unen a Semproni De Paula bajo un intrincado cielo raso romántico. Jadeante el primero por la emoción del baile y sereno el segundo, como si acabara de unirse a su propia fiesta. Blokium les enseña su colección de espadas medievales en medio de una nube de humo de cigarros. Al cabo de poco llegan el doctor Fauré, cuñado del gobernador, y Melquíades Guiu, el predecesor de De Paula en el cargo de inspector provincial de Vigilancia. Guiu es un hombre grande y barrigón, con un aspecto de oso que resulta paradójico teniendo en cuenta que su pasión es la caza del oso pardo pirenaico. Su barba y su bigote castaños son tan frondosos que apenas dejan ver nada de su cara más que un par de ojillos azules de oso.

—Querido De Paula. —Guiu envuelve a De Paula en un abrazo que lo obliga a extender a los lados del cuerpo las manos con que sostiene su copa de brandy y su caliqueño—. Es prodigioso que haya conseguido escaparse de sus obligaciones. —Se despega de su sucesor y sonríe con su cara invadida por la barba—. Yo no supe lo que era una fiesta hasta que me retiré de la fuerza.

De Paula estrecha las manos de Fauré y de Guiu.

—Demonios, ahora mismo me alegro de estar retirado. —Melquíades Guiu hace una mueca solemne que le junta los rasgos peludos en el centro de la cara y le da todavía más aspecto de oso—. Toda la ciudad está hablando de su asesino.

—Desde que anda suelto ese indeseable el crimen no para de bajar en la ciudad —dice el gobernador, ufano—. El crimen y la sedición. No es que yo me empeñe en ver el lado bueno, es que lo tenemos ahí delante. —Hace un gesto de asombro teatral—. Salta a la vista.

—He leído el informe del doctor Roca —dice Fauré con su máscara funeraria de hombre lentamente envenenado—. Apasionante, ¿no les parece?

—Una mujer asesina. —El gobernador suelta una risita llena de buen humor—. Tendrían que darle trabajo en un folletín de ésos.

—La inteligencia de ese hombre es excepcional —dice Blokium—. ¿Recuerdan esa parte que habla de las ruinas de Montjuich? Sea quien sea el asesino, le hemos encontrado a un oponente formidable.

—Pese a todo —interviene Fauré, levantando un dedo artrítico—, no podemos aprobar los métodos de ese hombre. Hablando científicamente, ese informe es espurio. Estoy seguro de que el inspector está de acuerdo.

Todos se giran en dirección a Semproni De Paula, que de hecho ya no parece estar presente en la conversación. Lo que está haciendo es mirar en dirección al salón de baile, con el puño fuertemente cerrado en torno a la copa.

—¿Qué *collons* hace ése aquí? —dice con voz repentinamente ronca—. ¿Qué significa *esto*?

Los demás miran en la dirección en que está mirando el inspector. En el centro del Gran Salón, en medio del sistema gravitacional de parejas jóvenes que bailan valses a un ritmo endiablado, Remei De Paula está bailando con el capitán Lombardo, de la infantería del cuartel de San Pablo. Los dos giran vertiginosamente, convertidos en algo mitológicamente borroso y centrífugo. La mano de él en medio de la espalda escotada de ella. La cabeza de ella echada hacia atrás para reír con entusiasmo alguna broma de él. Guiu carraspea con un puño delante de la barba.

—¿Cuándo va a venir con nosotros a cazar, De Paula? —dice, acariciándose la barriga con gesto nervioso—. Ya va siendo hora, ¿no le parece?

—El viejo inspector ya solamente vive para cazar —interviene el gobernador.

De Paula continúa mirando hacia la pista de baile.

—¿Cómo puede ser que esté todavía aquí? –dice, con la cara roja de furia.

El gobernador es consciente de que los otros dos lo están mirando en busca de una respuesta.

—El cuartel ha prorrogado su traslado –dice por fin, llevándose un puño enguantado a la boca para carraspear–. Hasta que le encuentren un sustituto. Parece que andan un poco escasos. Sigue habiendo partidas carlistas en el monte, de las que huyeron de la Seo y de Olot. Y bueno, parece que Lombardo alegó algún asunto familiar. –Se encoge de hombros–. Tiene una tía enferma en Barcelona o qué sé yo. Lo siento, De Paula. –Le pone una mano en el hombro al inspector, que ahora no solamente está rojo de furia, sino que casi tiembla de rabia–. Entre usted y yo, parece que el mozo también tiene amigos influyentes. Espere, hombre, ¿adónde va?

Estrany y sus acompañantes miran cómo Semproni De Paula se aleja dando zancadas diminutas y crispadas por el vestíbulo, en dirección a la parte de atrás de la casa y a la escalinata que da a los jardines. Al pasar junto a un camarero que empuja un carrito, deja su copa vacía en el carrito y agarra una botella de brandy. Después desaparece al otro lado de una puerta acristalada.

De Paula cruza un par de salas y sale a un balcón. El frío de la noche diluye parte de su borrachera. Desde el balcón trasero de la Torre dels Corbs la ciudad es un incendio colosal que arde lentamente sin consumirse. Con miles de pequeños puntos focales. Las llamas anaranjadas del gas y los filamentos epilépticos de la electricidad anaranjada. A la izquierda, las ruinas de la Ciudadela y los huertos del Besós. Al frente, la plaza del Palacio, medio desnuda tras el derribo del Portal de Mar y el Baluarte del Mediodía. A la derecha, todavía en pie en varios puntos, la Muralla de Mar y el Baluarte de San Ramón. Un ruido tras su espalda lo saca de su contemplación. Blokium acaba de salir al balcón.

—Esto es lo que está causando el progreso –dice el dueño de la casa, apoyando las palmas de las manos en la baranda de granito–. La gente está perdiendo la cabeza. Demoliendo, construyendo. –Hace una pausa, como para ver de qué manera reacciona el otro–. Y cometiendo crímenes terribles, no hace falta que se lo recuerde.

El inspector abre la botella de brandy retorciendo enérgicamente el tapón y da un trago del gollete. Luego se seca la boca con el dorso del guante de su uniforme de gala.

–Yo creía que *usted* era la avanzada del progreso –dice por fin.

Blokium sonríe. Lo que le confiere su aire pertinazmente pomposo no es exactamente su tono erudito, ni la displicencia evidente de sus modales de la alta sociedad. Es más bien esa mueca aséptica y estructuralmente parecida a una sonrisa con la que parece haber reemplazado todo su trato emocional con sus coetáneos. Hay un momento de silencio mientras los dos contemplan el avance pesado de un barco de vapor hacia los muelles de la Barceloneta. Las luces de posición, la linterna del puerto. La campana del buque.

–Es como una gangrena, la forma en que está creciendo esta ciudad –continúa el diplomático en el mismo tono displicente–. Todo se echa a los hornos de las fábricas. Y la gente se olvida de lo que es realmente la ciudad, de cómo empezó todo. Un sitio donde mantener vivo el fuego, unas murallas para defenderse. Un suelo donde enterrar a tus muertos.

–¿Adónde quiere llegar?

Blokium se encoge de hombros.

–Me preguntaba si usted también lo sentía –dice–. Esa tristeza que trae el progreso. Cuando piensa en Barcelona. –Se gira hacia De Paula y se lo queda mirando–. Es como tener una mujer y descubrir que se ha vuelto una ramera.

De Paula nota cómo el rubor le invade la cara. Por un momento, con el pelo del cuello erizado, el incendio eléctrico de la noche barcelonesa flaquea en comparación con el que el inspector nota por dentro. El fuego blanco del interior de un horno industrial. Los ojos grises de Blokium lo miran desde sus facciones extranjeras. Ojos como gotas de mercurio. Por fin De Paula consigue apagar el incendio lo bastante como para contestar.

—¿Está usted casado, Blokium? —Sus nudillos están lívidos en torno al cuello de la botella.

—Lo estoy, inspector —dice el otro, para sorpresa de De Paula—. Felizmente casado, supongo, aunque no tengo una relación muy próxima con mi mujer.

—¿No está aquí?

—Mi mujer está en las misiones, evangelizando a los niños —dice—. Y yo respeto su sacrificio. Los dos compartimos una gran devoción espiritual.

—Qué tierno.

—¿Quiere verla? —Blokium señala con la cabeza en dirección al interior de la casa.

De Paula lo acompaña al otro lado de las puertas, con la botella de brandy todavía en la mano. El diplomático enciende una lámpara de aceite y la acerca a un retrato que cuelga de la pared. De Paula mira el retrato. Hay algo en los ojos de la mujer que le resulta poderosamente familiar, como si la hubiera visto en otras circunstancias. Algo indefinible, un parecido resonante con algo que da vueltas al fondo de su memoria.

—¿Cómo se llama su mujer? —pregunta por fin.

—Dorotea Sullivan —dice Blokium—. Que Dios le dé larga vida.

Por un momento parece que el nombre enciende una pequeña chispa en la mente del inspector. Y un instante después se apaga.

25

METAL NEGRO

La noche arde con llamas anaranjadas mientras Menelaus Roca llega cojeando a la plaza del Ángel y se para a recuperar el aliento. Apoya las manos en las rodillas y mira su reflejo en los charcos helados del suelo. Todo el lado derecho de su cara está cubierto de una geografía rosada de ampollas, allí donde el café hirviendo le ha quemado la piel. La nariz rota por cortesía de Blai Boamorte. Las cejas partidas por cortesía de los subordinados del Cuerpo Nacional de Vigilancia. Las pupilas rosadas ejecutando su danza nistágmica de siempre. No hace ni media hora que ha bajado como ha podido las escaleras de su casa y ha cogido la pala que le dio Semproni De Paula para que desenterrara a las víctimas del Asesino de la Esperanza. Se la ha echado al hombro y no se ha molestado en usar la salida secreta. En la calle Riudecendra, a la luz temblorosa de las lavanderías, no había nadie acechando la puerta de su casa. Por la razón que sea, esta noche el Cuerpo de Vigilancia no hace honor a su nombre. Arrastrando penosamente la pala por el suelo, Roca ha puesto rumbo al Jardín de los Eléboros. El problema, se da cuenta ahora, con las ampollas supurándole por la cara, es que no hay ningún plano que lo lleve a uno hasta ese lugar.

Roca se incorpora con el cuerpo dolorido. Por encima de su cabeza, el Ángel mantiene extendido su dedo raquítico. El Ángel de la plaza del Ángel no es el aniquilador fornido de la mayoría de las estatuas de san Miguel. Es una especie de niña famélica y deforme que parece estar señalando con cara de rabia al culpable de su deformidad. Menelaus Roca se lo queda mirando y a continuación mira en la dirección en que el dedo señala. La torre esbelta de la iglesia de San Justo, posada en la ladera del Táber, con el mar invisible de fondo. Bien pensado, hay exactamente las mismas razones para seguir la indicación de la estatua que para no hacerlo.

Tras bordear la muralla negra y salpicada de balcones de la Tapinería, subir por un terraplén y tomar un camino de cabras, intentando mantener todo el tiempo en su brújula mental la dirección del dedo del Ángel, Roca se encuentra a sí mismo en el camino flanqueado de huertos que lleva al Jardín de los Eléboros.

La noche entera parece contener la respiración mientras Menelaus Roca se planta en el centro de la pérgola. Se queda mirando con cara calculadora la trampilla que hay en el centro de la rosa de los vientos. De rodillas, arranca a golpes los goznes oxidados y el brocal de madera. Las baldosas de cerámica que componen el mosaico de la rosa de los vientos se parten fácilmente bajo el borde afilado de la pala. Durante la siguiente hora, el anatomista se dedica a cavar y cavar. El pozo baja en sentido casi vertical. Como la arcilla roja y compacta de esta parte de la ciudad no es demasiado dura, Roca no tiene problemas para agrandar el agujero y convertirlo en una fosa lo bastante grande para estar de pie en ella. Cuando se le acaban las fuerzas, sigue cavando. Cuando el dolor de su costilla rota y de su espalda se vuelve demasiado intenso, sigue cavando. Y el túnel sigue bajando, perdiéndose en las profundidades de la tierra. Pasa otra hora y no parece haber cambiado nada en el fondo de la fosa. Le entra un ataque de tos y al limpiarse la boca se da cuenta de que está escupiendo sangre. Deja caer la pala al fondo del hoyo y se sienta con un suspiro en el borde del mismo.

Y entonces se oye el crujido. Al principio su propia tos no le deja oírlo. Luego el crujido se hace más fuerte y va acompañado de un temblor generalizado del suelo. Roca levanta la cabeza. Y el mundo entero se hunde. El hoyo entero se viene abajo, llevándose a su ocupante consigo, en medio de una lluvia de tierra y piedras, hasta una cavidad todavía más grande que hay más abajo. Roca nota que su cuerpo rebota una vez, dos, tres, hasta impactar con una fuerza terrible contra un suelo de tierra dura, o quizás de roca.

Y una décima de segundo más tarde, le cae encima la avalancha de tierra. Que lo deja medio enterrado.

Y así pasa no sabe cuánto tiempo. Debería estar muerto por el desplome, pero no lo está. Debería no poder respirar, pero puede. Debería estar en la oscuridad más absoluta, pero no lo está. Por fin levanta un brazo, a continuación la cabeza y el otro brazo. Al cabo de unos segundos se le acostumbra la vista a la oscuridad. Está en un túnel, con el suelo enlosado. Mira hacia arriba y después hacia delante. La luz viene del agujero que se acaba de abrir en el techo. Al otro lado se ve un trozo del Dosel de Sombras. En la pared del pozo recién desplomado se adivinan los restos de una escalerilla de mano.

No hay nada que hacer más que seguir el descenso del túnel, una rampa que se hunde en las entrañas del monte Táber. Más adelante la luz cambia, pero no disminuye. Se vuelve amarillenta, fluctuante. La luz familiar de las lámparas de aceite.

Roca gatea por el suelo de arcilla, vagamente consciente de estar dejando un rastro de sangre, hasta llegar a un dintel de piedra. Apoya una mano en la pared y levanta la cabeza para examinar el lugar. Sillares de caliza, muy antiguos. Un pasillo circular, con nichos a ambos lados. En cada nicho, un montoncito de huesos del color de la madera. Otro dintel idéntico y contiguo comunica con una cámara subterránea diminuta. La lámpara cuelga de un pebetero de la pared. Menelaus Roca no necesita haber estado nunca en un sitio parecido para saber dónde está. Está en una catacumba. Tampoco es un descubrimiento muy sorprendente, ni siquiera para un profano como él. El monte Táber es una enorme necrópolis, construida sobre una sucesión vertical de ciudades enterradas la una encima de la otra. No se puede cavar un pozo sin que salga a la superficie un magma burbujeante de ruedas viejas, calaveras y vasijas. Planchas diminutas de metal negro que si uno las restriega con salfumán resultan ser monedas con caras e inscripciones ininteligibles. Desde tiempos inmemoriales, los vecinos se limitan a tirar esos vestigios emergentes a las cloacas o a los canales de riego. Un ritual automático. La entrega de los ancestros al mar. La presión ascendente de las generaciones, contrarrestada por un vector idéntico descendente.

Lo sorprendente del lugar donde está Menelaus Roca es que *hay gente* dentro de esa catacumba. Gente que ahora se le acerca con pasos cautelosos y que lo está mirando.

Menelaus Roca se restriega los ojos y se mira las manos cubiertas de sangre y de tierra. Luego contempla al grupo de figuras borrosas que tiene delante. Una de las figuras descuelga la lámpara de la pared y se pone en cuclillas delante de él. Uno de los ojos de Menelaus Roca parece haber sufrido alguna clase de derrame, porque no ve nada más que manchas rojas y por más que se lo frota no consigue quitarse la sensación de tenerlo lleno de tierra. La figura que se ha puesto de cuclillas le acerca la lámpara a la cara. Menelaus Roca retrocede instintivamente. Una alimaña subterránea. Un pez abisal. Un trasgo. Poco a poco, la cara que tiene delante se va perfilando: un hombre joven, con barba larga y enredada, envuelto en una capa negra y tocado con un sombrero de ala ancha que ahora se quita para saludarlo. A continuación deja la lámpara en el suelo y le ofrece la mano. Roca se la estrecha como puede.

—Me llamo Aniol Almarrosa —dice el joven. Hace un gesto vago en dirección a la catacumba—. Le ofrecería un vaso de agua, pero a menos que viva usted aquí y conozca este sitio, no sé dónde encontrarlo.

Las caras del resto de las figuras se van materializando a medida que se acercan a la lámpara. Caras extrañamente familiares, como vislumbradas en un sueño pero desprovistas de la clave que permite relacionarlas con su origen en el mundo real. Una de las caras se acerca a la de él y se lo queda mirando con expresión neutra. Con un hiato en los latidos del corazón, Menelaus Roca reconoce a la misma mujer a la que persiguió hasta aquí la noche anterior. Sin la barba postiza, pero con la misma levita de color rojo cobalto y pantalones a rayas. Las polainas, el bombín y la cadenilla en la cintura también son los mismos. Y, sin embargo, ahora que la tiene delante, a la luz macilenta de la lámpara de gas, un extraño espejismo tiene lugar. La cara de la mujer ya no se parece a la cara de una mujer. Ahora se convierte en la cara de un niño, un muchacho de unos doce años. Y lentamente, a medida que se acercan a la luz, las demás caras se van convirtiendo también en caras de niños, desplegándose alrededor de la única cara adulta del hombre que se acaba de presentar como Aniol Almarrosa. Una niña muy pálida, casi tan pálida como el mismo Menelaus Roca, con un vestido de luto largo y estrecho que no deja al descubierto más que sus manos de dedos largos y una carita muy redonda. Roca la recuerda como la niña que le ofreció un vaso de agua hace una semana en su ascenso al Morrot. Ahora que la tiene delante, es obvio que su vestido parecido a una mortaja *es* una mortaja. Otro niño al que Roca conoce de verlo mendigar por el barrio, un saltimbanqui esquelético, con las articulaciones dobles y un extravagante traje a cuadros de colores. Y por último un niñito pequeño, vestido con un traje de marinero embadurnado de mugre y de tierra. El niñito pequeño se acerca tímidamente a Menelaus Roca y mira con el ceño fruncido su cara quemada y su cuerpo ensangrentado, mientras se agarra a la pierna de uno de los niños mayores.

—¿Eres un monstruo? —le pregunta con su voz infantil.

En lugar de contestar, Roca tiene un ataque de tos que le salpica el trajecito de marinero de gotitas rojas minúsculas.

—Me hago cargo de lo mal que se encuentra —le dice Almarrosa en un tono que no consigue disimular su indiferencia—. Pero tranquilo, que no le voy a molestar mucho. He venido por esto. —Busca en el bolsillo de su abrigo y desdobla las tres páginas copiadas a mano del códice misterioso. Se las da a Roca, que las coge con los dedos embadurnados de sangre—.

Uno de sus niños me las ha estado trayendo a mi despacho. Tal vez usted tendría la amabilidad de decirme qué significan, o por qué me las han estado trayendo.

Roca se esfuerza por leer las páginas con el único ojo que le funciona. Parecen copias bastante torpes de páginas distintas de un códice medieval, probablemente un sermón a juzgar por lo poco que consigue descifrar, o quizás una hagiografía. El temblor de la llama hace que las letras se mezclen todas entre sí. Levanta la vista hacia su interlocutor. Por fin señala con la cabeza a las cuatro caritas que los están mirando en silencio.

—¿Quiénes son estos niños? –pregunta por fin.

Almarrosa se gira a medias para mirar a los niños con sorpresa, como si no se esperara la pregunta. O casi como si no se esperara ver a los niños allí.

—¿Estos niños? –pregunta–. Bueno, no es fácil entender el galimatías en el que hablan. –Se encoge de hombros–. Pero, a menos que me hayan mentido, parece que son los Asesinos de la Esperanza.

Y sin dejar de agarrarse a la pierna de uno de los niños mayores, el pequeñín del traje de marinero le dedica una breve genuflexión al recién llegado.

INTERMEDIO
1868

Nadie ha oído hablar todavía del Asesino de la Esperanza. Nadie ha oído hablar de Merlín Fluxá. Barcelona se despierta todos los días con los estampidos de las barrenas. El procedimiento siempre es el mismo: las cuadrillas de barreneros taladran un agujero en la muralla. Lo llenan con una carga de pólvora negra y le aplican un detonador de chispa. Luego salen corriendo en todas direcciones, agarrándose las gorras con las manos. El estampido hace que tiemblen todas las casas del vecindario. La vibración recorre la piedra. Cruza las calles, despierta a los animales, hace tintinear las bacinillas de los dormitorios. La nube de arenilla vetusta, de hace cinco o seis siglos, se queda varios días flotando en el lugar. Cuando se derribaron los primeros fragmentos de muralla, hace más de diez años, los niños solían echar a correr entre el desplome, chillando de alegría y saliendo de la nube rebozados de polvo blanco. La ciudad llegó a sacar a los cabezudos y a los *trabucaires* para celebrar el derribo. Ahora a nadie le importa un pimiento. Como mucho, se quejan del ruido. De hecho, la ciudad entera parece haberse olvidado de que existían unas murallas. La ciudad no ha emergido de su sueño medieval como una oruga de su crisálida. Ha emergido como un paciente trepanado que se escapa del hospital: con los brazos colgando a los costados y la baba cayéndole sobre la pechera del camisón.

El carruaje que se para a medianoche delante de la casa del doctor Menelaus Roca en la calle Riudecendra es un elegante faetón con las cortinas cerradas a cal y canto. Con los sellos de las portezuelas raspados y la decoración de la madera tapada con pintura negra. Así suelen ser los carruajes que se paran a medianoche delante del portal de Roca: elegantes vehículos negros sin ningún detalle que permita identificarlos. Y como siempre que se para uno allí, la portezuela se abre solamente un momento para dejar salir a una mujer con velo que baja recogiéndose los faldones del vestido y desaparece a toda prisa en las sombras del portal. A veces, la paciente está tan asustada o tan débil que necesita la ayuda de una segunda mujer para bajar del carruaje y meterse en la casa.

La paciente de esta noche entra por su propio pie y se queda mirando con cara de asco a la chica esmirriada y greñuda que se encarga de cerrar la puerta detrás de ella. El recinto de la antigua lechería es oscuro y frío. Por el suelo centellean los puntitos de luz de los ojos de las ratas. La criada greñuda le indica por señas que le dé su abrigo. La paciente se quita el abrigo y se lo tiende con el brazo muy extendido, evitando acercarse a ella. No es solamente que Liberata sea fea o vaya sucia. Es que tiene ese aire indescriptiblemente repulsivo que uno ve a menudo en los pabellones de desahuciados. Ese aire de haber visto ya lo que hay al otro lado de la muerte.

Por fin la chica se pone el abrigo debajo del brazo con movimientos torpes, coge la lámpara y empieza a subir las escaleras en silencio.

En el piso de arriba, el doctor Menelaus Roca, vestido para la ocasión con una bata larga y blanca con el escudo del Colegio de Cirujanos en la pechera, saluda escuetamente a la paciente con la cabeza. Ninguno de los dos habla mucho. La escena tiene aire de simple repetición de un ritual ya ensayado. La sensación se debe a que ya hace un par de días que el doctor Roca le mandó una carta a la paciente informándola no solamente de los pormenores del procedimiento, sino también de sus preparativos y posibles consecuencias. La paciente entra en un cuarto diminuto con una mampara circular y se desviste dentro de la misma. Liberata espera al otro lado de la mampara y se dedica a recoger la ropa con gesto ausente, sin dejar de hurgarse la nariz.

El procedimiento del doctor Menelaus Roca para aliviar la situación personal de las mujeres que acuden a su consulta a medianoche es, en esencia, el mismo que esas mujeres pueden encontrar en circunstancias higiénicas mucho más deficientes, y a menudo sin la presencia de un médico, en muchos pisos secretos del barrio de Trentaclaus. Cada uno de los tres tratamientos de que se compone solamente se administra si falla el anterior. El primer tratamiento es un bebedizo a base de poleo menta, hierba lombriguera y sabina rastrera. Administrada la bebida, a la paciente se le recomienda que camine de un lado a otro por la sala, o bien que se ponga en cuclillas como si tuviera que ir de vientre. A continuación hay que esperar. La paciente camina nerviosa, a ratos cogida de la mano de Liberata y el resto del tiempo retorciéndose las manos, vestida con un camisón hospitalario que por muchas veces que haya sido hervido, sigue mostrando las mismas manchas de color marrón oscuro.

Al cabo de un tiempo que a la paciente le parece una eternidad, pero que en realidad solamente han sido un par de horas, el doctor Roca entra sin hacer ruido en la sala. Se saca el reloj del bolsillo y lo consulta en un gesto innecesario. Con la misma cara vacía con que lo hace todo. La paciente no está segura de haber visto nunca una cara como la del doctor Menelaus Roca. No solamente por la piel casi traslúcida y los ojos rosados. Es su ausencia de expresión. Es como la cara de alguien que se ha quedado dormido con los ojos abiertos, *todo el tiempo*.

Para la segunda fase del tratamiento, el doctor Roca conduce a la paciente a la camilla. La mujer cierra los ojos con fuerza y se muerde el labio mientras Roca le inserta la manguera por la cavidad vaginal y busca el cuello del útero con un dedo enguantado. Liberata lo mira todo encogida en el escalón de la puerta. A continuación Roca bombea agua por la manguera. La sala se llena del chirrido de la bomba de agua. Cuando el útero está lleno, ayudan a la paciente a ponerse de pie y a caminar nuevamente de arriba para abajo. Para entonces, la paciente ya se ha venido abajo y llora sin parar y necesita ayuda para caminar. El suelo está encharcado de agua y de algo más que no es agua y que huele distinto. La paciente llora sin parar. Cuando Roca juzga que el segundo procedimiento también ha fallado, busca la mirada de Liberata. La chica se pone de pie de un salto y echa a correr hacia la sala de disección.

Bajo el resplandor de la enorme lámpara de hierro que cuelga del techo de la sala de disección, Menelaus Roca le pone la máscara en la cara a la paciente y vierte el cloroformo. A la mujer se le ponen los ojos en blanco. A partir de ese momento, y durante la próxima media hora, los bultos de sus pupilas danzan al ritmo de los sueños del éter. Paisajes fantásticos y criaturas fabulosas. Los tejados de la Ciudad Antigua contemplados desde una legua de altura. La paciente montada a lomos de una criatura voladora gigante, con el camisón hospitalario ondeando salvajemente y crepitando alrededor de su cuerpo. Las torres de los campanarios. La iglesia del Carmen. Santa María del Pino. La catedral. Santa María del Mar. La cicatriz de la explanada de la muralla, rodeándolo todo. Las Ramblas se abren al portal de la Paz y de pronto aparece el azul intenso y salvaje. Poblado de velas blancas. La criatura voladora planea en el viento, con las alas antediluvianas desplegadas a los lados del cuerpo. El único ruido que se oye es el tintineo del instrumental quirúrgico al golpear contra los platillos de cobre. La sangre se encharca a los pies de Menelaus Roca. Después de tantas horas de espera, la intervención quirúrgica resulta desconcertantemente breve. Menelaus Roca tira los guantes ensangrentados al cubo de la basura. Liberata le coloca varias compresas a la paciente, se las sujeta como puede cerrándole las piernas y corre a sostener la puerta abierta mientras Roca levanta a la mujer en brazos como si fuera una criatura y carga con ella por el pasillo en dirección a la cama donde se despertará. Al pie de la mesa de operaciones queda un fardo envuelto en una manta que se va tiñendo rápidamente de rojo.

Fuera, todavía quedan un par de horas para que el cielo empiece a clarear sobre el mar. En el horizonte de 1868, a lo largo de los ríos que flanquean la ciudad, ya empiezan a arder los fuegos de las fábricas. Las chimeneas empiezan a vomitar humo. Los colores están empezando a cambiar. La ciudad se agita en sueños. Sus pupilas danzan inquietas bajo sus párpados. Sus ojos se abren sobresaltados cuando retumban las barrenas. Como un borracho que se ha caído en la riada, mirando a su alrededor sin entender qué es lo que lo está arrastrando.

En su casa de la calle Riudecendra, el doctor Menelaus Roca sigue el rastro de gotas de sangre que sale de su sala de disección. El rastro avanza por entre las vitrinas del Museum Clausum y baja las escaleras. Roca sabe que tiene que buscar a Liberata en los armarios. Detrás de los arcones. Y por fin la encuentra. Al fondo del armario donde se ha escondido, con el fardo ensangrentado en brazos. Ella arrulla el fardo y le susurra cosas y lo protege con su cuerpo. Un vestigio de la madre universal perdura dentro de su cerebro atrofiado. Roca se pone en cuclillas delante de ella y ella se encoge al fondo del armario. Enseñando los dientes en una mueca de amenaza. Roca le hace una señal para que le dé el fardo. Ella se encoge más y enseña los dientes. Y entonces Roca hace algo inaudito. Algo que no recuerda haber hecho en años.

Roca le *habla* a Liberata.

–Dame eso –le dice.

Ella parpadea.

–Eso no es tuyo –dice Roca–. Dámelo.

La boca de Liberata se abre para emitir un gruñido silencioso. Roca agarra el fardo y se produce un forcejeo. La manta se abre, ofreciendo un vislumbre de miembros a medio formar. Por fin Liberata cede y suelta el fardo. Roca se aleja sin mirar atrás.

SEGUNDA PARTE

26

CADA PIEZA MUEVE AL RESTO

El tiempo de los primeros días de Menelaus Roca en la catacumba es el tiempo pantanoso de los que están postrados con fiebre alta. Burbujas volátiles de vigilia y cavidades profundas de letargo sin sueños. Sus primeras impresiones son indescifrables. Un mundo contemplado desde miles de leguas de distancia. Una negrura sin límites, que sin embargo le produce la sensación de tener telarañas en los ojos y el deseo oscuro de frotárselos. Poco a poco, los ruidos se definen. El murmullo de los escarabajos. De las manos y de los pies le vienen unas sensaciones parecidas a pellizcos. Mordiscos de ratas, supone que deben de ser. A ratos se las intenta sacudir de encima dando manotazos y patadas, pero en el fondo sabe que no está moviendo ni un dedo, que solamente está imaginando que lo hace. Otras veces le vienen ganas de abandonarse, de dejar que se lo coman las ratas. Y, sin embargo, no se lo comen. La conciencia, por débil que sea, se resiste a abandonarlo. Y cuando por fin empiezan a materializarse las luces y las sombras a su alrededor, Roca se limita a contemplarlas con los ojos entelados. Sin darles demasiada importancia. La distinción entre «dentro» y «fuera» de su cabeza ya no quiere decir gran cosa. Y un día, de pronto, una de las manchas empieza a crecer, como un sol que explota en el firmamento. Y como en un cuento infantil, el sol se convierte en una cara. Una cara sonriente. Y es entonces cuando Menelaus Roca comprende que a fin de cuentas sí que debe de existir un mundo fuera de él: la sonrisa que tiene delante es demasiado idiota para estar imaginándosela.

La sonrisa idiota forcejea por arrancar a su conciencia del pozo en que permanece enterrada. Y al cabo de un momento, la conciencia sale trepando con cautela, mirando a su alrededor con los ojos guiñados.

El saltimbanqui del traje a cuadros está encima de Menelaus Roca, con la cara a pocas pulgadas de su cara. Roca tarda un momento en darse cuenta de que lo tiene sentado encima del pecho. Intenta gritarle que se levante de ahí, que lo más seguro es que tenga varias costillas rotas, pero no consigue que le salga más ruido que un «pop» absurdo de los labios al despegarse. El saltimbanqui suelta una risa y se pone a aplaudir. Tiene una cara inverosímilmente estrecha, con los ojos de color azul sucio y varios agujeros en la dentadura. Y esa tez morena de la mugre acumulada durante años. Por fin se levanta de un salto, provocándole a Roca una repentina sensación de ingravidez en el torso, como si se estuviera elevando hacia el techo de la caverna. Se pone a dar trompos y volteretas a un lado y al otro y por fin se aleja brincando entre los nichos.

Roca consigue mover el cuello lo bastante como para ver su propio cuerpo. La ropa cubierta de tierra y de polvo, acartonada. Le manda una orden a su brazo y, para su sorpresa, el brazo le contesta levantando la mano. Se mira con el ceño fruncido la mano rebozada de sangre vieja e inflamada por las fracturas. La sensación de volver a tener cuerpo lo ha cogido desprevenido.

Con la misma sonrisa idiota, el saltimbanqui regresa dando saltos. Ahora lleva una ristra de longanizas alrededor del cuello. Con las manos mugrientas arranca una longaniza del resto y se la ofrece a Roca, que está demasiado fatigado para levantar la mano otra vez. El saltimbanqui parte un trozo de longaniza y hace el gesto de metérsela a Roca entre los labios. Roca intenta cerrar los dientes. Intenta apartar la cabeza. Al cabo de un minuto de forcejeo, y vagamente consciente de tener la boca medio llena de carne picada, la mente del doctor Menelaus Roca se vuelve a desplomar por el pozo del letargo.

Poco a poco, los detalles de la catacumba se van volviendo familiares. Se convierten en su mundo. La configuración particular de las sombras del techo. La pared de arcilla roja que puede tocar extendiendo el brazo derecho, y que un poco más allá confluye en la esquina de la caverna donde se abren los dos dinteles. Los arcos de los nichos. Las inscripciones casi borradas de la piedra. La diferencia entre cada arco y el siguiente, entre cada piedra y sus piedras contiguas.

Al cabo de un tiempo indeterminado, algo se le posa suavemente en el pecho. Roca se imagina que tiene una libélula gigante posada en el esternón. A continuación el peso se convierte en unos dedos que lo zarandean. Roca abre los ojos. A su lado está arrodillada la niña de la mortaja negra, sosteniendo algo redondo que suelta humo. Un tazón descascarillado. Con mucho cuidado, y usando las dos manos, la niña le acerca el tazón a los labios. El caldo está muy caliente y salado y tiene manchones de grasa blanca en la superficie. Al cabo de media docena de sorbos, Roca se siente capaz de girar la cabeza.

—Hemos buscado una estatua que fuera tan grande como vos —le dice la niña, acercándole el tazón a los labios—. La buscamos en esa iglesia rota donde están todos los santos. Pero todas las estatuas eran pequeñas y solamente eran trozos de piernas y cosas así. Después Muñeco intentó robar un puerco del matadero. Pero pesaba demasiado y no podía cargar con él, y encima lo pilló el guardia y le dio una buena tunda.

Roca siente cómo el calor del caldo le llega a las puertas del estómago. Se vuelve a recostar y cierra los ojos. A diferencia de lo que él pensaba, no está tirado en el suelo de la catacumba, sino metido en un nicho de la pared, a poco más de un palmo del suelo. Paradójicamente, ahora que por fin ha conseguido que se le disipen las telarañas que veía, lo que le queda justo delante de la cara son las telarañas que cubren el techo de roca del nicho.

—Ese hombre que estaba aquí —dice por fin, con un hilo de voz—. Aniol Almarrosa. Me enseñó unas páginas.

La niña saca un paño húmedo de algún lado y se lo pasa por la frente. La expresión reconcentrada de sus rasgos infantiles le da cierto aspecto inevitable de estar jugando a las muñecas.

—A Muñeco le encanta esa novela —dice—. Duerme con ella y todo. Pero él sabe que no puede sacarla de allí sin mover otra cosa. Así que le dijimos que dejara las páginas copiadas en su sitio.

Roca abre los ojos.

—¿Mover otra cosa?

—Cada pieza mueve al resto, mi señor —dice ella, y en su voz aflora un matiz de recriminación. Como si Roca fuera culpable de no saber algo evidente—. Lo dice el *libro*.

Roca se esfuerza por pensar.

—Es por eso que buscabais una estatua tan grande como yo —dice—. Y luego un cerdo.

La niña sigue limpiando la cara de Roca con el paño húmedo. Él estira el cuello para intentar divisar su cuerpo postrado. Es probable que a estas alturas su cuerpo ya emita un hedor pestilente. Por supuesto, se ha preguntado en un par de ocasiones si los niños le están limpiando los orines y los excrementos. Sin previo aviso, la mano de Roca sale disparada y le agarra la muñeca a la niña. Los dos se quedan así un momento, muy quietos. Mirándose a los ojos.

—«Cada pieza mueve al resto» —repite—. ¿Lo dice el libro? ¿El libro que estáis copiando?

Aguantándole la mirada, y sin inmutarse, la niña escupe a Menelaus Roca en la cara. El salivazo le alcanza en el pómulo y se queda allí, resbalándole por la mejilla. Roca le suelta la muñeca, fatigado. Se vuelve a recostar dentro de su nicho de arcilla. Su conciencia cae flotando por el interior del pozo, en una lenta espiral descendente.

27

EL SEGUNDO TÚNEL

Lo primero que hace Menelaus Roca en cuanto puede incorporarse lo bastante como para sentarse a medias dentro de su nicho es pedir que le traigan papel y una pluma. Con las manos fracturadas, Roca tarda un rato exasperantemente largo en abrir el paquete meticulosamente embalado y atado con cordeles que le trae la niña. Cuando termina de rasgar el papel y abre la caja, dentro de la misma encuentra un flamante cuaderno en blanco, con las cubiertas de cuero repujado, una pluma y dos botellas de tinta. Roca se lo queda mirando todo, perplejo. A continuación mira a la niña, pero ella permanece inescrutable, con las cejas pálidas fruncidas en el centro de la frente.

Lo primero que anota Roca en su cuaderno son las particularidades de la catacumba. Describe la textura de la tierra y la antigüedad aparente de las inscripciones. A partir de la temperatura y el grado de humedad hace un cálculo de la profundidad a la que deben de estar. Analiza la construcción y hace bocetos de sus elementos. A continuación traza un plano de la caverna, proyectando con la imaginación las partes que no puede ver. Parece ser una gruta artificial de unas diez varas en su dimensión más larga y tal vez cinco en la corta. Las dos paredes que ve Roca son de sillares de caliza. La isla central es en parte de obra y en parte natural, como si los ingenieros de la Antigüedad hubieran aprovechado la bifurcación de dos túneles o grutas fluviales. Hay cinco nichos en la pared donde está metido Roca y uno en la pared contigua. Varios más en la isla central. Si la caverna es simétrica respecto a su centro, eso quiere decir que hay una veintena de nichos.

Pronto los niños se empiezan a alternar para traerle las comidas. El caldo se enriquece con vísceras, mollejas y algo que a Roca le parece que son sesos. De vez en cuando, un poco de tasajo o longaniza. Aunque sigue siendo la niña quien viene más a menudo, ahora también bajan el muchacho de la levita de color cobalto y el saltimbanqui al que llaman Muñeco. El de la levita es el más circunspecto. Se limita a quitarse el bombín y colgarlo junto a la lámpara. A continuación le deja la comida a Roca en la cornisa del nicho y despliega un pañuelo con cuidado en el suelo de tierra para no mancharse los pantalones de marinero. Nunca dice nada y nunca mira a su protegido. Muñeco, en cambio, parece disfrutar de los ratos que pasan juntos. Un día, después de contemplar cómo Roca traza sus diagramas en el cuaderno, Muñeco se lo quita de las manos y se aleja dando saltos hasta uno de los nichos de enfrente. Allí se encaja con movimientos imposibles en el hueco de la pared y abre el cuaderno con cautela, como si le pudiera morder. Los dibujos de la catacumba le provocan un ataque de hilaridad. Roca lo mira saltar y chillar encantado y palmearse las rodillas por toda la caverna.

Los periodos de trabajo en su cuaderno todavía se alternan con rachas de letargo y de fiebre. Sin luz natural que marque el ritmo de los días, en la catacumba no hay más pautas temporales que el lento avance de la recuperación. Roca pide una almohada y la almohada llega. Pide una lámpara y la lámpara llega. Pide una bacinilla para hacer sus necesidades. Una camisa limpia. Con la ayuda de los niños, consigue incorporarse lo bastante como para quitarse su camisa inmunda y ponerse la que le han traído. Muñeco sostiene la camisa usada con el brazo muy extendido y señala entre risas la nubecilla de pulgas y chinches que emana de la misma.

Cuando Roca ya se ha resignado a las payasadas del saltimbanqui, éste consigue sorprenderlo. Un día está trabajando en un retrato del mayor de los chicos, el que va vestido de maestro de pista circense. En las últimas páginas de su cuaderno ha estado dibujando a los chicos, incluido el más pequeño, al que solamente ha visto en un par de ocasiones. Los retratos intentan captar los rasgos frenológicos de los muchachos, y es por eso que tienen cierto aire clínico, con mediciones del perímetro craneal. En mitad de su trabajo, Muñeco aparece en la caverna precedido del resplandor de su lámpara y le deja un plato de comida en la cornisa. A continuación mira el retrato que está haciendo Roca.

—Merodac —dice.

El sobresalto hace que a Roca se le caiga la pluma. Se queda mirando al chico, asombrado. Jamás lo había considerado capaz de hablar. Si es que es eso lo que ha hecho. Roca no está seguro.

—¿Cómo has dicho?

—Merodac.

Muñeco repite la palabra varias veces y señala al chico del dibujo. Roca pasa una página del cuaderno. Señala a la niña de la mortaja y mira a Muñeco con expresión interrogante.

—Inana —dice el chico.

A Roca se le pasa por la cabeza reevaluar al saltimbanqui. Hacerle unas preguntas para establecer su grado de raciocinio. Sin embargo, sus risotadas y sus bailes idiotas por la caverna lo disuaden: que haya sido capaz de memorizar un par de nombres no quiere decir que haya que considerarlo más que un chimpancé con las cuerdas vocales evolucionadas. Además, en este momento el eje de su trabajo discurre por otro lado. Los cuatro niños forman una peculiar sociedad infantil en su escondrijo subterráneo, y sin embargo, detrás de todo lo que hacen se adivina el control de uno o más adultos. Roca intenta recordar sus lecturas sobre sociedades infantiles. Hay consideraciones sobre el niño salvaje en el libro primero del *Du contrat social* de Juan Jacobo Rousseau, pero se da mucha más información en el *Sistema naturae* de Linneo, donde se mencionan algunas características fundamentales de los niños salvajes que Roca recuerda vagamente: la incapacidad para caminar erguidos de forma permanente, la visión nocturna, la insensibilidad al frío y al calor y la indiferencia sexual. Recuerda asimismo el informe sobre el *Jeune sauvage de l'Aveyron* escrito a principios de siglo por su cuidador, el médico francés Itard, así como el *Caspar Hauser* del abogado alemán Von Feuerbach. Ninguno de los casos registrados encaja de ninguna manera con lo visto por Roca en la cámara subterránea.

Ya está a punto de agotar su tercer cuaderno de notas cuando su estado físico experimenta una mejoría pronunciada. Un día, aprovechando que está solo en la caverna, prueba a sacar las piernas del nicho y apoyarlas en el suelo. El esfuerzo le provoca náuseas y un latido punzante en las sienes, pero consigue encadenar todos los movimientos sin desfallecer. Permanece un rato sentado en la cornisa del nicho, reuniendo fuerzas para ponerse de pie. Cuando Inana lo encuentra, varias horas más tarde, Roca se ha desplomado y ha perdido el conocimiento a casi diez pasos de su nicho.

A partir de ese momento el mundo subterráneo empieza a crecer. Roca rodea la isla central y se asoma al otro lado. La cámara subterránea, como ya esperaba, es un rectángulo simétrico, con doce nichos en la isla central y once en las paredes externas. En la esquina opuesta no hay dos dinteles, sino solamente uno, más bajo que los otros. El siguiente paso es explorar las cámaras anexas. De los dos dinteles unidos, uno comunica con el túnel por el que llegó. Apoyado en el hombro de Muñeco, Roca desanda sus pasos hasta el lugar del desplome. Un montículo de piedra y cascotes marca el sitio, pero alguien ha tapado el boquete del techo con argamasa y tablones. En su siguiente expedición, usando a la niña como muleta, Roca pasa bajo el dintel contiguo. La cámara anexa a la catacumba es una capilla. En el ábside hay restos de un altar y unas marcas octogonales en el suelo de lo que tal vez fuera un baptisterio. En una de las hornacinas laterales todavía hay un sarcófago labrado. Las manchas de las paredes, después de contemplarlas un rato, se convierten en restos de pinturas al fresco.

Menelaus Roca se pasa horas dibujándolo todo. Copiando las figuras de los frescos. Mártires dentro de ollas. Mártires pasados por la espada. Ángeles tocando trompas.

Los descubrimientos más relevantes para su investigación tienen lugar durante sus últimas horas en la catacumba. Para su última excursión por el subsuelo del monte Táber se pasa tanto tiempo como puede reuniendo fuerzas. Tumbado sobre almohadas en su nicho, fumando picadura que se ha hecho traer, ultimando sus notas. Por fin, cogido del brazo de Inana, se dirige al último dintel. La puerta baja del otro extremo de la catacumba.

Los túneles de ese lado de la catacumba son más largos. Suben y bajan siguiendo lo que Roca supone que deben de ser los desniveles naturales de las aguas subterráneas. En algunos tramos hay escalones vetustos. Cada cierto tiempo Roca tiene que sentarse en el suelo, resoplando, mientras la niña le humedece la frente y los labios. Al cabo de lo que parece una caminata interminable, Roca levanta la vista y ve que están pasando por debajo de otro arco. El túnel desemboca en otra cámara subterránea. Inana deja la lámpara sobre un pedestal. Roca mira a su alrededor. Están entre las ruinas de una capilla más antigua que la primera, o bien en una capilla posterior inacabada. En el centro de la misma quedan cuatro o cinco columnas en pie. La tierra y la piedra están más secas, lo cual quiere decir que se han estado alejando del mar.

Roca examina la sombra que acaba de descender sobre la cara de la niña. Tarda un momento en reconocerla. Es la sombra de inquietud de alguien que está siendo vigilado.

De la segunda capilla salen dos túneles: uno que continúa alejándose del mar y otro que desciende hacia el mismo. La mirada de la niña se desvía involuntariamente hacia el segundo túnel. Roca echa a andar hacia allí.

El segundo túnel es un pasadizo de roca que baja abruptamente por las entrañas del monte, apuntalado de vez en cuando por una viga vetusta. Roca le pide a la niña que acerque la lámpara a una inscripción que ha visto en la pared. En medio de los caracteres casi borrados por el musgo, Menelaus Roca reconoce un nombre: «PERELLOP». Un nombre ya olvidado por la ciudad, pero que sembró el terror en ella hace tres siglos.

—Es un túnel de bandoleros —murmura Roca.

Una leyenda antiquísima. Se decía que conducían hasta los tesoros escondidos de los bandidos.

Un minuto más tarde la niña se niega a seguir avanzando. Se queda en medio del túnel, agarrando la lámpara. Roca se gira para mirarla.

—¿Qué pasa?

Ella se acerca a Roca y tira de su mano para sacarlo de allí.

—¿Qué te da miedo? —dice él—. ¿Qué hay ahí?

—Ahí duerme la Niña Hermosa —dice—. No hay que despertarla.

—¿La Niña Hermosa?

Ella se arrodilla en el suelo y dibuja algo en el polvo. Un aspa. Ahora Roca tiene la impresión inequívoca de que hay alguien con ellos en el túnel. Coge la lámpara y da unos cuantos pasos renqueantes antes de ver que el túnel está hundido. Por entre los escombros se entrevé algo: losas en el suelo, sillares en las paredes. En este lugar había algo. Tal vez el sótano de una casa. Se pone en cuclillas y acerca la lámpara a las losas. El musgo deja entrever fragmentos de palabras. «XTUM.» «CONSECRAVIT.» Una fecha. «AD 989.» Y una frase vagamente familiar. «CIVIUM FLORENS CORONA.» Y en ese momento oye pasos detrás de su espalda.

Menelaus Roca se gira a tiempo de ver a Merodac. Y de ver lo que tiene en la mano. Y de *oler* lo que tiene en la mano. En la cabeza le estalla una cápsula de cólera. El chico le cubre la boca con una mano y le pone el trapo impregnado de cloroformo en las narices.

Y todo se desvanece.

28

LA BANDA DE ENRIQUE, VISTA DESDE
UN TREN EN MARCHA

De pie frente al ventanal de su despacho, con las manos juntas detrás de la espalda, dominando desde las alturas la confluencia de las calles de San Severo y del Obispo, al inspector provincial Semproni De Paula le viene la sensación de que en las últimas semanas lo ha visto todo igual que se ven las cosas desde la ventanilla de un tren en marcha. Demasiado deprisa para sacar conclusiones o para anticiparse a los acontecimientos. Demasiado deprisa para ver nada que no sean manchas borrosas. Tres plantas más abajo, doblando la esquina de la calle del Obispo, la avanzada de un grupo de chiquillos que corren agarrándose las gorras y mirando por encima del hombro anuncia la llegada del furgón de los detenidos. Los caballos del tiro del furgón terminan de coronar la colina y se detienen, con las cabezas envueltas en nubes de vapor. El cochero salta del pescante. Los chiquillos llevan fusiles de madera y se apostan en las esquinas para disparar balas imaginarias contra el furgón. El furgón de los detenidos es un ómnibus con la cabina negra, ventanillas enrejadas y portón trasero con barrotes de hierro. La pareja de guardias montados que lo custodia acostumbra a ir rodeada de un enjambre de chiquillos excitados. Los transeúntes se detienen invariablemente a su paso y se santiguan. Las mujeres dejan de hablar y miran el furgón con cara funesta. Ya hace tiempo que la ciudad anda llena de historias de terror sobre los calabozos del Cuerpo de Vigilancia. Desde que empezaron los Crímenes de la Esperanza, sin embargo, la situación ha empeorado. Los gritos de los prisioneros se oyen toda la noche.

Sin separar las manos, Semproni De Paula se da la vuelta para contemplar el interior de su despacho. Con los ojos guiñados, da una calada al caliqueño que tiene entre los dientes. Al otro lado de la mesa, Egidio Peñaranda está de pie sobre la alfombra, con grilletes en las manos y en los tobillos. Pese a los grilletes, se ha quitado la gorra y la sostiene en las manos con gesto respetuoso. De Paula se queda mirando con el ceño fruncido los pantalones embadurnados de aguas fecales del detenido.

—Tengo a tres agentes que huelen igual —dice Blai Boamorte desde la puerta del despacho—. Y eso que se han cambiado de uniforme. Se han tenido que tirar dentro de la letrina detrás de este *fill de puta*.

De Paula da otra calada al puro. Hasta que empezaron los Crímenes de la Esperanza, la banda de Enrique era la principal amenaza pública en el recinto de la Ciudad Antigua. Si hubieran detenido a uno de sus miembros hace tres meses, ahora Semproni De Paula estaría radiante. Tal como están las cosas, sin embargo, la detención no alivia su humor funesto. Llevan un mes deteniendo a media ciudad sin que el Asesino de la Esperanza aparezca por ningún lado. La aventura de su mujer con el capitán de infantería Lombardo ya se ha convertido en un escándalo. Normalmente es la cólera entusiasta del diminuto inspector lo que llena de vida los pasillos y los salones suntuosos de la Jefatura Provincial del Cuerpo de Vigilancia. Son las imprecaciones a sus subordinados lo que mueve su sistema linfático. Últimamente, sin embargo, su mal humor solamente genera un ambiente mortuorio. Un silencio lleno del retumbar de los portazos. Una sensación de peligro inminente.

La detención de Peñaranda ha sido un regalo del cielo. Esta misma mañana, un grupo de señoras adustas se ha presentado en la jefatura y se han identificado ante un perplejo Blai Boamorte como la Sororidad de Esclavas de la Virgen del Carmelo. A continuación la Sororidad ha procedido a denunciar el uso de las ruinas del convento del Carmen como lugar de lenocinio. Ya hace semanas que las Esclavas ven entrar y salir mujerzuelas de las ruinas en plena noche, y por fin han decidido tomar cartas en el asunto. Y los resultados no se han hecho esperar: el sereno que vigila las ruinas no solamente les ha dado una descripción del profanador, un conocido ateo del barrio llamado Egidio Peñaranda, sino también una dirección donde se lo podía encontrar. El propio Boamorte ha ido con tres agentes a detener al bellaco. Después de tirar abajo la puerta de una casa de vecinos de la calle de Trentaclaus, ahuyentando a un enjambre de indeseables por los tejados, Boamorte ha puesto contra la pared del patio a todos los que no han podido escapar. Una reunión deprimente de lisiados, sifilíticos y viejos. Peñaranda no estaba entre ellos. Por fin, después de arrear un par de tortazos, uno de los detenidos ha señalado en dirección a la letrina del patio. Boamorte y sus agentes se han mirado. Han intercambiado señas silenciosas. Los agentes se han acercado con sigilo a la letrina y han acercado el oído a la puerta. Un gemido casi inaudible de esfuerzo rectal. Cuando han ido a abrir la puerta, sin embargo, el hombre de dentro ha sido más rápido y la ha atrancado. Y como no han podido desatrancarla a patadas, los agentes se han visto obligados a arrancar la letrina del suelo. Para entonces, sin embargo, Peñaranda ya había saltado a la fosa séptica y se estaba intentando deshacer de un fajo de documentos.

Ahora los documentos, rescatados de la fosa por los agentes y limpiados con más voluntad que éxito, están en la mesa del despacho de Semproni De Paula. Emitiendo un intenso hedor a letrina. Todos están en clave, pero la jefatura ya ha descifrado con anterioridad varios documentos internos de la banda, y de todas maneras el sello de la banda de Enrique es inconfundible, con su palmera de fuego y las iniciales N.H.D.E.E.C. en la base de la misma.

—Eres del sindicato de tejedores, ¿no? —dice por fin De Paula, mirando al detenido—. ¿Cuánto crees que vale esa alfombra que estás llenando de mierda? ¿Cuánto dirías tú?

El detenido mira la alfombra con la cara hinchada por los golpes.

—Pues no lo sé —dice—. Mil reales, tal vez. Yo es que no hago alfombras.

De Paula asiente, como si la explicación le resultara satisfactoria.

—Ya no sé qué más barbaridades se os pueden ocurrir —dice, quitándose el caliqueño de la boca y observando el ascua con el ceño fruncido—. ¿Es que no tenéis sitio para ir a echar un polvo, que os tenéis que meter en suelo consagrado? Ya no sé cómo meteros algo de sentido común en la cabeza. —Se da un par de golpecitos en la sien con la punta mojada del cigarro—. Todos sois iguales. Colectivistas. Cooperativistas. Bakuninianos. Republicanos. Qué sé yo.

—Con todos los respetos, señoría —dice el detenido—. No todos somos lo mismo.

Boamorte hace el gesto de acercarse al detenido, pero De Paula levanta una mano para detenerlo. Despacio. Necesita que las cosas pasen despacio. Precipitarse es lo que lo ha llevado a ver todo como si estuviera en un tren en marcha. Le hace un gesto al detenido para que siga hablando.

—Nosotros nos oponemos a las tesis de los socialistas, de los individualistas y de los libertarios —explica el mozo—. Los colectivistas propugnamos el respeto humano y la fraternidad entre los hombres. El hombre es bueno y tiende por naturaleza a asociarse con los espíritus afines. Por tanto, la autoridad tiene que nacer siempre del espíritu colectivo.

Boamorte tiene el cuerpo tensado igual que un perro de presa que ya puede oler a su víctima pero al que la correa todavía no le deja saltar sobre ella. Semproni De Paula coge una silla, se la acerca al prisionero y le hace una señal para que se siente. El detenido camina hasta la silla con los pasitos diminutos que le permiten los grilletes de sus tobillos y se sienta con cautela.

—Continúe –le dice el inspector.

Egidio Peñaranda carraspea.

—Me haría falta un buen rato para explicarlo bien –dice–. Pero es muy fácil. Son los hombres quienes tienen que administrar los medios de producción. Hay que dejar que los hombres se asocien siguiendo su voluntad y su afinidad humana y que produzcan en base a los acuerdos que decidan. Porque así funciona el ser humano, creando sus propios colectivos. No somos socialistas ni tampoco bakuninianos. Creemos que Bakunin está contagiado por el individualismo burgués. –Ahora suena casi ilusionado–. El hombre es bueno por naturaleza, señorías. Ustedes y yo y todos los demás.

De Paula se dirige a la mesa y coge con las puntas de dos dedos una de las páginas sucias de los documentos incautados.

—Estas siglas que hay aquí –dice, señalando las siglas que hay debajo de la palmera de fuego–. N. H. D. E. E. C. ¿Qué querían decir? «No hay Dios en el cielo», ¿verdad? ¿Por qué negáis a Dios? ¿Cómo puede alguien que decís que es bueno negar a su Creador?

Junto a la puerta, Blai Boamorte ha cambiado de expresión al ver cómo Semproni De Paula le daba la silla al detenido. Ahora su cara de expectación es la cara de alguien que sabe exactamente lo que va a pasar.

—No nos oponemos a una fe personal –empieza a decir Peñaranda, repentinamente nervioso–. Nos oponemos a la religión institucional. A su uso de la jerarquía y la coacción.

—¿Y por eso te pones a hacer guarradas en suelo bendecido? –lo interrumpe el inspector–. ¿Es que no respetáis *nada*?

—Señoría –replica el detenido–. Yo no he hecho *nada* en suelo bendecido. No sé quién le ha dado mi nombre...

Semproni De Paula le da una patada desde detrás a la silla del detenido, haciendo caer violentamente hacia atrás la silla y a su ocupante. Una patada ensayada muchas veces, un auténtico clásico de los interrogatorios en la jefatura. El mozo cae y se golpea la nuca contra el suelo. La cara se le pone inmediatamente azul. Todavía está luchando por recobrar la respiración, sentado en la silla volcada, cuando De Paula le clava el tacón en la boca, una vez, dos, tres, con todas sus fuerzas. El detenido boquea y sufre convulsiones mientras el inspector le destroza los dientes y le parte la mandíbula. Así se pasa un momento largo, pisando y pisando la boca del detenido hasta que la parte inferior de la cara de éste ya no es más que una masa de pulpa y astillas de hueso. Luego se aparta para contemplar el resultado de su trabajo. Se saca un pañuelo del bolsillo y procede a limpiarse la bota y los bajos del pantalón.

A continuación se saca una navaja del bolsillo de atrás.

El detenido suelta borbotones de sangre y vómito por la boca. De Paula se agacha y le abre la bragueta. Le agarra el miembro arrugado y procede a serrar la base del mismo con el filo de la navaja. El cuarto se llena de aullidos. El inspector tira el pene segado del hombre a un rincón.

No solamente el despacho, sino el edificio entero y la calle entera han quedado sumidos en un silencio total después de los gritos.

De Paula recupera el caliqueño que se le ha caído a la alfombra por culpa del fragor. Todavía le late deprisa el corazón, pero ya nota el cambio: los músculos de la espalda se le empiezan a relajar. La tensión de las últimas semanas se disipa por momentos. De pronto las cosas se ven distintas. El tren todavía se mueve a su alrededor, pero ya empieza a aminorar la marcha. Las cosas que hasta hace un momento eran simples manchas borrosas empiezan a verse con más claridad. No le importa el hecho de que probablemente acabe de destruir la mejor oportunidad que ha tenido nunca de detener al resto de la banda de Enrique. No pierde tiempo pensando en ello. Hacía mucho tiempo que no veía las cosas tan claras. Que no veía apartarse las negras nubes de la depresión. Y de pronto, mientras se oyen pasos alarmados que suben corriendo las escaleras de piedra de la jefatura, sabe qué es lo que tiene que hacer. El conocimiento lo inunda como una revelación angélica. Se acabaron las redadas arbitrarias. Se acabaron las noches en blanco. Va a atrapar al Asesino de la Esperanza y lo va a hacer usando su propia inteligencia y su talento.

Y para eso, antes que nada, va a hacerle una visita al Trasgo.

29

LA SALITA DE LAS MUSARAÑAS

Por segunda vez en lo que va de año, Menelaus Roca está trabajando en su Museum Clausum cuando le llega a los oídos el estruendo de la puerta de su casa al ser derribada por los mazazos del Cuerpo Nacional de Vigilancia. El libro que tiene en las manos cuando la puerta se viene abajo es una colección de himnos litúrgicos. *Analecta hymnica medii aevi*. En una edición bastante reciente comprada a un impresor de Francoforte del Meno. Roca pone un punto de lectura entre las páginas, cierra el libro levantando una nubecilla diminuta de polvo y escucha el retumbar de los pasos de los policías que suben en tromba la escalera de su casa. Cuando por fin llegan a lo alto de la escalera, le llega el turno a la puerta del Museum Clausum de reventar bajo las mazas policiales. No se han dado cuenta de que no estaba cerrada con llave.

Desde el umbral de la puerta destrozada, media docena de agentes sudorosos del Cuerpo de Vigilancia se quedan mirando el enorme desván atiborrado de objetos. Roca se los queda mirando a su vez desde lo alto de la escalerilla donde está consultando libros.

Detrás de sus hombres, y siguiendo los pasos de la efigie faraónica de Blai Boamorte, Menelaus Roca acierta a ver un bombín que aparece envuelto en una nube de humo de cigarro caliqueño. Como siempre, y particularmente como siempre que Semproni De Paula está de buen humor, el pequeño inspector da la impresión de estar de puntillas y estirando el cuello. Es algo que tiene más que ver con esa forma en que ciertos animales pequeños se hinchan o agrandan partes de su cuerpo para ocupar más espacio. Cuando llega al frente del destacamento policial, el inspector busca con la mirada al Trasgo, lo encuentra en lo alto de la escalera y lo señala con el caliqueño.

—*Collons*, Trasgo. —Niega con la cabeza—. Hasta llamarte Trasgo es hacerte un favor. Pero mira qué pinta. Pareces un trasgo que se ha caído en un pozo y luego lo ha atropellado el tren. ¿Qué te ha pasado, si puede saberse?

Menelaus Roca considera la posibilidad de admitir ante el inspector que sí que se ha caído en un pozo. Todavía no hace una semana que se despertó al fondo de una zanja junto a la Muralla de Mar, con los perros olisqueándole los pies y la cabeza embotada por los efectos del cloroformo. Después de invertir tres horas en el regreso a casa, apoyándose como un borracho por las paredes de los barrios de la Ribera y San Beltrán, tuvo ocasión de quitarse la camisa y contemplar su cuerpo en el espejo. Una compleja geografía de hematomas y lesiones. Ahora parece que la mayoría de las fracturas se han soldado, por lo menos en parte. El ojo herido todavía está inundado de sangre, pero su organismo ya la ha empezado a drenar y Roca ya puede distinguir formas y contornos con él. Caminar todavía es un suplicio. Acostarse o levantarse van acompañados de náuseas e intensos dolores de cabeza. Pero cada día recobra un poco de fuerza. Todo iría más deprisa, claro, si tuviera comida en la casa. A juzgar por lo que ha visto en el espejo de su casa, parece haber perdido veinticinco o treinta libras de peso desde el día en que se desplomó bajo la pérgola del Jardín de los Eléboros. Su cuerpo sigue teniendo el mismo aspecto flácido, pero ahora parece componerse básicamente de piel tumefacta que se despega elásticamente de los huesos cuando uno la pellizca con los dedos.

El inspector Semproni De Paula se acerca a la chimenea encendida y se quita los guantes. Acerca las manitas infantiles a la llama para quitarse el frío de fuera. Detrás de su espalda, Boamorte pasea por entre las vitrinas, examinando los especímenes de la colección de insectos. Por fin se acerca a la mesa de Roca y hace una mueca.

—Pero ¿qué es esto? —dice, señalando una pasta negra que hay al fondo de un cazo.

—Mi criada se ha marchado —dice Roca—. Ella me preparaba siempre el café, pero ahora se me ha acabado y ya no puedo sacar más de los posos. —Levanta la mirada hacia el superintendente—. Tal vez me podrían traer un poco. No estoy durmiendo demasiado.

—¿Me estás *pidiendo* que te traigamos café? —Boamorte frunce el ceño.

—Por favor.

Boamorte se gira hacia el inspector, con cara de burla. Semproni sonríe, pero asiente con la cabeza.

—Tú —le dice a uno de sus agentes—, baja a comprar café. Y que alguien le prepare una taza al Trasgo.

El inspector camina entre los frascos de especímenes. Tira al suelo los libros y papeles que cubren un sillón y se sienta, mirando a Roca, que sigue en lo alto de su escalera.

—No hemos sabido mucho de ti últimamente, Trasgo —dice—. Hasta vinimos a hacerte un par de visitas y no estabas en casa.

—He hecho progresos con el caso que me encargaron —dice Roca, sin dejar de mirar la cubierta del libro que tiene en las manos—. Ciertas cuestiones relacionadas con drogas. Estoy convencido de que las drogas son la clave de todo. Pero todavía no tengo pruebas. Y no estoy listo para revelarle los detalles que conozco del caso.

—Oh, estoy seguro de que sabes mucho sobre el caso. —El inspector De Paula quita los pies del reposapiés y se levanta del sillón con agilidad de muchacho—. Más de lo que te conviene, probablemente. Eso nunca lo he dudado. Pero no es de eso *exactamente* de lo que te quiero hablar. —Camina hasta la mesa de trabajo de Roca y se queda mirando con las cejas levantadas la taza llena de limo negro que le enseña Blai Boamorte–. Vengo a darte una buena noticia. La buena noticia es que he decidido cambiar de táctica con toda esta *bajanada* del Asesino de la Esperanza. Yo también he estado un poco apartado del caso, como tú. Pero ya he vuelto a poner el corazón en ello. Puedes considerar esto la *segunda parte* de nuestra asociación. La primera ya se acabó.

Semproni De Paula examina el contenido de la mesa. Levanta con esfuerzo el *De humani corporis fabrica* de Vesalio. La edición en gran formato acentúa la pequeñez del inspector: un niño travieso mirando libros prohibidos en el despacho paterno. Lo sopesa, como si estuviera calibrando la profundidad de su contenido en base a sus libras de papel vetusto y tinta. Hojea los múltiples puntos de lectura. Por fin se vuelve hacia Menelaus Roca.

–Este libro –dice De Paula–. ¿Cuánto dirías que vale, Trasgo?

Roca mira al inspector con cara de no entender.

–¿Cuánto vale? –dice.

–Sí, *collons*. ¿Cuánto vale? –El inspector hace un gesto exasperado–. ¿Cuánto *dinero* vale? ¿Qué le pasa a todo el mundo? Nadie sabe cuánto vale nada. No me extraña que el país se esté yendo a tomar por el saco.

Roca mira la edición de Vesalio con su cara de haberse quedado dormido con los ojos abiertos.

–Es la segunda edición, de hace más de trescientos años –contesta por fin–. Hay quien pagaría una fortuna, obviamente. Lo que está claro es que hoy día yo no lo podría comprar.

Semproni De Paula coge el libro con ambas manos y lo tira a la chimenea encendida. Una mancha negra se extiende a toda velocidad por la cubierta. Luego la cubierta ennegrecida se ondula, se arruga violentamente y estalla. Las páginas se elevan en llamas, una tras otra. Y mientras el libro se consume, el inspector no deja de mirar al Trasgo. En busca de señales de alarma. O de aflicción. Cualquier clase de señales. Pero lo único que se refleja en su cara embotada son las llamas. A continuación De Paula descuelga un grabado de la pared. El grabado muestra una comparativa craneal de distintos criminales de los bajos fondos de París. Por fin coge algo que parece un pequeño mamífero seccionado por la mitad y metido dentro de un bloque de cristal.

—¿Y estas dos cosas? —dice, mirando a Roca con una mueca triunfal debajo de su bigote encerado—. ¿Cuál crees que es más valiosa? ¿El cuadro o el bicho? —Hace una pausa—. ¿No contestas? Bueno, ya contesto yo. Yo creo que es más valioso el bicho. Ay, *caraí*. —Tira al suelo el bloque de cristal, que se hace añicos, y después se pone a pisotear el cuerpo seccionado. Levanta la vista hacia Menelaus Roca—. Ahora supongo que debe de valer más el cuadro, ¿no?

Semproni De Paula estrella el cuadro contra la repisa de la chimenea y tira sus restos al fuego. A continuación siguen el mismo destino dos vademécums de química, una vitrina de insectos en ámbar y una lección de anatomía flamenca en formato pequeño. El fuego arde con alegría. El inspector coge una caja de madera pintada con uno de los lados de cristal y se la queda mirando con el ceño fruncido. El interior de la caja parece una habitación de una casa de muñecas, con cortinitas y mueblecitos primorosos que imitan la salita de estar de una casa. En lugar de muñecas, sin embargo, hay media docena de bichos parecidos a ratones de campo, disecados en posturas bípedas y vestidos con ropa diminuta. Una afable escena costumbrista de la hora de la merienda, con uno de los ratones ofreciéndoles a los demás una bandeja de bollos. Semproni De Paula ha visto antes esta clase de panoramas con animales disecados, simples juguetes infantiles, pero no entiende qué hace uno de ellos en casa del Trasgo.

Dirige una mirada interrogante hacia Menelaus Roca. Y entonces la ve: muy tenue pero inequívoca en los rasgos del anatomista. La alarma ha aflorado por fin. Semproni De Paula sonríe.

—Ah, hemos encontrado algo valioso *de verdad* —dice, y hace el gesto de tirar la salita de los ratones al fuego.

—Espere. —Roca levanta una manaza. Deja el libro de himnos en su estante y baja la escalera—. ¿Qué quiere de mí, capitán?

—*Inspector provincial*, joder, Trasgo. —De Paula examina el juguete que tiene en las manos—. ¿Qué son estos bichos?

—Son musarañas baleares —dice Menelaus Roca—. Una especie extinta. Es posible que ésos sean los únicos ejemplares disecados que quedan en el mundo.

Semproni De Paula se acerca al Trasgo. Le pone su salita de musarañas en la mano y le hace un gesto para que se agache y así poder hablarle al oído:

—Quiero algo muy *sencillo* —le dice en voz baja, de manera que solamente lo puedan oír ellos dos—. Quiero ser gobernador civil. Voy a ser el gobernador antes de que acabe el año. Y para eso voy a encontrar a ese *fill de puta* de asesino de una vez. Con tu ayuda o sin ella. Así que tú decides.

Semproni De Paula le hace una señal a uno de sus agentes, que saca una antorcha y rocía la tela con petróleo. Roca frunce el ceño. Los dos hombres permanecen un momento en silencio junto a la chimenea: De Paula mirando al Trasgo y el Trasgo mirando sus ratones vestidos con bombachos y pelucas rococó.

—No puedo llevarle con el autor de los crímenes —dice por fin Roca—. Está bien escondido y usa a otros para que hagan su trabajo. Pero puedo darle el nombre de alguien que estoy convencido de que sabe cómo llegar a esos otros.

—Así me gusta, Trasgo. ¿Y cuál es ese nombre que me va a hacer feliz?

—Almarrosa. Aniol Almarrosa.

Bajo la luz de las llamas, a De Paula se le pone la cara de un rojo intenso. En los ojos le brota una voracidad temible. Hay algo de comadreja o de pequeño mamífero infinitamente ávido en la forma en que sus orejas parecen retraerse.

—Lo *sabía* —dice por fin, con la vocecilla hueca temblorosa por la emoción—. Lo sabía, *joder*.

Semproni De Paula ya está a medio camino de la escalera cuando la voz de Menelaus Roca lo llama detrás de su espalda.

El inspector se detiene. Se da la vuelta y mira al anatomista con las cejas levantadas.

—Necesito un cadáver —dice Roca—. Un cadáver fresco. Es muy importante.

El inspector se queda mirando un momento a su antiguo subordinado.

—¿Qué ha pasado con los tres cadáveres que desenterraste? —dice el inspector—. Todavía los tienes, ¿no?

—No son frescos. No me sirven.

Los dos hombres se aguantan un momento las miradas.

30

CICLÁMENES Y ESPLIEGO

A medida que la carreta que conduce Menelaus Roca abandona el resguardo del Dosel de Sombras, la naturaleza lo envuelve con sus cifras. Los círculos antediluvianos de las aves nocturnas sobre la torre del castillo de Montjuich. Las comunicaciones en clave de los ortópteros, con sus complejos patrones de llamada y respuesta. Los algoritmos secretos del crecimiento silvestre. Patrones invisibles. Deposiciones de conejos y jabalíes que trazan mapas herméticos. El cielo se llena de ojos que hacen que Menelaus Roca se encoja en el pescante de la carreta, incómodo. Aunque podría haber llegado mucho más deprisa al otro lado de Montjuich tomando la carretera del Puerto, la mejor manera de viajar sin ser visto es bordear la montaña por caminos de cabras. La carreta tirada por un borrico es lo único que le ha podido sacar al Cuerpo de Vigilancia. El terreno en esta parte de la falda de la montaña es inclinado y pedregoso, y el avance del animal provoca una pequeña lluvia de tierra y guijarros sobre la maleza de debajo del camino. En cuanto los meandros del sendero dejan atrás el castillo, aparece ante los ojos de Roca el boquete enorme en que se ha convertido la ladera sur de la montaña. Las obras del nuevo cementerio que albergará a todos los muertos de la ciudad. Los árboles han sido talados y el terreno está siendo aplanado. Al fondo del barranco recién aparecido, los montones de tierra y rocas robados a la montaña se elevan como túmulos prehistóricos. Da la impresión de que a la montaña le ha salido una boca que bosteza hacia el mar.

Una hora más tarde, Roca alcanza las plantaciones de la Compañía Agrícola y se desvía al oeste para adentrarse en el laberinto de senderos, huertas y masías que es la Marina de Sans.

Imposible de abarcar entera con la vista, ni siquiera desde la montaña, la Marina de Sans se extiende al sur de la ciudad con un pie en su pasado cenagoso y terrorífico y el otro en el futuro que ya empieza a brotar en forma de canales y fábricas. La forma en que resulta sobrecogedora, sin embargo, no tiene que ver con su tamaño. Tampoco con las antiguas dunas y la ciénaga, de las que apenas queda nada. El canal de la Infanta y las obras de desecación de la marisma han domesticado el paisaje. Tiene que ver con cierta cualidad antediluviana del lugar. Como si estuviera allí agazapado para recordarle a la ciudad de dónde viene. O esperando que cometa un último pecado fatídico para zampársela.

Roca conduce su carreta por entre pastos y regadíos. Manteniendo a la izquierda el paisaje de barro y juncales del delta, con la silueta solitaria y majestuosa de la Farola del Llobregat al fondo. Las indicaciones que le ha dado el inspector lo llevan por un camino que discurre entre huertas de regaliz hasta un pino centenario. Roca salta del pescante de la carreta, le pone el morral al borrico y se aleja con una pala hacia el pino. Acostumbrados a la luz del gas, las pupilas nistágmicas se le dilatan bajo el resplandor de las estrellas. Encender una lámpara sería demasiado arriesgado. Por fin no le queda otro remedio que ponerse a gatear alrededor del tronco enorme, palpando el suelo y oliendo en busca de tierra removida. El viento ha cambiado de dirección y ha reemplazado el olor de los regalices por el aroma medicinal del espliego y el débil perfume a violetas de los ciclámenes silvestres. Cuando por fin encuentra el cuerpo enterrado, ya deben de ser las tres. Se sienta pesadamente al pie del árbol y se fuma un cigarrillo con dedos temblorosos. La falta de comida durante la última semana lo está sumiendo en un trance aturdido. La tentación de quedarse dormido ahí mismo, con la espalda apoyada en el tronco, es fuerte.

Al cabo de un minuto se incorpora y se pone a cavar. La sepultura no debe de tener más de cuatro o cinco pies de hondo. El cuerpo está dentro de un saco de arpillera que tiene estampada la inscripción: «CAFÉS Y CHOCOLATES ESCRIBANO». Roca lo saca del hoyo, resoplando, y se lo echa al hombro. Así cargado, lo lleva hasta la carreta y lo deja caer en la parte de atrás. El olor a muerto hace que el borrico se ponga a rebuznar, nervioso. Roca abre el saco y contempla el cadáver. Tiene la cara hundida a patadas y le han cortado el pene, pero aparte de eso está en bastante buen estado. Debe de llevar muerto un par de días como mucho. El borrico sigue rebuznando. Roca le está acariciando la crin para tranquilizarlo cuando se da cuenta de que el animal chilla porque no están solos.

Hay un hombrecillo mirándolo con cautela, cejijunto y armado con un garrote. El hortelano, probablemente.

—Ahora sí que te he pillado, *xitxarel·lo*. —El hombre pone una mueca de astucia—. ¿Qué vienes a llevarte hoy, eh?

El hortelano se acerca con el garrote. Roca da la vuelta a la carreta y se sube al pescante. Evitando levantar la cabeza para que el otro no le pueda ver la cara.

—*No corris, no* —dice el hortelano, blandiendo el garrote en gesto amenazador—. Que tú y yo tenemos que hacerla petar, hombre.

Roca pincha el trasero del burro para que eche a andar, pero el animal elige ese momento para sentarse. Con parsimonia. Doblando primero las patas de atrás y luego las de delante. Y así se queda, repantingado en medio del pastizal.

El hortelano abre el saco que hay en la parte de atrás y suelta una palabrota.

—*Collons! Què es això?*

Por más que Roca lo pincha y le atiza con el palo, el burro se niega a moverse. Antes de que pueda hacer nada, tiene al hortelano encima, dándole con el garrote. Sentado en el pescante, Roca intenta protegerse con los brazos de la lluvia de golpes.

—*Fill de puta!* ¡Asesino! —grita el hombre—. ¡Que yo te conozco! ¡Eres el cabronazo ese que sale en los periódicos!

A Roca le pasa por la cabeza la posibilidad de cortarle el cuello al hortelano y llevárselo también. Le debe de sacar tres cabezas de altura y, aun debilitado por el hambre, no tendría problema para reducirlo. Al efecto del hambre se le suman ahora los efluvios del espliego. Cierta cualidad mareante en el aire perfumado. El aroma de los ciclámenes, cuyas matas ahora susurran bajo la brisa de la marisma. Un matiz apenas perceptible que tal vez venga de los primeros capullos de los rododendros. O de las matas de algarrobas. Mareado, Menelaus Roca agarra al hortelano de las solapas y lo empuja con todas sus fuerzas. El hombrecillo sale despedido y rueda por el suelo. A continuación Roca sigue pinchando y apaleando al burro. El hortelano regresa y se pone a golpearlo de nuevo. Y así siguen los dos durante un minuto, bajo la luz de las estrellas: uno pegando al burro y el otro repartiendo garrotazos. Hasta que la providencia quiere que el borrico se incorpore perezosamente y suelte un relincho de protesta.

Roca derriba otra vez al hortelano de una patada y azuza al animal. Dejando un rastro de polvo y flores aplastadas, la carreta se aleja al trote.

31

EL QUE MUERA CONMIGO

Después de un mes de batallar sin éxito con las autoridades para que requisen las máquinas de la Imprenta Almarrosa, la Sororidad de las Esclavas de la Virgen del Carmelo ha mandado a su Círculo Interior al corazón mismo del imperio de podredumbre de Aniol Almarrosa. Incluyendo a la sor regenta, la máxima autoridad de la sororidad. Ahora se agolpan todas bajo el arco de entrada de la imprenta, con sus vestidos negros y sus escapularios marrones de la Virgen del Carmen colgando del cuello. Con sagrados corazones de tela cosidos a las pecheras de sus vestidos. Sombreros adustos y caras arrugadas sin maquillar. Las acompaña una sección del Cuerpo de Seguridad, a pie y a caballo, con los fusiles a la espalda. El teniente al mando de la sección detiene su caballo delante la entrada de la imprenta, adonde en ese mismo momento está llegando desde la dirección contraria el superintendente del Cuerpo de Vigilancia. El teniente hace el saludo reglamentario. Blai Boamorte agarra el ronzal del caballo con una mano amarilla y peluda.

—Sección tercera del Cuerpo de Seguridad —dice el teniente, en tono titubeante, como si sus uniformes no dejaran perfectamente claro quiénes son—. Nadie nos ha dicho que estaban ustedes aquí.

Blai Boamorte se limita a soltar un salivazo negro entre los cascos del caballo del teniente. Su cara alargada y de ese color amarillo de los dedos sucios de tabaco no mira para nada a su interlocutor. Las caras ya de por sí avinagradas de las esclavas de la Virgen del Carmelo le dedican fruncimientos de las bocas que alcanzan cotas insospechadas de avinagramiento.

—¿Qué hacen aquí esas brujas? —dice Boamorte, sin preocuparse de que lo puedan oír—. ¿Le parece que somos pocos?

A lomos del caballo, el teniente del Cuerpo de Seguridad contempla el tumulto que se ha concentrado en la calle de la Canuda. Muchos son detractores, claro. Grupos de ciudadanos consternados, algunos afectos a la Liga del Orden Social y otros simplemente organizados de forma espontánea en torno a la amenaza que constituye *La ciudad secreta*. Asociaciones de madres. Veteranos de guerra. Delegaciones de los gremios. Pero también están los admiradores. El fenómeno se ha acentuado en las últimas semanas. Ya no son simples lectores curiosos que se pasan horas frente a la entrada con la esperanza de ver al famoso novelista entrar o salir de sus oficinas. Ahora hay jóvenes que se pasean por la Rambla con capas negras y sombreros de ala ancha. Llevando bastones con la empuñadura de oro. Estudiantes de la universidad que han dejado de afeitarse y se sientan a pasar la tarde en los cafés de la Rambla y de Conde del Asalto, discutiendo acerca de literatura y de las cuestiones filosóficas que suscita la novela de Aniol Almarrosa. Bebiendo café negro con aguardiente igual que Merlín Fluxá.

—Estas *señoras* —el teniente mira de nuevo a Boamorte— se presentan aquí con una petición formal para que se detengan las máquinas. Traen un documento sellado del superior provincial de su orden. —Ahora parece que le entra un poco de vergüenza—. Tenemos orden de escoltarlas.

—Pues escóltenlas lejos de aquí. —Boamorte sigue sin mirar a su interlocutor—. No quiero mujeres en esta calle. En cualquier momento puede empezar un disturbio.

Como en respuesta a las palabras del superintendente, un zapato vuela por encima de las cabezas de la multitud. Se oyen abucheos y un par de palabrotas.

El teniente se inclina un poco a un lado para hablar con Boamorte en voz más baja.

—Oficial —dice—, la superiora de esta orden de hermanas seglares es la mujer del *gobernador*. —Le dedica a Boamorte una mueca que está a medio camino entre la complicidad masculina y la súplica—. Es por eso que les han puesto una sección entera.

—Me trae sin cuidado. —Boamorte suelta otro salivazo y se limpia la boca con la manga de su levita de sepulturero. Están cayendo unos copos de nieve tan finos que no se ven hasta que se posan en la ropa. Como cenizas blancas del Dosel de Sombras. Boamorte los tiene en el sombrero y en las patillas largas y rizadas—. Como si es la madre del obispo. Fuera todos.

—No tiene *ningún* derecho a hablarnos así —dice una mujer asombrosamente pechugona que se ha separado del resto. Le clava un dedo corto y gordezuelo en el pecho a Boamorte—. Y *usted*, señor. Sabemos perfectamente quién es. Y por el bien de su alma inmortal, espero que no sea verdad ni la mitad de las atrocidades que se cuentan de usted. Todos tendremos que rendir cuentas, ya sabe, cuando se haya acabado todo esto. —Hace un gesto vago a su alrededor, indicando que «todo esto» podría referirse a la vida en la tierra, o a las actividades de Boamorte, o incluso a las de Aniol Almarrosa.

Boamorte mira a la mujer del gobernador. El escapulario marrón de la Virgen del Carmen descansa casi horizontal sobre la curva de sus pechos enormes. También su efigie de la Virgen se está cubriendo de motitas de nieve húmeda. En el sagrado corazón de tela que lleva cosido al hombro del abrigo hay la leyenda: «EL QUE MUERA CONMIGO NO PADECERÁ EL FUEGO ETERNO».

—¿Qué se cree que ha venido a hacer toda esa gente? —Boamorte señala con el mentón a los curiosos que ahora los escuchan sin disimulo—. Todos traen peticiones. Algunos las traen todos los días. De todas maneras, ya no hace falta. Ya se puede llevar eso. —Hace un gesto en dirección al legajo de documentos que la señora Estrany lleva en la mano–. Traigo una orden para detener al majadero ese. Nos lo llevamos a la calle de San Severo.

Y sin esperar la reacción de la mujer del gobernador ni de sus compañeras de sororidad, entra en el portal de la imprenta y desaparece en las sombras del interior. Detrás de su espalda, en la acera de la calle de la Canuda, la noticia de la orden de detención empieza a propagarse como una grieta en la superficie helada de un charco. Como un incendio en una mancha de petróleo. Varios gritos airados preceden a una lluvia de piedras y puños.

Blai Boamorte sube de dos en dos los peldaños de la escalera que lleva a las oficinas de la imprenta, seguido por una docena de agentes de paisano del Cuerpo de Vigilancia. Hombres silenciosos como el propio Boamorte. Con cierto aspecto de enterradores igual que Boamorte, o tal vez de oficinistas sombríos perpetuamente envueltos en nubes de humo de tabaco. Hombres que no tienen un aspecto especialmente violento, pero que precisamente por no tenerlo resultan todavía más inquietantes. En lo alto de la escalera, el superintendente entra en el despacho sin llamar. Aniol Almarrosa levanta la cabeza de unos papeles que está revisando y se queda mirando a los recién llegados con la cara fruncida en torno al monóculo de aumento que tiene en la cuenca del ojo. Con la barba larga de profeta arrastrando sobre la mesa. Con las melenas desgreñadas cayéndole a los lados de la cabeza.

–Querido superintendente –dice Aniol en tono animado, regresando a su trabajo–. Hemos presenciado el encuentro entre nuestros dos cuerpos policiales. Qué edificante. ¿Y esa señora no era la mujer del gobernador? Cuánto honor.

Los hombres del Cuerpo de Vigilancia echan a andar para prender a Almarrosa, pero Boamorte les hace una señal para que esperen.

–¿Saben que hace dos días vino a verme el obispo de Vic? –continúa el novelista sin dejar de trabajar–. Nos estuvimos tomando una taza de café aquí y charlamos de temas teológicos. Fue increíblemente interesante. Por supuesto, él intentó persuadirme de...

Los pies de Aniol Almarrosa se despegan violentamente del suelo. Las manos amarillas y cubiertas de pelo negro de Blai Boamorte lo acaban de agarrar de las solapas de la levita y lo tienen levantado en volandas. Por un momento, el lugar donde Boamorte lo sostiene en vilo, con las puntas de los pies a dos pulgadas del suelo, se convierte en un foco de energías centrífugas. El monóculo de aumento sale disparado por el aire, girando sobre su eje. La mesa de las galeradas cae volcada al suelo. El contenido de un tintero crea el negativo de una constelación sobre la alfombra. Por fin el policía lo lanza en dirección al otro lado de la habitación. El cuerpo flaco de Almarrosa aterriza sobre una otomana que se parte con un chasquido bajo su peso. Desde el suelo, rodeado de astillas y de jirones de tela, Almarrosa ve acercarse otra vez a Boamorte. Sin que su expresión cambie para nada, Boamorte agarra a Almarrosa de la oreja. Se la retuerce y tira de ella hacia arriba para obligarlo a que se incorpore. Una vez lo tiene de pie, lo vuelve a agarrar de las solapas y lo lanza al otro extremo de la sala. Almarrosa se queda retorciéndose de dolor en la alfombra, frente a la puerta.

—Levántate de ahí, *fill de la gran puta* —gruñe Boamorte—. A ver quién se ríe de quién ahora.

Almarrosa se levanta como puede, sacudiéndose la ropa.

—No hace falta enfadarse —dice con voz ronca—. Lo podemos hablar todo civilizadamente, con una taza de café. Voy a pedir al portero que traiga unas tazas.

Y antes de que nadie tenga tiempo de hacer nada, Almarrosa ha cogido su bastón y su sombrero del perchero, ha abierto la puerta y ha salido disparado escaleras arriba. Boamorte mira a sus subordinados con el ceño fruncido.

—¿Adónde va ese majadero?

Los hombres del Cuerpo de Vigilancia miran la puerta abierta.

—A la azotea, me imagino —dice uno.

Los agentes suben corriendo la escalera hasta la puerta de la azotea de la imprenta. Salen bajo el sol de media tarde y miran a su alrededor, haciendo visera con las manos. En la otra punta de la azotea, Almarrosa está corriendo hacia el borde de la misma, a punto de tirarse al vacío con el bastón en una mano y la otra agarrándose el sombrero. Boamorte lo mira, boquiabierto. El novelista llega al borde, toma impulso y salta hacia la azotea del edificio contiguo, que debe de estar a un par de varas de distancia y bastante más abajo. Atónitos, los policías miran cómo el sombrero y el bastón salen volando por los aires. Almarrosa vuela también, con el abrigo negro inflado a su alrededor y ondeando como las alas de un murciélago gigante.

Un segundo más tarde, aterriza estrepitosamente en la azotea vecina.

Boamorte y los dos agentes corren hasta el borde del edificio y se quedan mirando hacia abajo. A la distancia que ha saltado, no sería de extrañar que se hubiera roto un par de huesos. Pero el novelista parece entero. Con la cara azul del golpe, pero de una pieza. A continuación se levanta renqueando y echa a correr de nuevo hacia el edificio contiguo. Boamorte se queda mirando cómo su figura se aleja saltando de azotea en azotea, con la torre octogonal de Santa María del Pino de fondo.

32

UNA DISCORDANCIA EN LOS NÚMEROS

El paisaje del barrio del Hospital, visto desde la azotea de la casa de Menelaus Roca, revela una segunda ciudad superpuesta. Un laberinto de azoteas hasta donde se pierde la vista, con los campanarios elevándose entre ellas como boyas o islotes: San Pablo del Campo al sur; Santa María del Pino al este, en primer plano, con las torres de la catedral de fondo. Menelaus Roca empuja la portezuela del final de las escaleras, agacha la cabeza para salir a la intemperie y espera a que sus ojos se ajusten a la oscuridad del Dosel de Sombras.

La ciudad de azoteas, como es natural, alberga las cosas que no tienen cabida en los niveles inferiores. Corrales de gallinas y conejeras. Cajones de contrabando en aquellas casas donde vive algún afiliado de Max Téller. Máquinas herrumbrosas en las azoteas de los talleres, con nidos de gaviotas en los recovecos. Armas envueltas en mantas desde la última guerra, en preparación para la próxima. Desde la azotea contigua, por el lado de San Pablo, un par de cabras atadas a un poste se quedan mirando cómo Roca echa a andar con sigilo por entre las trampas para gatos hasta llegar al borde de su azotea. Empuja un cajón de madera contra la pared del edificio contiguo, por el lado del Carmen, y se sube encima para trepar hasta la siguiente azotea. Un espectador casual no vería nada más que los movimientos sobre fondo negro de una sombra ligeramente más negra. Ya en el tejado contiguo, Roca camina de puntillas hasta un lavadero cubierto y se arrodilla para coger lo que hay debajo. Un saco de patatas. Se guarda tres patatas en los bolsillos antes de devolverlo a su sitio. Un leve movimiento tectónico en el Dosel de Sombras hace que asome un resquicio de cielo nocturno, proyectando un haz de luz delatora sobre el ladrón arrodillado. De regreso a su casa, con las prisas, se golpea el pie descalzo contra una de las jaulas de alambre para atrapar gatos.

En la cocina, corta las tres patatas y echa los trozos en la olla del guiso. En la superficie burbujeante del guiso asoma la pata despellejada de un gato. Roca recoge la lámpara de aceite y sube las escaleras de vuelta a su trabajo.

En la sala de disección, deja la lámpara sobre la mesa de necropsias. Ya hace días que el hedor a orines de gato se ha adueñado de la sala. Aunque no da la impresión de que el doctor Roca lo note en absoluto. Por otro lado, aunque Roca ha invertido sus últimos recursos en comprar hielo, de pronto se ha visto con cuatro cuerpos para conservar y apenas hielo para uno. Los olores componen un brebaje afilado. Tejidos en descomposición. Alcohol metílico y amoníaco. Acetona y orines. En sus jaulas, los gatos, enloquecidos por el olor a muerto, reaccionan con bufidos furiosos a la llegada de Roca. Roca se remanga la camisa, dejando al descubierto los antebrazos cubiertos de arañazos. En la mesa de operaciones hay dos cabezas trepanadas. Después de comprobar los efectos de la carestía de hielo, Roca ha decidido conservar únicamente las cabezas. Al fin y al cabo, son lo único que necesita. Las que tiene en la mesa son las de la segunda víctima del Asesino de la Esperanza, la hembra, y la del varón desenterrado en la Marina de Sans. Un poco más allá, entre las sierras, los martillos y los escoplos de la trepanación, hay varios trozos de masa encefálica rescatados de la vasija mortuoria del tercer crimen.

De acuerdo con la literatura existente, la gran mayoría de las alteraciones causadas por drogas alucinógenas se concentran en el hipocampo. El palacio de los recuerdos. Dos bulbos gemelos, semejantes a gusanos de seda. A caballitos de mar.

A tantas semanas de la muerte, las lesiones causadas por la droga ya son indistinguibles de la descomposición de los tejidos. La única forma de investigar en los hipocampos es usando reactivos. Roca extrae una muestra del cráneo de la hembra para aplicarle la tintura. En su cuaderno abierto tiene ya los resultados de dos docenas de reactivos distintos. Dos columnas a ambos lados de la página: uno para la hembra y otro para el varón. De momento sin resultados concluyentes. La idea de que a las víctimas del Asesino de la Esperanza se les suministró la misma droga que a él antes de matarlas es más que una hipótesis en la mente de Roca. El porqué de su certeza elude las explicaciones. Después de varios intentos, el anatomista encuentra un positivo. La muestra de tejido de la hembra provoca un cambio en el colorante reactivo. La del varón se queda igual. Roca se seca el sudor de la frente con el dorso de una mano llena de arañazos y lleva las muestras a la mesa contigua. Les añade la tinción del microscopio y las pone bajo la lente para observar la retícula neural. Durante un minuto se oye el «clic-clic» vagamente rítmico de la mano de Roca al ajustar las lentes, luchando por hacerse oír por encima de los chillidos de los gatos y el pitido esporádico de los hervidores. En la mesa del microscopio es donde va cocinando los distintos reactivos. El hervidor silba y manda borbotones de líquido de colores por los tubos nebulizadores y los tubos de centrifugado. Las bases de los reactivos se amontonan a un lado: dedaleras, nuez vómica, ricino, cicuta, mercurio, arsénico, belladona, beleño. El procedimiento se parece bastante a intentar cazar en un bosque desconocido y con los ojos vendados.

Por fin aparta la vista de la lente del microscopio, suspira y echa un vistazo a las jaulas. Los gatos se mueven frenéticos en sus jaulas. Roca se quita los guantes con cara inexpresiva y va hacia la más cercana.

Cinco minutos de zarpazos más tarde, y con las manos goteando sangre, Roca deja sobre la mesa de operaciones el cuerpo del gato al que acaba de retorcer el cuello. Se toma un minuto para afeitar el cráneo y después hace dos incisiones con el escoplo. Sierra la parte superior del cráneo, extrae el encéfalo y lo deja en la mesa. Por fin lleva la muestra de tejido hasta la mesa contigua en un platillo de microscopio y le aplica el reactivo. Es momento de sentarse a esperar.

Y Roca espera. Dos minutos. Tres. Por fin se levanta y comprueba la muestra. Positivo. El gato ha dado positivo.

Con deliberación casi parsimoniosa, Roca agarra por la cola al gato trepanado y lo estrella contra la pared. Levanta en vilo una de las jaulas llenas de gatos y la lanza al otro lado de la sala. Barre con el brazo todo el contenido de la mesa del microscopio. El suelo se llena de cristales rotos y de un mejunje espumeante de venenos y reactivos. Agarra las cabezas del pelo y las tira violentamente contra el suelo. Por fin derriba un estante lleno de frascos.

Menelaus Roca regresa chapoteando a la silla. Con el sudor cayéndole sobre los ojos, se queda mirando cómo las páginas de un cuaderno tirado en el suelo se empapan del mejunje espumeante. En la página que ahora se reblandece bajo su mirada hay algunas réplicas hechas de memoria de sus mapas de la catacumba. Roca frunce el ceño. Aun después de que el papel se haya desintegrado, la discordancia en los números sigue ahí. Una discordancia de esas que primero se manifiestan en los niveles subterráneos de la mente y solamente más tarde se abren paso hacia los paisajes soleados de la conciencia. Tres dinteles en la primera cámara subterránea y tres en la segunda. Y de estos tres, solamente dos explorados. El dato en sí no es concluyente. Es posible que Aniol Almarrosa entrara en la catacumba por la misma entrada que él. Pero la posibilidad contraria despliega un nuevo abanico de posibilidades.

Roca se pone de pie. Hace varios días que Aniol Almarrosa se encuentra en paradero desconocido y buscado por la policía. Pero Barcelona tendría que haber cambiado mucho durante sus siete años de encierro para que Menelaus Roca no fuera capaz de encontrar a alguien en ella.

33

EL MURO DE LA ALEGRÍA

Mientras ve acercarse el Carruaje de la Medianoche entre la niebla de la calle de San Pablo, con su linterna meciéndose en el pescante, el soldado intenta devolver algo de vida a sus pies congelados. Ha llovido todo el día y al alejarse las nubes se ha abatido un frío mortal sobre la ciudad. Los canales de riego se han congelado. El Riego Condal se ha helado a su paso por las Balsas de San Pedro. En la guarnición de San Pablo, los soldados de guardia se refugian en sus casetas, al abrigo de las llamas azules del queroseno, o bien caminan de arriba para abajo, soplándose nubes de vapor en las manos enguantadas. Frente a las cancelas, el soldado da un trago de una botella de aguardiente que los centinelas tienen escondida entre unas piedras y sale a la calle para recibir al carruaje.

El Carruaje de la Medianoche ya se ha integrado en la rutina invernal de la guarnición. Empezó a venir en noviembre, y aunque al principio solamente visitaba el cuartel una vez por semana, ahora ya son tres o cuatro las noches en que aparece, siempre a la misma hora. Plantado en medio de la calle, con el fusil al hombro, el soldado espera a que el cochero tire de las riendas para agarrar a uno de los caballos del ronzal. La respiración de los caballos forma espesas nubes que se arremolinan bajo la luz amarilla de la linterna. A continuación, el soldado despliega la escalerilla del carruaje. Abre la portezuela y espera a que baje su ocupante.

Vista a través de la niebla y de los ojos alcoholizados del soldado, Remei De Paula es un ser de otro mundo. La amante del capitán Lombardo no pertenece a la misma esfera de existencia que las demás mujeres que el soldado conoce. No por el hecho de ser más hermosa ni más elegante. Ni siquiera por el hecho de cruzar la ciudad a medianoche como un ladrón para entregar su cuerpo a un hombre que no es su marido. Es algo más difícil de explicar. Algo que inunda los sentidos y lo paraliza a uno. La diferencia entre las mujeres corrientes y Remei De Paula viene a ser como la diferencia que hay entre una tormenta en las calles de la ciudad y una tormenta en pleno océano.

Ahora Remei De Paula espera a que el soldado abra las cancelas del cuartel. El abrigo de pieles blanco que lleva parece tan suave al tacto como el algodón en rama. Sobre su frente pálida resplandece una diadema. La forma en que espera es como si en realidad no estuviera esperando. Como si simplemente estuviera allí porque es el lugar que le corresponde en el orden de las cosas. El soldado descuelga una de las linternas y echa a andar hacia la Casa del Abad, seguido de cerca por el suave crujido de los pasos de ella sobre la grava.

De las ventanas iluminadas de la Casa del Abad sale el estruendo de los valses. Desde que asignaron al capitán Lombardo a la guarnición de San Pablo, todas las noches hay luces y música hasta el amanecer en la casa de oficiales del destacamento de infantería, instalada en la antigua Casa del Abad. El perímetro del cuartel coincide con el del antiguo monasterio de San Pablo del Campo: al este la iglesia; en el centro el claustro, la Sala Capitular y la Casa del Abad; al sur los refectorios, los almacenes y el dormitorio. Por fin el soldado se detiene ante la puerta del vetusto torreón de piedra. Da varios golpes con la aldaba y se aparta a un lado. Es posible que Remei De Paula le haya dado las buenas noches en voz baja antes de desaparecer en el interior y es posible que no. El soldado no está seguro. Durante el segundo o dos que la puerta permanece abierta, lo envuelve el estruendo de la música.

Con el rabillo del ojo se aventura a echar un vistazo fugaz al vestíbulo. Oficiales con uniformes de gala sosteniendo copas de brandy. Justo antes de que las puertas se cierren en su cara, el soldado tiene la impresión confusa de haber visto a un oficial subido a espaldas de otro y a una mujer que llevaba algo parecido a un zorro echado sobre los hombros como si fuera una estola.

Y después, nada. El soldado se queda plantado en los escalones de la Casa del Abad, a oscuras, con el fusil echado al hombro. Con la noche helada como una boca abierta gigantesca detrás de su espalda.

Cinco minutos más tarde, el soldado ha encontrado quien lo releve y se aleja de las cancelas en dirección a los huertos del cuartel. Es en esa dirección donde se levanta el Muro de la Alegría. Una vieja institución en el cuartel de San Pablo. Convenientemente situado lejos de las fogatas azules de queroseno que los soldados encienden para calentarse. Convenientemente situado lejos de las linternas de las casetas de guardia y de las ventanas iluminadas de la Casa del Abad. Entre tapias bajas y caminos de cabras. El Muro de la Alegría es muy antiguo. Mucho más antiguo que la guarnición. Una tapia de piedra seca que servía de muro trasero de un antiguo cementerio. Según las malas lenguas, fueron los frailes del monasterio quienes le dieron su uso actual. En noches normales, los soldados lo usan para llevar allí a mujeres y copular rápidamente con la espalda contra el muro, o bien sobre una manta echada en el suelo. En las noches heladas como la presente, sin embargo, las calles están vacías de esa clase de mujeres. Los soldados van allí para masturbarse contra las piedras vetustas. Y es eso precisamente lo que está haciendo el soldado, invocando la imagen fabulosa de la amante del capitán, cuando ve las luces.

En el invierno del Año del Señor de 1877, en la ciudad de Barcelona, no hace falta ser supersticioso. El Asesino de la Esperanza ha convertido la ciudad entera en su dominio. No hay periódico ni novela por entregas que no hable de los crímenes. Nadie se libra de la sospecha. Los artículos de la prensa apuntan a los anarquistas, a los despojos del ejército carlista, a los invertidos, a la Liga del Orden Social, a los vestigios del Partido Autoritario. Las calles se vacían después del anochecer. Los hombres son llevados a los calabozos del Cuerpo de Vigilancia y ya no vuelven a salir. Han regresado los cuentos de aparecidos. En las parroquias, los curas hablan de la Divina Retribución. Del Fin de los Tiempos. De la *parousia*. Es por todo eso quizás que el soldado, plantado frente al Muro de la Alegría, se limita a quedarse plantado ante las luces. Transfigurado. A duras penas se acuerda de volver a meterse el miembro en los pantalones antes de salir de su escondite.

Las luces son muy débiles. A ratos parece que haya dos o tres y otras veces parece que sean más. Flotan a un metro o dos por encima del suelo, al otro lado del muro. El soldado camina con cautela. La tierra del descampado está helada y obliga a buscar puntos de apoyo con las botas. Más adelante las suelas se le hunden en la tierra reblandecida. Con movimientos lentos, se descuelga el fusil del hombro y le encaja la bayoneta. Un grito se le ahoga en la garganta cuando algo a la vez blando y áspero le golpea la cara. La rama de un árbol. Y cuando mueve el brazo para apartarla, una de las luces aparece de golpe ante él.

Y entonces lo ve.

Delante de él hay una niña muerta, con la cara blanca y abotargada, envuelta en una mortaja negra. La niña está de pie, con una vela en la mano, mirándolo fijamente. Lo más extraño de todo es la cara con que la niña muerta lo está mirando. No es la cara lastimera con que el soldado imagina que las apariciones deben de mirar a los vivos. Es más bien una cara de fastidio. Como ese mohín que ponen los niños cuando un adulto intenta disipar alguna elaborada fantasía infantil. La niña lo mira un momento y suelta una palabrota por lo bajo. La llama de la vela se inclina bruscamente a un lado antes de apagarse con un chisporroteo, y el soldado comprende que la aparecida la ha apagado de un soplido.

El soldado sigue caminando, confuso. Atraído por las luces. Varios pasos más adelante se topa con otros dos niños fantasmales. Vestidos con ropa de otras épocas. Los niños lo miran y se alejan en silencio. Hay velas por el suelo, hundidas en el barro. Y todavía más adelante, el soldado ve por fin algo que no le suscita ninguna duda acerca de qué es lo que está viendo. Hay un cuerpo tirado en el barro. Un cadáver. Está abierto en canal, de la garganta a la entrepierna. Hay vísceras por todas partes. Y en medio de todo, con la cara hundida en el vientre del muerto, o en el agujero donde antes estaba el vientre, un niñito pequeño. De unos cinco años. Al oír sus pasos, el niño saca la cabeza de la herida gigantesca y se queda mirando al soldado con la cara embadurnada de sangre. Un trozo de víscera le asoma de la boquita. Sin dejar de masticar.

El niño se está comiendo al cadáver.

El soldado no es consciente de haber disparado hasta que el olor a pólvora le llena las narices y el extraño silencio líquido que le ha llenado la cabeza se convierte en un pitido. Entonces tira el fusil y echa a correr.

34

MEDICINA DE LA MENTE

El bamboleo lateral que experimenta la berlina oficial del inspector Semproni De Paula, provocando una pequeña lluvia de ceniza de caliqueño encima de sus pantalones blancos, les indica a los ocupantes del vehículo que el Trasgo acaba de poner un pie en el estribo. Tampoco en esta ocasión ha habido ningún ruido delator de pasos en los adoquines. El inspector se sacude las perneras de los pantalones con una mano mientras la portezuela se abre y el Trasgo salta al interior a oscuras, provocando una segunda sacudida lateral en sentido opuesto y una nueva lluvia de ceniza. Las circunstancias de la reunión son las circunstancias clásicas de las reuniones nocturnas entre el inspector Semproni De Paula y el doctor Menelaus Roca. Las cortinas están cerradas. La linterna está apagada. Esta vez, sin embargo, la boca de un cañón metálico se clava en la frente de Menelaus Roca en cuanto éste se deja caer pesadamente en el asiento de enfrente del inspector. El clic metálico que se oye al amartillar Blai Boamorte su pistola retumba en el silencio. El palmeteo que se oye a continuación es el ruido que hace De Paula al sacudirse los pantalones con furia. Cuando el inspector habla por fin, su voz estrangulada hace pensar en cabezas de prisioneros violentamente estrelladas entre sí. En bocas de prisioneros pisoteadas contra bordillos de aceras.

—Dame una buena razón para que no te mate aquí mismo, *desgraciat* —dice el inspector, con el punto de luz incandescente de la brasa del caliqueño temblándole a la altura en que más o menos debe de tener la boca. Es decir, a la altura en que un niño de once años tendría la boca–. Te dejaste ver como un imbécil desenterrando al muerto. Y menos mal que el *pagesot* vino a dar el parte a la policía, que si llega a ir al cuartel de San Pablo ahora tendríamos a toda la infantería buscándote por la ciudad.

—Lo siento, inspector.

—¿Qué has hecho con el cuerpo?

—Lo tengo en casa, en la nevera.

Con el cañón frío presionándole en la frente, Menelaus Roca oye una especie de chirrido levísimo procedente de la brasa temblorosa del caliqueño. Al inspector le están rechinando los dientes.

—Deshazte de él —dice la voz estrangulada—. Me da igual cómo. Esta ciudad es un polvorín. El gobernador ha pedido ayuda a la capitanía general. El toque de queda no es nada comparado con lo que va a pasar. Redadas en las fábricas. Ahorcamientos ejemplares. Ya hay chiflados que hablan de volver a levantar las murallas, la ciudadela, qué sé yo. A mí me han dado una semana para encontrar a ese *fill de la gran puta*. Una semana. Y cuando caiga yo, no hace falta que te diga lo que va a pasar contigo. —Se oye un susurro de tela de pantalones al frotar contra la lona de los asientos y de pronto la brasa del caliqueño del inspector está rozando la cara de Roca. El humo le obliga a cerrar los ojos. La brasa temblorosa le chamusca los pelos de la barba sin afeitar. A un par de pulgadas de su cara, la voz de De Paula se convierte en un gruñido. Un elemento depredador se infiltra en su furia—. Esta vez la cosa es *distinta*. Esta vez tenemos un *testigo*.

En la oscuridad, la sangre abandona la cara de Menelaus Roca.

—Un soldado de la guarnición —continúa el gruñido—. Creemos que sorprendió al asesino y lo vio huir.

—¿Creemos?

La brasa del caliqueño se separa por fin de la cara del doctor Roca. Mientras el punto de luz regresa a su posición original, a la altura del respaldo del asiento de enfrente que ocuparía más o menos la cabeza de un niño de once años, Roca se acaricia la parte de la mejilla que le ha quedado chamuscada.

—Todavía no ha dicho nada —continúa el inspector—. Ha perdido el juicio, parece. O eso dicen en el cuartel. Esos *fills de puta* todavía no nos han dejado hablar con él. Pero por mucho que haya perdido la cabeza, algo le sacaremos. Y es por eso que estás aquí tú, Trasgo.

—¿Quiere que *yo* hable con el soldado?

—Quiero que tengas una buena charla con el soldado y que uses tus conocimientos de frenología, o de mentalismo, o como se llame esa idiotez que has estudiado. La medicina de la mente.

Roca mueve la frente a un lado para aliviar la presión del cañón, pero lo único que consigue es que Boamorte se lo clave todavía más. No le ha hecho falta ver a Blai Boamorte al entrar en el carruaje para saber que se trataba de él. En la oscuridad, el superintendente del Cuerpo de Vigilancia emite un olor característico. No es exactamente un olor a madriguera de animal. Tampoco es ese olor genuinamente policial a sudor rancio. Es algo distinto: un olor glandular, a secreciones de mamíferos complejamente armados en el momento de plantar batalla. Esta tarde, con los periódicos del día encima de la mesa de la cocina, Roca se ha fijado en un grabado de la escena del levantamiento del cadáver de la cuarta víctima del Asesino de la Esperanza: a un lado del cuerpo estaba la figura inconfundible de Blai Boamorte, enfundado en uno de sus trajes negros de levita larga. La ropa no tan raída como fundida a base de efluvios con la carne reseca. Con los ojos negros de animal contemplando la escena desde las profundidades embalsamadas de su cara larga. Todos los periódicos del día han publicado ilustraciones macabras de la escena: *Diario de Barcelona*, *La Publicidad*, *La campana de Gracia*, *La veu de Montserrat* y hasta *El correo catalán*. Normalmente acompañadas de un retrato del sospechoso Aniol Almarrosa.

—Huellas —dice por fin Roca—. Ayer llovió. Tuvieron que dejar huellas.

—¿«Tuvieron»?

—Los asesinos. En caso de que hubiera más de uno.

—Pensaba que habías puesto en el informe que era una mujer sola.

—Es un decir. Tuvieron, tuvo.

—No hay huellas. El asesino volvió y borró sus pisadas. Está todo el barro removido.

Un minuto después de que el cañón de la pistola se haya apartado de su frente y Menelaus Roca se haya alejado por la calle, Boamorte se saca un cigarrillo de la levita y lo enciende con la mirada fija en la llama temblorosa. Ahora que ya no está el Trasgo, la oscuridad de la berlina genera cierta incomodidad en sus ocupantes. Cierta impresión no deseada de intimidad. Como si la falta de luz no les permitiera generar la distancia que suelen generar rehuyendo mutuamente las miradas.

—¿Quiere que vaya a buscarlo? —dice el superintendente—. No andará muy lejos, seguro que todavía lo puedo coger.

La brasa del caliqueño de De Paula experimenta una oscilación horizontal.

—No —dice—. Pero quiero que lo vuelvas a vigilar. Esta vez sin que él se dé cuenta. Pon a todos los hombres que haga falta. Esta vez lo vamos a agarrar.

Dos sacudidas más de la cabina, en sentidos opuestos, y Semproni De Paula vuelve a estar solo en el interior de su vehículo oficial.

35

DIOS ES MUCHOS

Lo primero que oye Menelaus Roca, sin ser plenamente consciente de que lo oye, es el chirrido de unas ruedas. La razón de que no sea consciente de que lo oye es que se trata del mismo chirrido que lleva días oyendo. Semanas. Un chirrido de ruedas que se ha ido infiltrando lentamente en su conciencia. Uno más de la pléyade de sonidos nocturnos del barrio del Hospital. El silbato lejano del sereno. El traqueteo de algún carro por la calle del Hospital. Las canciones entrecortadas de los borrachos. De vez en cuando, la carreta de una tropa de buhoneros que se retiran a dormir a la playa, al abrigo de la Muralla de Mar. Esta noche Roca lo oye mientras está doblando la esquina de la Casa de Convalecencia para regresar a su casa. Se detiene en la entrada de la calle Riudecendra, en el mismo límite de la oscuridad, y entonces cae en la cuenta: es el mismo chirrido. Lo ha estado oyendo día tras día, cada vez que entraba y salía de su portal. O mientras trabajaba sentado ante su escritorio. Un chirrido de ejes sin engrasar.

Y un momento después ve aparecer el carro. No exactamente desprendiéndose de las sombras, sino más bien materializándose en las mismas. Solidificándose a partir del éter de la oscuridad. Un carro pequeño, poco más que un cajón de madera con tapa, ruedas y asideros para empujarlo. A los ojos de un espectador poco atento, las tres figuras que se materializan detrás del carro, empujándolo, podrían pasar por una tropa de jóvenes buhoneros. Chaquetas de seda de colores. Bombines y pantalones de marinero. A Roca le da un vuelco el corazón. En el costado del cajón de madera, junto a una pintura que representa a un mono vestido con ropa humana, hay una inscripción pintada con letras de colores:

EL ASOMBROSO
MUÑECO HUMANO
SALTIMBANQUI
INFANTIL.

Los niños lo esperan en las sombras del callejón. Menelaus Roca se les acerca. Huele la sangre antes de verla y un momento después ve el reguero por las losas del suelo. Una manita envuelta en un guante de encaje negro levanta suavemente la tapa del cajón para dejarle ver a Roca su contenido helado y convulso. El anatomista mira la cosa que hay encogida dentro del cajón y por fin levanta la vista hacia Inana y Merodac. El frío traspasa rápidamente el chaquetón raído de Roca. Ninguno de los niños lleva ninguna clase de abrigo. Roca les está mirando los labios amoratados y los mocos congelados cuando un ruido se le insinúa en los márgenes de la conciencia. Caballos. El ruido se acerca. Cuatro o cinco caballos. Un carruaje pesado. Y por fin un murmullo lastimero y compuesto, algo así como una condensación de gemidos dispares. Se trata del furgón de los detenidos del Cuerpo de Vigilancia, que vuelve de su ronda en dirección a la calle de San Severo. Sin decir palabra, Menelaus Roca echa a andar en dirección a su portal. Al cabo de un momento, el chirrido de las ruedas del cajón arranca siguiéndole los pasos.

En la sala de disección, Muñeco coloca al niño ensangrentado en la mesa de necropsias. Mientras Inana hierve agua, Roca le corta la ropa en jirones. Le lava el torso y examina la herida. La respiración es rápida y superficial. El agujero de la bala le ha perforado el pulmón junto a la axila. La criatura ha perdido bastante sangre. Roca introduce las pinzas en el orificio. Deja caer la bala de fusil tintineando en un platillo. Por fin desinfecta la herida con sal y procede a vendar el torso del niño. Da un paso atrás para examinar el resultado de su intervención. Si el paciente aguanta esta noche, es posible que viva.

Una vez ha terminado su trabajo y ha tirado sus guantes al fregadero, Merodac se le acerca con la mano extendida. Señala la bala de fusil que hay en el platillo y Roca se la da. Un cilindro afilado de plomo, con la cubierta de cobre arrugada y doblada por el impacto. Sosteniéndola con dos dedos, Merodac la mira con el ceño fruncido antes de pasársela a Inana.

Muñeco se pasa la noche entera sin moverse del lado del niño herido, sorbiéndose los mocos y secándose las lágrimas con la manga. Cogiéndole la manita fría una y otra vez para comprobar que no se le detenga el pulso. Roca entra a echarle un vistazo de vez en cuando, con la lámpara de aceite en la mano. El resto del tiempo se dedica a hervir una y otra vez los posos del café. La forma en que los perros de la calle ladran esta noche no es la misma forma en que ladran habitualmente. Se parece más a esa forma en que ladran los perros de pelea cuando todavía están en la jaula y ya pueden ver al perro contrincante y ya pueden oír al público que los jalea y sin embargo todavía están sujetos por la cadena. Esa forma de ladrar que no deja pausas, casi como un solo ladrido sostenido en el tiempo. Encima de los tejados, las nubes químicas del Dosel de Sombras se arremolinan empujadas por vientos erráticos y centellean bajo los relámpagos. En la mole negra vecina del hospital, los locos chillan todavía más que en una noche de tormenta.

Hacia el amanecer, la respiración del paciente se vuelve un poco más profunda y la presión sanguínea se le estabiliza. Roca levanta el vendaje para comprobar que no haya señales de infección. En el umbral de la sala, en el mismo escalón donde Liberata se sentaba a mirarlo trabajar, Merodac e Inana se apartan para dejarlo salir. Después él oye que lo siguen mientras entra en el Museum Clausum, se desploma en un sillón y se sienta con una taza de algo remotamente parecido al café. Incluso los chicos arrugan un poco la nariz al oler el contenido de su taza.

—Creo que va a salir adelante —les dice Roca—. Si es eso lo que me queréis preguntar.

Los dos chicos se miran un momento. Merodac se saca la bala del bolsillo del chaleco y se la enseña al dueño de la casa.

—Esto lo necesitamos —dice—. Es de una importancia capital que nos lo llevemos, mi señor.

—Creemos que nos puede seguir si no lo enterramos como es debido —dice Inana—. Tiene una magia muy poderosa.

Roca se encoge de hombros mientras da un sorbo del líquido y deja la taza en la mesilla de al lado del sofá.

—Podéis llevaros al niño si queréis —dice—. Pero no es una buena noche para estar paseando por ahí. Hay un agujero en la pared de detrás de la cocina. Salid por ahí. Y cuidado con las patrullas. Están por todas partes.

Los niños vuelven a mirarse. Inana se levanta los bajos del vestido negro y mete una mano por entre las enaguas. Por fin saca algo pequeño y cuadrado y se lo ofrece a Roca. Roca extiende la mano para coger el objeto, caliente de haber estado en contacto con la piel de la niña. Roca mira a la chica, luego al chico y por fin observa lo que tiene en la mano. Se trata de una estampa devocional muy antigua, xilografiada. Una santa con una hoja de palma en la mano y dos maderos cruzados.

—Cada pieza mueve al resto, mi señor —dice la niña—. Nosotros nos llevamos algo de usted y usted se queda algo de nosotros. Lo dice el libro.

Roca asiente y se guarda la estampa en un bolsillo.

—Si queréis quedaros, no tengo ningún problema —dice—. No tengo demasiada comida, me temo.

—A nosotros no nos puede cazar nadie —dice Merodac—. Nadie de este mundo, mejor dicho. Ciertamente no la policía. No os preocupéis por nosotros, mi señor, que llegaremos sanos y salvos.

Como si las palabras del chico sellaran la despedida, el doctor Menelaus Roca se pone en pie con esfuerzo. Las líneas blancas que se ven entre los tablones de las ventanas señalan que es hora de acostarse. Ya les ha dado la espalda a los chicos y está caminando pesadamente hacia la escalera cuando la voz de Inana lo hace pararse.

—No desprecie usted el poder de los dibujos —dice la voz—. Ese que le acabo de dar protege contra el fuego y las cosas afiladas. Mire lo que un simple gusano de plomo le ha hecho al Rey Rata. —Espera a que Roca se gire lentamente y luego añade, mirándolo a los ojos—. Dios es muchos, mi señor. Y a veces está donde uno menos lo espera.

Roca se la queda mirando, esperando a que ella añada que «lo dice el libro». Pero ella no dice nada más.

36

CEBRA CON SACO AMNIÓTICO/LIBERATA

Una hilera de dientecitos asombrosamente blancos, interrumpida a intervalos regulares por franjas negras verticales, desemboca por uno de sus extremos en un caliqueño que muestra señales de haber sido masticado con ansiedad, o tal vez con entusiasmo, durante un rato largo. El mismo patrón vertical tembloroso de luces y de sombras que se proyecta sobre la dentadura del inspector Semproni De Paula recubre también el resto de su fisionomía. Sobre su bigote prolijamente encerado. Sobre su pelo prolijamente pegado al cráneo con fijador. En la intrincada geografía subterránea de barrotes de hierro que son los calabozos de la Jefatura Provincial del Cuerpo de Vigilancia, todas las cosas se convierten en versiones veteadas de sí mismas. Plantado delante de uno de los calabozos, mientras espera a que el guardia le abra la puerta, el inspector expele una bocanada de humo de caliqueño a presión por entre las rendijas de su dentadura asombrosamente blanca. El humo experimenta un primer movimiento de plenitud, una hermosa geografía de vigorosos remolinos blancos veteados, seguido rápidamente de un movimiento de deflación. *Allegro* seguido de *pianissimo*. Los barrotes de sombra que por un momento se han materializado en el aire se funden con la penumbra. La puerta del calabozo se abre con un chirrido. La dentadura de Semproni De Paula se expande horizontalmente hasta que amenaza con alcanzar sus orejas diminutas.

Igual que todos los lugares del cosmos donde se aglutina el dolor humano, los calabozos del Cuerpo de Vigilancia hacen que una burbuja de paz increíblemente refrescante estalle en el interior del pecho del inspector. Igual que la cárcel de la Reina Amalia. Igual que el interior de una carga policial con la guardia montada. Lugares que lo reconcilian con el universo. Que hacen que se detenga esa enojosa sensación que tiene a veces el inspector Semproni De Paula de que el mundo entero se está yendo al carajo con la misma decisión y presteza con que un prisionero maniatado, cargado de cadenas y con los bolsillos llenos de piedras se va para el fondo cuando uno lo deja caer suavemente en la superficie del mar.

Encogido en un rincón del calabozo que se acaba de abrir delante del inspector, a la luz temblorosa de la lámpara de aceite que el guardia sostiene por encima de sus cabezas, hay un hombrecillo vestido con unas espardeñas rústicas y una camisa rústica de sirga llena de rasgones. El temblor de la luz de la lámpara hace que tiemblen también las sombras de los barrotes que se proyectan sobre su cara acobardada.

—Levántate, hombre. —El guardia le da un puntapié desganado al hombre en las costillas.

Protegiéndose los ojos del brillo de la lámpara, el hombrecillo se abre paso entre sus compañeros de celda en la dirección que ahora le indica el carcelero. Por entre los barrotes de hierro asoma una espesura mugrienta de brazos flácidos cuyos dedos cuelgan más o menos a la altura de la cabeza de Semproni De Paula. Que está a la altura a que suelen estar las cabezas infantiles. La mayoría de esos brazos pertenecen a prisioneros que han sido relegados a estar pegados a los barrotes por otros prisioneros más fuertes, o bien que han decidido pegarse a los barrotes para alejarse de algo particularmente hediondo que hay en sus celdas, o bien simplemente a prisioneros que están encerrados en celdas tan abarrotadas que no tienen otro sitio donde estar más que pegados a los barrotes. El Cuerpo de Vigilancia, por su parte, es perfectamente consciente del problema de falta de espacio en sus calabozos, y trabaja día y noche para subsanar ese problema: casi a diario salen conserjes del edificio llevando a cuestas sacos ensangrentados y cargándolos en carretas rumbo a algún albañal de las afueras. Con manos y pies asomando por los agujeros de la tela.

El inspector señala al hombrecillo con la punta incandescente de su caliqueño.

—Ahora me vas a contar *otra vez* lo que pasó la noche del martes —le dice—. Y mejor será que esta vez no te saltes nada, que no estoy de humor.

El prisionero de aspecto rústico se deja caer de rodillas.

—Yo no sé nada de lo que pasó, señoría —dice, lloroso—. Yo no vi nada. Ya se lo he dicho a los señores policías, me confundí. Me equivoqué y ya les he pedido perdón. Por favor, que tengo tres hijos.

Semproni De Paula suspira. Le hace una señal al guardia. El guardia se pone detrás del hortelano y le rodea el cuello con un garrote. Aprieta con todas sus fuerzas. Al hortelano se le pone la cara azul, se le hinchan las venas de la frente hasta que parece que le vayan a explotar y por fin los ojos amenazan con salírsele de las cuencas. El guardia lo deja ir. El hombre cae al suelo, luchando por respirar. Cuando por fin consigue hablar otra vez, le sale un hilo de voz.

—Por favor, señoría. —Pausa—. Que tengo tres hijos. —Pausa—. *Per l'amor de Déu.* Que yo solamente quiero marcharme a mi casa y trabajar. No he visto nada y no sé nada.

—Y dale.

Semproni De Paula le hace una señal al guardia para que le entregue su pistola. El inspector carga el arma, la amartilla y apunta al hombre a la cara.

—¿Me lo cuentas o no?

El hombre traga saliva.

—Salí de casa porque el perro estaba nervioso —dice—. Como hay muchos ladrones, me acerqué al huerto a ver quién andaba. Y vi a un hombre con una carreta. Nada más, lo juro. Ni siquiera me acerqué. El hombre se marchó enseguida.

—¿Qué había en la carreta?

—No lo sé.

El inspector baja el cañón de la pistola y dispara. La geografía subterránea de los calabozos genera una explosión centrífuga de réplicas acústicas del estruendo. Desplomado en el suelo, el hombrecillo se agarra la pierna herida y se retuerce en ángulos complejos. Por un momento, y debido al patrón de franjas blancas y negras que se proyecta sobre todo, sus movimientos irregulares hacen pensar en una cebra que forcejea con su bolsa amniótica en el suelo después de salir del canal de nacimiento.

—¿Qué había en la carreta? —repite el inspector.

—¡Un muerto! —dice el hombre con voz estrangulada.

—Bien. Un muerto. ¿Cómo estaba el muerto?

—No lo vi bien. Todo lleno de sangre.

—El hombre que conducía la carreta, ¿cómo era?

—Muy grande. Por favor, señor, *que em moro*.

—¿Cómo era?

—Grandullón, con la cabeza rapada. Muy blanco de cara.

—¿Quién iba con él?

—¿Eh?

—Dale una patada.

El guardia le da varias patadas al prisionero.

—¿Quién iba con él?

—¡No lo sé! ¡Yo no vi a nadie!

—¿Un hombre joven, con barba larga?

—¡No lo sé! ¡Yo creo que iba solo! ¡Estaba muy oscuro!

—¿Y te dijo para qué quería el cuerpo?

—¡No me dijo nada! ¡Y no iba con nadie! ¡Lo juro!

De Paula piensa un momento.

—Bueno, te creo. —Mira al guardia—. Mátalo ya. Pero usa eso, *collons*. Ya nos ha hecho perder una bala.

El guardia estrangula con el garrote al hombrecillo, que se pone a patalear. De Paula está saliendo de la celda por entre docenas de brazos colgantes cuando ve llegar por entre los calabozos a la versión veteada de Blai Boamorte, que camina arrastrando del brazo a una criatura escuálida y greñuda. La criatura lleva colgado del pecho un tablón con algo escrito. La mirada del inspector va de su subordinado a la criatura. Parece ser una criatura de tipo femenino, más bien por exclusión de otros tipos, aunque De Paula ha visto pocas manifestaciones tan degradadas de la forma femenina. De Paula la mira de esa forma en que los hombres miran a menudo a las mujeres que carecen de ninguna clase de atractivo sexual: no exactamente como si no debieran estar ahí, sino casi como si *ya hubieran empezado* a no estar ahí.

—La he encontrado mendigando en la calle de Trentaclaus —gruñe Boamorte—. Llevaba esto.

Señala el tablón que cuelga de una cuerda del cuello de la mujer:

>BIENAVENTURADOS LOS QUE
>ESPERAN EN SILENCIO QUE
>LLEGUE EL REINO DE JEHOVÁ.
>LAMENTACIONES 3,26.

El inspector le agarra la barbilla a la criatura y la obliga a levantar la cara. Los labios descarnados se retraen para enseñarle un colmillo amarillo a modo de amenaza. La piel a franjas blancas y negras se tensa sobre los huesos faciales. Por un momento parece que la mujer esté gruñendo, y sin embargo de su garganta no sale ningún ruido. El efecto es extraño. Como un animal que imita a una persona que imita a un animal. Y en ese momento, un destello de reconocimiento ilumina los ojos de Semproni De Paula.

Él ha visto a esa criatura antes.

Es la chavala del Trasgo. La muda que vive con él.

37

LA BANDA DE ENRIQUE, EN LA GUARIDA DE LA BANDA DE ENRIQUE

Aniol Almarrosa acerca los cuatro naipes de su mano a la luz temblorosa del cirio de iglesia que hay sobre la mesa de juego. El cuatro de oros, el cinco de oros, el dos de copas y el tres de bastos. El cirio está junto a una botella de aguardiente, montado sobre un cráneo desdentado que a Almarrosa le parece demasiado pequeño para ser de un hombre adulto. De hecho, y aunque él sería el primero en admitir que no es un experto en el tema, ninguno de los cráneos que hay en la cripta del cementerio que sirve de guarida a la banda de Enrique le parece lo bastante grande como para ser de un hombre adulto. Ni tampoco le parecen exactamente lo bastante pequeños como para ser cráneos infantiles. Por fin emite un suspiro con aroma de aguardiente. Se queda los dos naipes que tienen las puntuaciones más altas y deja los otros dos en el centro de la mesa. La disposición de los cuatro jugadores a los lados de la mesa cuadrada es esa disposición tradicionalmente cuadrangular de parejas enfrentadas. Una disposición concebida para desplegar complejos sistemas de guiños de ojos, enarcamientos de cejas y levantamientos de hombros codificados.

Almarrosa da dos golpecitos con las yemas de los dedos en los dos naipes que ha dejado en el centro de la mesa.

—Mus —dice.

Mientras espera a que le repartan las cartas nuevas, levanta la vista para escrutar primero a su mugrienta pareja de juego y después a sus contrincantes, dos muchachos únicamente distinguibles del primero por las minucias distintivas de sus particulares versiones del aspecto típico de integrante de la banda de Enrique: las mejillas un poco más o menos hundidas, la barba un poco más o menos desaliñada y las camisas de obrero un poco más o menos remendadas. Las manos sucias y de uñas largas se levantan todo el tiempo para rascarse distraídamente las cabelleras sumidas en la nube de piojos que todos comparten con verdadero espíritu colectivista. Los miembros de la banda que no están jugando a los naipes en la mesa cuadrada del centro de la cripta están acostados en sus camastros, dormidos con botellas en las manos y libros abiertos sobre las caras. Con las páginas meciéndose suavemente al compás de sus ronquidos. La verdad es que a Almarrosa le ha sorprendido la cantidad enorme de tiempo que una banda revolucionaria dedica a dormir.

—Envite a grandes —dice el jugador de su derecha.
—Lo subo.
—No.

Almarrosa levanta la vista una fracción de segundo para vislumbrar los tironcitos subrepticios que su aliado se está dando en el lóbulo.

—Lo veo.

Hay un susurro de naipes arrojados sobre la mesa.

—Dos boticarias.
—Escopeta y perro.
—Solomillo.

Los revolucionarios miran con el ceño fruncido los dos reyes que Almarrosa acaba de arrojar en la mesa junto al dos y al tres. Por un momento parece que algo oscuro y sin nombre planea sobre la mesa del juego. Cierta alteración sutil pero manifiesta de las coordenadas del azar que tiende a irrumpir en el juego cada vez que Almarrosa es uno de los jugadores. Un momento más tarde, el repartidor recoge las cartas con un suspiro y se pone a barajarlas con esos movimientos hábiles que desmaterializan un momento las cartas para convertirlas en un flujo borroso. Ya hace días que Almarrosa ha descubierto que sus compañeros de cripta, tal vez gobernados por sus inclinaciones políticas, parecen reacios a admitir que uno de ellos pueda hacer trampas a los naipes. Y en particular a admitir que uno de ellos pueda hacer trampas cuando nadie está apostando nada más que piedrecitas recogidas del suelo de la cripta. (A Aniol Almarrosa, por cierto, no le ha supuesto ningún problema adaptarse a la vida con la banda de Enrique. La comida que trae una mujer todos los días es suficiente y aceptable. Las reservas de aguardiente parecen lejos de agotarse. Fingir que comulga con su ideología es un ejercicio extremadamente sencillo. Solamente ha tenido que recurrir a lo que recuerda haber leído en los periódicos y a repetir las diatribas de los demás cambiando ligeramente las palabras. En suma, la cripta es un retiro plácido y cómodo donde seguir escribiendo su novela.)

El ángulo de la luz que entra por la claraboya de la cripta, al alcanzar la mesa de la partida, indica que ya se acerca el mediodía. La hora en que la mujer les trae la comida. Notando un agradable ronroneo de las tripas, Aniol se sirve otro vaso de aguardiente y se entrega a la siguiente mano de la partida entre movimientos codificados de cejas y tirones subrepticios de bigotes.

–Envite a chicas.

–Lo veo.

–Lo veo.

–¿Hay pares?

–Los hay.

–Los hay.

–Hay juego.

Esta vez los jugadores se quedan mirando a Almarrosa con algo parecido a la contrariedad. Uno de los revolucionarios que estaba dormido con un libro desplegado sobre la cara se sacude el libro con un resoplido y se levanta pesadamente para ir a ver qué está pasando. Almarrosa despliega sus naipes sobre la mesa.

—Besugo —dice, mostrando el as, el rey y la pareja de doses.

El chirrido de las bisagras de la cancela por encima de sus cabezas disipa providencialmente el silencio mortal que se ha hecho en la cripta. Almarrosa les dedica a sus compañeros una sonrisa conciliadora mientras empieza a barrer con la mano sus piedrecitas para guardárselas en el bolsillo. Y en ese momento pasa algo inesperado. En lo alto de la escalera de granito, iluminada por la explosión de luz blanca que entra por la cancela, se materializa la cara aterrada de la mujer que les trae cada día la cesta del almuerzo. Con los ojos muy abiertos y la boca formando una O casi perfecta. A continuación se materializa una mano que la agarra sin miramientos por el pelo y la empuja escalones abajo. La mujer cae rodando por la escalera y aterriza en medio de un revuelo de faldas y enaguas.

Los integrantes de la banda de Enrique permanecen transfigurados, mirando las piernas desnudas de la mujer que se ha quedado sentada en el suelo de la cripta y ahora forcejea para desenredarse el vestido de la cabeza.

A Aniol no le cabe ninguna duda de que la misma idea que se acaba de manifestar en su cabeza se ha manifestado también en las cabezas de los demás ocupantes de la cripta. Integrándose en la misma nube de piojos saltarines que las envuelve. Y lo que la idea está susurrando en todas ellas es que la desventaja obvia de recibir visitas inesperadas cuando tienes tu guarida en una cripta del cementerio es que las criptas solamente tienen una salida. Y la siguiente idea que aparece, dando empujones a la primera, es que no hay más que dos o tres personas en toda la ciudad capaces de encontrar el actual escondite de la banda de Enrique en una cripta de una sección ruinosa y cerrada al público del viejo cementerio del Pueblo Nuevo. Se trata de una cadena de ideas bastante veloz, que se suceden al mismo tiempo que los miembros de la banda se incorporan volcando sus sillas o se tiran de sus camastros para coger las pistolas que tienen debajo de los mismos. A continuación se oye el estruendo de un disparo que retumba entre las paredes de piedra como si la misma cripta se hubiera venido abajo. Dejando a todos los presentes petrificados.

Y a continuación, precedido por la boca humeante del cañón de un trabuco, aparece en las escaleras uno de los únicos dos o tres hombres de la ciudad capaces de encontrar el escondite de la banda.

Una cara de nariz ganchuda, embadurnada con maquillaje de mujer y rematada con una peluca desmadejada. La pechera del abrigo sepultada bajo una montaña de medallas de santos, escapularios, rosarios bendecidos y amuletos de la suerte. Y en el hombro derecho, fuertemente agarrado a su cuello, y con la boquita temblando de furia, uno de esos monos con la carita negra y rodeada de una explosión centrífuga de barbas blancas.

—¿Tú? —dice uno de los revolucionarios, con las manos en alto, mirando a Max Téller.

Téller baja un peldaño de la escalera. Se lleva una mano a una de las medallas que le cuelgan del cuello y se la acerca a los labios embadurnados de pintura para besarla. Sin dejar de sostener el trabuco humeante en la otra mano. Sin que haya necesidad, dado que en el umbral de la cripta también han aparecido un par de sus fornidos empleados, que ahora encañonan a los revolucionarios con sus armas.

—Menuda panda de ratas hay que estar hechos para esconderse en un sitio así.

La cara de Téller es una máscara de temor supersticioso mientras recorre con la vista los huesos de los nichos, las calaveras con huesos cruzados que hay grabadas en la piedra y la capa de telarañas que cubre los rincones.

—Tiene gracia que nos llames rata tú, parásito —dice el revolucionario, con los brazos en alto.

Max Téller no da muestras de haber oído sus palabras. Está tan rígido que gran parte de la barbilla le ha desaparecido en la carne blanda de la sotabarba. Desde su hombro, el monito les enseña a los revolucionarios unos colmillos asombrosamente largos.

—¿Veis eso de ahí? —Téller señala el archipiélago de agujeros que su trabuco ha abierto en la pared del fondo de la cripta—. Si no queréis que a vuestras cabezas les pase eso mismo, vais a hacer exactamente todo lo que yo os diga. A ver, *dropos*, ¿cuál de vosotros es el nuevo?

Las caras de los integrantes de la banda se contraen por el esfuerzo de la contienda entre el instinto de preservación y la lealtad a cualquier integrante del colectivo, por reciente que sea. Por fin Almarrosa da un paso adelante.

—¿Quién me busca? —dice, animado por los efluvios del alcohol.

Téller se queda mirando con asco la barba larga de Almarrosa, sus ojos enrojecidos y su sombrero de ala ancha. Sin dejar de manosear nerviosamente sus amuletos, se gira a medias para dirigirse a alguien que está detrás de él.

—¿Es él? —dice—. ¿Ése es el que buscas, Trasgo?

Almarrosa mira con los ojos guiñados al hombre que acaba de salir de las sombras. Un destello de interés disipa momentáneamente los efluvios del aguardiente.

—Yo a usted lo conozco —dice—. Lo he visto antes. Es el tipo que se cayó en aquella catacumba. —Niega con la cabeza, con cierto aire de admiración—. Pensaba que se habría muerto. ¿Cómo salió de allí?

Menelaus Roca baja los escalones.

—Necesito esas páginas —le dice—. Las páginas que me enseñó allí abajo. Es muy largo de explicar, pero créame que las necesito.

Almarrosa tarda un momento en comprender de qué está hablando el hombre.

—¿Trasgo, lo ha llamado? —Contempla la piel y los ojos del hombre—. Yo he oído hablar de usted. El anatomista loco de la policía... —Sonríe de oreja a oreja—. Creía que era una *leyenda*.

Otro estampido hace retumbar la cripta entera. Del techo cae una lluvia de polvo de argamasa y cascotes. Cuando se disipa la nube de humo de su trabuco, en medio del ruido de las toses, Téller señala al grupo de figuras que están agachadas cubriéndose la cabeza con las manos en el suelo de la cripta.

–¿Qué os hace pensar que tengo ganas de quedarme en este sitio mientras charláis? –chilla con sus labios maquillados–. Tú, majadero –señala a Almarrosa–, dale al Trasgo sus páginas de los cojones, que nos tenemos que largar.

Agachado en el suelo, con los oídos pitándole y una pequeña mancha de orina extendiéndosele por la entrepierna de los pantalones, Aniol Almarrosa comprende que los pedazos humeantes de fieltro negro que ve esparcidos por el suelo de piedra son pedazos de su sombrero.

38

PUENTE DE HUESOS

A Semproni De Paula no le gusta nada que el supuesto miembro de la profesión médica que acaba de presentarse en su despacho tenga menos aspecto de médico que de mero chupatintas de un despacho de notarios. Levita negra de chupatintas, cara afeitada y dedos manchados de tinta. Tampoco le ha gustado nada que cuando el supuesto médico ha entrado en su despacho y ha visto primero a Blai Boamorte limpiándose la sangre de los zapatos y luego a la muchacha medio muerta en el rincón, se haya sacado un pañuelo del bolsillo y se haya cubierto la boca y la nariz. Con cara de estar a punto de caer redondo al suelo. Ahora De Paula lo mira sin esconder su desprecio. La actitud del hombrecillo se suma a la irritación que le ha causado el telegrama del cuartel de San Pablo que tiene abierto sobre la mesa.

El médico con aspecto de chupatintas se quita la chistera respetuosamente, se saca una tarjeta de visita de su tarjetero con sus dedos manchados de tinta y se la deja sobre la mesa. De Paula la coge con las puntas de los dedos, como si la tarjeta estuviera sucia de algún fluido corporal particularmente repugnante. «DR. FABIÁN FRANCISCO DE ASÍS D. T. L. S. PANISELLO. REPRESENTANTE EN ESPAÑA DEL CÉLEBRE MÉTODO DEL DOCTOR SIGFRIDO MORIA DE LEIPZIG PARA LA COMUNICACIÓN MEDIANTE SIGNOS MANUALES.» La vuelve a dejar sobre la mesa.

—Encantado de conocerle, señoría.

El hombre se ha destapado la boca para hablar, pero no consigue dejar de echar vistazos de reojo a la figura encogida en el suelo de Liberata. A ésta le ha desaparecido un ojo de las facciones, bien porque lo tiene demasiado hinchado o bien porque lo ha perdido.

—¿D. T. L. S.? —pregunta el inspector.

—De Todos los Santos.

—Mucho nombre tiene usted, me parece a mí.

—El superintendente me ha puesto al corriente de la misión que desean encomendarme —dice el hombre en tono rimbombante—. Estoy orgulloso de servir a las fuerzas vivas de este país. ¡Viva el Cuerpo de Vigilancia! ¡Viva el Rey!

—¿Puede hablar con esa de ahí? —De Paula señala con el pulgar a Liberata.

El tipo usa el pañuelo para secarse el sudor que le cae a chorros por la frente.

—El método de Sigfrido Moria es eficaz en el cien por cien de los casos, señoría —dice—. Es una simple cuestión de tiempo y técnica.

—Tiempo es justo lo que no hay —dice De Paula—. ¿Cuánto tiempo necesita para interrogarla?

Panisello traga saliva.

—El Método Moria nunca deja de aprenderse, señoría. —Hace una pausa cuando ve que la cara de impaciencia de De Paula empieza a convertirse en una mueca de contrariedad—. Pero supongo que puedo enseñarle a la… paciente los signos básicos para comunicarme con ella en unas dos semanas.

—Ni hablar de dos semanas. Le doy esta tarde. —Se saca el reloj del bolsillo, abre la tapa y lo mira con el ceño fruncido—. Hasta las siete.

—Señoría…

—O lo tiene para las siete o pasa la noche en el calabozo, ¿qué le parece?

—Y a lo mejor se resbala y se rompe el cuello —añade Boamorte.

Semproni De Paula se toma un minuto para encender uno de sus caliqueños, haciéndolo girar con parsimonia con las yemas del índice y el pulgar mientras sostiene el yesquero frente a la punta. El verdadero propósito de su gesto, sin embargo, podría ser dejar que los gemidos estrangulados que vienen de la figura encogida en el suelo se abran camino gradualmente hasta los estratos más profundos de la conciencia del médico.

—Pregúntele para quién trabaja en realidad el Trasgo —dice De Paula cuando termina de encender el puro, mirando la brasa con el ceño fruncido—. Dígale que si le tiene algún apego a la vida, que nos diga con quién está confabulado.

Boamorte se acerca a De Paula y le dice algo al oído. El inspector asiente con la cabeza.

—Puede que ella no lo conozca por ese nombre —explica De Paula—. Roca, se llama. Pregúntele por Roca.

Panisello abre y cierra la boca.

—Señoría —dice por fin—. La cosa no funciona así. Ni siquiera existen traducciones de los nombres propios al lenguaje de signos. La confianza del paciente es esencial. Puedo enseñarla a explicar estados de ánimo, a pedir cosas... pero todo se basa en la repetición. Repetir las mismas dinámicas a diario. Durante meses...

Semproni De Paula señala con el caliqueño la cabeza sudorosa de su visitante.

—Me está agotando la paciencia —dice—. Si quiere salir de aquí de una pieza, más le vale tener lo que le pido para cuando yo vuelva a las siete.

En la berlina oficial que lo lleva a su burdel favorito de la carretera de Sarriá, el inspector se dedica a releer una y otra vez el telegrama que le ha mandado esta mañana el capitán Lombardo. Por fin, mientras el carruaje está abandonando las Ramblas por el amplio bulevar de la calle de Pelayo, lo arruga entre mordiscos furiosos al caliqueño y lo tira por la ventanilla. A primera hora de la tarde, las partes del Dosel de Sombras que asoman por encima de los tejados de la Ciudad Nueva son del color de los dedos sucios de tabaco. De las manchas de orina y los hematomas viejos. Las señales de una conspiración para derrocarlo de su cargo llevan semanas multiplicándose a su alrededor, hasta que Semproni De Paula ya se ve incapaz de seguir pasándolas por alto. No es una simple cuestión de que Lombardo siga escondiendo a su testigo, escudándose en su supuesto ataque de locura para evitar que el Cuerpo de Vigilancia lo interrogue. Los detalles sospechosos empiezan mucho antes. Como el hecho mismo de que Lombardo siga en su cargo. O el propósito exacto con que Blokium y el gobernador decidieron sacar al Trasgo de la cárcel. Mientras el carruaje se detiene con un crujido y una sacudida delante de la puerta del burdel, el inspector admite que es posible que realmente quisieran que el Trasgo encontrara al asesino. Sin embargo, también le parece cada vez más probable que previeran el desastre y lo sacaran solamente para que al caer arrastrara también al inspector. Incluso le parece cada vez más probable que toda esa majadería de los asesinatos la hayan montado en palacio para defenestrarlo a él.

Asomadas a las ventanas, las mujeres del burdel apenas pueden esconder su terror cuando ven a Semproni De Paula salir de la berlina y subir de dos en dos las escaleras del establecimiento. En el salón, el inspector elige a un par de mujeres temblorosas y las lleva a empujones hasta una de las habitaciones del piso de arriba. Durante la primera hora, ni siquiera se quita los pantalones. Sentadas en el salón, rezando avemarías y mirándose con angustia, la regenta del burdel y sus criadas escuchan los chillidos de las elegidas. Al cabo de la segunda hora, las dos prostitutas se escabullen cubriéndose como pueden con los jirones de su ropa mientras Semproni De Paula, ya mucho más tranquilo, se lava la sangre de las manos en la pileta del baño.

Son casi las siete cuando vuelve a la jefatura. Al abrir la puerta de su despacho, se encuentra al doctor Panisello en mangas de camisa y sentado en una silla delante de Liberata. Delante de ellos hay varias páginas con dibujos y una lata de galletas abierta. Boamorte lo saluda desde el antepecho de la ventana con cara de aburrimiento.

—Es prodigioso. —Panisello se gira para mirar al inspector con cara excitada—. Le aseguro que esta criatura, lejos de ser idiota o simple, tiene una inteligencia prodigiosa. Sus dotes de observación y su raciocinio son casi los de un adulto normal.

—Le ha estado dando galletas a la detenida —dice Boamorte.

—¿Qué le ha sacado? —dice De Paula.

—Esto.

Boamorte coge un dibujo que hay encima de la mesa. Se lo da a De Paula, que lo coge y se lo queda mirando. Es el retrato de un muchacho.

—¿Qué es esto? —pregunta.

—La chavala nos ha dicho dónde estaba —explica el superintendente—. Hemos ido a su casa y lo hemos encontrado enseguida. Creemos que es la persona con la que está trabajando el Trasgo.

—No esperaba encontrar una inteligencia tan desarrollada —insiste Panisello—. Nos ha dado indicaciones precisas para encontrar el dibujo.

—¿Trabajando? —De Paula examina el retrato con atención.

—Bueno, eso parece. Ella dice que el chaval del dibujo los ha visitado en su casa.

Un vértigo repentino obliga a Semproni De Paula a sentarse con el retrato en la silla más cercana. Él conoce al muchacho del retrato. O mejor dicho, él conoce la cara que hay oculta en la cara del muchacho del retrato. Muy a lo lejos, como si viniera del laberinto de calles circundantes, oye la voz de Blai Boamorte preguntándole si se encuentra bien. La sensación de estar mirando el retrato es como la sensación que tiene uno dentro de un sueño. Uno de esos sueños en que uno entra en un desván de su casa para reparar una gotera y se encuentra el lugar entero podrido e infestado de liquen, y a medida que examina el alcance de los daños, se va encontrando más y más habitaciones invadidas por la putrefacción, hasta darse cuenta de que su casa entera se ha convertido en una ruina reblandecida y comida por los escarabajos. Porque no se trata de la simple impresión falsa de un recuerdo. Él *sabe* quién es el muchacho del retrato. Y a su alrededor empieza a desplegarse un mapa nuevo de constelaciones de causalidad. Frente a él, un puente terrible de huesos empieza a desplegarse en dirección a lugares de su memoria que De Paula había confiado en no tener que revisitar nunca.

39

EL CUADRO DESCOLGADO

Nadie que dispusiera de alguna formación en la investigación criminal, o simplemente de buen ojo para los detalles, tendría problemas para encontrar los múltiples indicios que ha dejado el merodeador frente a la entrada de la mansión del doctor Fauré, en las afueras de Sarriá. Está, por ejemplo, el silencio que ocupa el lugar acústico donde deberían estar las voces de los cárabos. Está la farola apagada, de la que todavía sale alguna voluta de humo grasiento. Y están las marcas que ha dejado por la tierra el merodeador al arrastrar una escalera de mano para apoyarla primero contra el poste de la farola y después contra la tapia del jardín. El merodeador, por cierto, no parece especialmente hábil ni experimentado en el arte de infiltrarse clandestinamente en las propiedades ajenas. A juzgar por la multitud de indicios que ha dejado a su paso. Sin embargo, cuando el carruaje del dueño de la casa se detiene en medio de una nube de polvo frente a la cancela, el doctor Fauré se baja, saca su manojo de llaves y camina hasta la cancela sin reparar en nada fuera de lo común. Sus ojillos húmedos someten la calle a ese examen sucinto y ceñudo de la gente que examina la calle en busca de salteadores de caminos antes de introducir su llave en la cerradura. Deteniéndose únicamente para echarle un vistazo malhumorado a la farola apagada. Por fin le hace una seña al cochero para indicarle que ya se puede marchar. Y todavía no se ha disipado la polvareda de los caballos, ni los ecos de la verja al cerrarse, cuando el merodeador le sale al paso en el caminillo que atraviesa el jardín de su casa.

Por un momento, plantados debajo de los pinos, los dos hombres parecen contemplar la diferencia casi cómica de sus envergaduras. Fauré es poco más que un esqueleto recubierto de piel rosada y gelatinosa. El asaltante embozado, por su parte, pese a no ser enorme en ninguna de sus dimensiones, produce una impresión inexplicable de corpulencia. O por lo menos de haberla tenido en otra época y ahora estar disfrutando de los réditos de la misma. El toxicólogo oye un susurro de tela y de pronto el aliento cálido y putrefacto del intruso le golpea la cara. En su mano acaba de aparecer un destello de metal.

—*Mare de Déu del cel!* —exclama Fauré—. Coja todo el dinero que llevo, pero, por favor, no me mate.

—¿Quién hay en la casa? —dice el intruso.

—La criada y mi mujer.

—¿Qué otras entradas hay?

—La del servicio solamente.

La cara embozada del intruso se gira para contemplar el bloque de piedra esgrafiada de la mansión de Fauré y su balcón gótico con parteluces. Una ráfaga de brisa agita las ramas de los árboles cercanos. Durante un segundo, un edificio de otro mundo se insinúa entre las ramas en movimiento. Una compleja estructura poliédrica de planos de cristal superpuestos, sostenidos por vigas alabeadas de hierro, que se estrecha sinuosamente en forma de pagoda como si fuera la versión descomunal de una pajarera. La luz de la luna rebota en su geografía fractal y envuelve la construcción en un aura plateada. La cara embozada del intruso contempla el invernadero y por fin lo señala con el objeto metálico que tiene en la mano. Un bisturí. El objeto con que el intruso está amenazando al dueño de la casa es un bisturí.

Siguiendo el camino que le indica el intruso, y que elude las ventanas iluminadas de la casa, Fauré se dirige al aura plateada. El intruso le hace una señal con la hoja del bisturí para que abra la puerta del invernadero. En el interior los envuelve una lengua de calor abrasador. El invernadero está tan abarrotado de cultivos que solamente alguien que lo conozca a la perfección puede moverse por él. Complejas geologías selváticas en los parterres, con las diferentes especies subiéndose las unas a hombros de las otras. Arbolitos meticulosamente podados dentro de tiestos tan altos como un hombre. Plantas con aspecto de rocas y plantas con aspecto de animales. Cisternas con mangueras saliendo de sus partes bajas para los cultivos hidropónicos, con el agua cubierta de una capa de limo verde. Y bajo el tejado de pagoda, dispuestas en varios niveles verticales, las melenas enredadas y exuberantes de cientos y cientos de plantas colgantes. Respirando con dificultad por culpa del calor, el intruso le indica a Fauré que se agache entre las plantas y procede a quitarse la máscara dando tirones exasperados de la tela. A ambos lados de la nariz ganchuda de Fauré, sus ojillos parecidos a moluscos temblorosos se iluminan de furia.

—¡Usted! —dice, y hace el gesto de levantarse—. ¡Le dije que no volviera por aquí!

Menelaus Roca no dice nada. Y hay algo en la forma en que se limita a mirar a su antiguo profesor que hace que éste se calle y se vuelva a agachar entre las frondas. Alrededor de sus botas crece una verdadera selva de matas de muérdago y eléboro blanco; plantas de cicuta, alcaravea y acónito; arbustos de acebo y de nuez moscada. En cantidades suficientes para diezmar al pueblo entero.

—Me mintió usted —dice Roca, con la cara bañada en sudor—. Usted ya esperaba que yo lo fuera a ver. Alguien se lo había dicho. Por eso me contó lo que me contó.

—Menuda estupidez. Usted está loco. Lo sabe todo el mundo.

—Todo eso que me contó sobre la mimosa hostil y la hierba de los dioses. Y la saliva de la luna. He consultado todos los compendios botánicos. —Roca hace una pausa—. No existe literatura sobre el tema. Nada. Nadie conoce esa droga en Europa. Ni siquiera en América Central se conoce demasiado.

El doctor Fauré se limita a observar a su antiguo discípulo con una mueca de odio puro en su cara sin cejas. Una mueca que haría retroceder espantado a cualquier otro. La cara de Fauré no solamente no tiene cejas, sino tampoco pestañas ni barba ni ninguna otra manifestación folicular. La canícula del invernadero hace que su piel rosada se vea todavía más gelatinosa que de costumbre. Como la epidermis de ciertos moluscos. O como esas epidermis que sobreviven perpetuamente cubiertas de una capa de limo.

Jadeando, Roca se quita el abrigo y lo tira al suelo.

—Fue usted —dice—. Usted me drogó, ¿verdad? Usted cultiva esa droga, en este mismo invernadero.

La cara rosada de Fauré se abre inesperadamente por la mitad para soltar una risita parecida a un chapoteo.

—Es usted un lunático —dice por fin—. Me sorprende que haya conseguido que lo suelten.

Roca mira al toxicólogo mientras le caen goterones de sudor de la nariz y de la barbilla. A continuación se agacha a su lado y sin decir palabra le clava el bisturí en el vientre. A Fauré se le abren mucho los ojos. De haber algún otro miembro de la profesión médica prestando atención a la maniobra, probablemente habría podido descifrar los movimientos precisos de la muñeca de Roca. La cuchilla se ha hundido únicamente un par de dedos, cogiendo grasa y músculo y evitando tocar ningún órgano vital.

—¿Quién le contrató para envenenarme? —dice Roca—. ¿De Paula? ¿El gobernador?

El cuerpo entero del doctor Fauré se ha puesto a temblar tan violentamente que se ve obligado a apoyar las manos temblorosas en los hombros del hombre que lo acaba de acuchillar. A Roca le asombra lo poco que pesa.

—No fui yo —dice el anciano con un hilo de voz—. Se lo juro. No sé quién fue.

—Usted conoce la droga. Conoce perfectamente los efectos.

—La he tenido —dice Fauré—. Aquí en mi casa. Soy la única persona en Europa que la ha estudiado. Nadie más la tiene. ¡Pero yo no lo envenené, se lo juro! Yo la estudiaba. Si alguien lo drogó a usted, la debieron de robar de aquí.

Roca hunde un poco más el bisturí, pero el otro se limita a gemir.

—¿De dónde sacó la droga?

—Me la trajo la señorita Sullivan.

—¿Quién es la señorita Sullivan?

—Era la institutriz de mi hijo. Había estado en las misiones, en México y en Guatemala, y seguía viajando allí a veces.

Roca piensa en la casa de Fauré, en los retratos de las paredes. Los cuadros del toxicólogo y su mujer. De sus antepasados.

—Pero usted no tiene ningún hijo —empieza a decir.

Y en ese momento se acuerda del cuadro descolgado.

40

TOPOS

La figura gordezuela y evolutivamente equivocada de un urogallo se posa con un aleteo torpe en la rama horizontal de un pino cubierto de nieve. Despliega el abanico de su cola y se queda mirando con perplejidad a las dos criaturas que hay sentadas en una roca cubierta de musgo, al pie del tronco. La más grande de las dos parece plantear menos dificultades taxonómicas: enorme y barrigón, con un chaquetón gigante de pana cuyo tupido forro de borrego se confunde con la barba que ocupa toda la cara salvo un par de ojillos azules, podría muy bien ser un integrante de la población local de osos pardos, de no ser por la carabina que lleva a la espalda y el caliqueño que le asoma entre la espesura de la barba. El urogallo mueve a un lado y al otro su propia cara barbuda para afinar su examen de las extrañas criaturas. La más pequeña supone una verdadera incógnita. Diminuta y rosada, como algo arrancado del vientre materno antes de tiempo, vestida con un conjunto aberrante de boina, zamarra de pastor y botas demasiado grandes, por encima de unas polainas altas que probablemente estaban pensadas para llegar a la rodilla pero que a la criatura le llegan a la mitad del muslo enfundado en un pantalón de lana blanco. El urogallo contempla a los personajes sentados con algo parecido a la conmiseración. Hay algo en la propia morfología de gallina siniestra del urogallo que lo hermana con esos dos cuerpos desafortunados. A continuación cambia de postura sobre la rama, desencadenando un pequeño desplome involuntario de nieve sobre la cabeza de los mismos. Un instinto más antiguo que la misma especie a la que pertenece le ordena que abandone la posición que él mismo acaba de delatar por accidente.

Sentado en la roca cubierta de musgo, dando caladas a su caliqueño, el inspector provincial Semproni De Paula levanta la vista hacia el árbol del que le acaba de caer un puñado de nieve y ve alejarse una especie de gallina negra y grotesca. El inspector no recuerda la última vez que salió de la ciudad, y ciertamente nunca se ha alejado tanto de ella como en su visita a este estúpido bosque pirenaico, pero lo que está claro es que es la última vez que sale de Barcelona en su vida si puede evitarlo. La mueca con que ahora contempla el bosque circundante se parece a la mueca de asco con que otra gente contempla letrinas desbordadas. Desde que abandonaron la fonda no recuerda haber encontrado nada que no le desagrade profundamente. Los chirridos enervantes del quebrantahuesos. Los barrancos helados que presentan trampas mortales para el cazador. Las raíces del árbol centenario bajo el cual se han sentado para fumar, entrando y saliendo de la nieve, le hacen pensar en brazos negros que asoman de sus tumbas heladas.

—De acuerdo, De Paula —dice la voz de Melquíades Guiu desde las profundidades de la espesura de su barba—. Ya puede usted decirme lo que sea que me tiene que decir.

—¿A qué se refiere? —pregunta el inspector.

Un matiz de impaciencia se infiltra en la expresión de oso risueño del antiguo inspector provincial del Cuerpo de Vigilancia.

—Me refiero a que estamos en medio del monte —dice Guiu, expulsando una nube de humo de caliqueño más grande que ninguna de las nubes de humo que salen de los pulmones diminutos de De Paula—. Sin un alma viviente en cientos de leguas a la redonda. Sin que nadie nos oiga ni nos vea, más que las ardillas. Y ya sabe usted que le estoy infinitamente agradecido de que haya venido usted a cazar conmigo, sobre todo teniendo en cuenta la situación en que se encuentra usted ahora mismo. Pero, francamente –los hombros de su chaquetón de pana se encogen–, no creo que haya venido usted por la caza. No le veo a usted demasiada madera de cazador, y no se me ofenda. O sea que imagino que ha venido usted por otra cosa.

Sentado en la roca mohosa, haciendo dibujos ociosos en la nieve con su bota demasiado grande, el inspector Semproni De Paula admite para sí mismo que es posible que sus intentos de simular un interés genuino por la caza del oso pardo pirenaico no hayan resultado demasiado convincentes. En Solsona, donde los ha dejado el coche de línea, se ha enfurecido con un maletero que ha dejado caer el equipaje de unas señoras y se ha dedicado a golpear al mozo hasta que las señoras han huido llorando. Ya iniciada la cacería, ha detenido un carro y ha insistido en que el carretero los llevara, obligando a Guiu a explicarle una vez más que la caza de rececho implicaba necesariamente avanzar bosque a través con el viento a favor para no alertar al oso de su acercamiento. En las tres horas que hace que salieron de la fonda, la única presa que se han encontrado ha sido un corzo solitario en un talud. Caballeroso, Guiu ha dejado que fuera De Paula quien probara suerte con la carabina. Después de errar escandalosamente el tiro, el inspector ha sacado su revólver de servicio con la cara roja y ha vaciado el tambor sobre el lugar de donde el corzo había desaparecido, provocando el derrumbe del talud. En el hoyo resultante, una familia de topos desconcertados se ha quedado mirando con sus ojos ciegos el paisaje nevado y al pistolero furibundo.

—No sea usted tímido, hombre. —Por un momento, Guiu vuelve a ser el emisor de camaradería física que De Paula conoce, el repartidor incansable de abrazos de oso, palmadas férreas en la espalda y puñetazos amistosos en la parte blanda del brazo. Sus ojos entornados indican que por debajo de la capa de pelo facial se está produciendo una sonrisa–. ¿Qué se cree, que me voy a enfadar? No puede ser tan malo, *collons.* Se olvida de que yo he tenido su mismo trabajo, muchacho.

El inspector Semproni De Paula suspira. En ningún momento, desde que mandó a Guiu el telegrama en que le proponía la presente cacería, se ha engañado a sí mismo acerca de las repercusiones de lo que estaba iniciando. Es con esa conciencia de estar emprendiendo un camino sin retorno con la que ahora se saca un papel doblado del bolsillo, lo desdobla y se lo entrega a su predecesor. Da una calada particularmente vigorosa a su caliqueño, como si lo que acaba de hacer hubiera puesto en peligro la posibilidad de fumarse el resto. El viejo inspector coge el retrato con sus manazas enguantadas y lo mira con cara de no entender. De pronto le cambia la cara. El rostro, o las partes del mismo que son visibles por no estar cubiertas de pelo, se le queda tan blanco como la nieve que los rodea.

Hay un momento de silencio antes de que Guiu levante por fin la vista hacia Semproni De Paula.

—*Mare de Déu*, De Paula. ¿De dónde ha sacado esto? Explíquese.

—Es él, ¿verdad? He encontrado un periódico antiguo y lo he comparado con el retrato que imprimieron. Está vivo.

—Dios bendito. —Guiu se saca un pañuelo del bolsillo, se lo lleva a la frente y De Paula comprende que el hombre ha roto a sudar, en medio del frío atroz del bosque pirenaico—. ¿Quién ha visto esto?

—Solamente yo —dice De Paula con cautela.

—¿Nadie más que usted?

—Yo y mi superintendente —dice.

—Bueno, bueno. Esto pide calma, mucha calma antes de hacer nada.

—Me acuerdo poco del caso —dice De Paula—. Por entonces yo era capitán. En el setenta. A las órdenes de usted. Pero no me lo asignaron a mí.

Guiu tarda un momento en contestar.

—Claro que no —dice—. La investigación la llevé yo en persona. Imagínese, era el hijo de la hermana de Estrany. Entonces no era gobernador todavía, pero era vicepresidente de la Diputación.

—¿Y qué pasó?

Guiu le devuelve el retrato con una manaza enguantada.

—Nadie lo sabe. —Sus hombros de oso se vuelven a encoger—. Dijeron que se había caído en una acequia. Que lo había secuestrado una banda de sediciosos. Qué sé yo. La verdad es que al chico se lo tragó la tierra. Cinco años, tenía. Nunca encontramos nada. —Levanta la vista—. ¿De dónde ha salido esto? De Paula, ¿de dónde lo ha sacado?

La vacilación de De Paula dura un momento infinitesimal. No tiene sentido mostrarse timorato ahora que la bola de nieve ha echado a rodar. Al contrario, si es momento de algo, es de contemplar con emoción cómo acelera en su descenso y se va convirtiendo en un planeta rodante de nieve y piedras y ramas.

—Me lo ha dado el Trasgo —dice, en el tono más casual que puede.

Silencio. El planeta de nieve y piedras y ramas ya desciende por la ladera de la montaña arrasándolo todo a su paso. Una avalancha letal.

—¿El Trasgo? —Guiu frunce el ceño—. Pero yo pensaba que ese hombre estaba investigando al Asesino... —empieza a decir. Luego se interrumpe. Mira a De Paula con cara funesta—. De Paula, escuche...

De Paula arroja violentamente su caliqueño a la nieve, donde se hunde con un chisporroteo. La nieve de alrededor del cigarro se funde deprisa y genera a su alrededor una aureola de tierra negra.

—No, escúcheme usted, inspector —dice—. Eso del Asesino de la Esperanza es una farsa, un timo gigantesco.

—De Paula, no siga. —Guiu niega con la cabeza—. Esto que me acaba de enseñar es un asunto muy delicado. Tenemos que andarnos con pies de plomo.

—*No hay* ningún Asesino de la Esperanza. ¿No lo ve? ¿Por qué cree que no lo pueden atrapar? Ni que pongan el toque de queda, ni que registren casa por casa. Porque todo es una *farsa*. Las víctimas eran vagabundos, no molestaban a nadie. Lo único que importa es que vaya apareciendo gente muerta, que todo el mundo se sienta en peligro. Y que todo el mundo sea sospechoso. ¿No lo ve?

—De Paula, por favor.

—Aparece un testigo que ha visto cómo dejaban el cadáver y va Lombardo y lo encierra bajo siete llaves. Lo más seguro es que ya lo haya quitado de en medio. Están *todos* implicados, inspector: Almarrosa, el Trasgo, Estrany, Blokium. Fueron Blokium y Estrany quienes sacaron al Trasgo de la cárcel, ¿entiende? Y ese chico ha estado trabajando con el Trasgo a mis espaldas. Esto viene de muy arriba.

Guiu hace un gesto exasperado.

—De Paula, por favor, cálmese —dice—. Lo pueden fusilar por traición.

—Usted es policía como yo. —Señala a Guiu con el dedo—. Debería estar de mi lado. Demuéstreme que no está metido en esta conjura: ayúdeme.

A Guiu se le ponen rojas las mejillas por encima de su barba.

—¿Cómo se atreve? —dice, levantando la voz.

—Necesito ver a ese testigo —dice De Paula—. Ayúdeme a entrar en el cuartel. Tengo que entrar. Aunque tenga que asaltarlo con la guardia montada.

—Está usted para encerrar.

De Paula se pone de pie.

—Me había equivocado con usted —dice, con la voz temblando de furia—. Me lo tendría que haber imaginado. Pero no importa, los voy a desenmascarar a todos. Los voy a mandar al garrote vil. —Y gira en redondo hacia el bosque.

El viejo inspector del Cuerpo de Vigilancia mira cómo desaparece entre los pinos nevados la espalda de su sucesor, diminuta y enfundada en una zamarra de pastor, con la carabina colgada del hombro. Por un momento considera la conveniencia de advertir a De Paula de que no solamente se está alejando en una dirección que no es en absoluto la dirección correcta si lo que quiere es regresar a la fonda, sino que no hay absolutamente ninguna manera de que alguien como él, desconocedor por completo de los bosques en que se encuentra y de las técnicas más básicas de la supervivencia en el monte, pueda encontrar él solo el camino de vuelta a la civilización. O sobrevivir una noche a la intemperie a la temperatura en que se encuentran. Y de repente una idea le hace levantarse de un salto de la roca.

–¡Eh! –brama–. ¡Por ahí no, *tòtil*, que me va a asustar a *mi oso*!

41

DONDE SE ENTRA DE ESPALDAS

Las rendijas de los tablones que ciegan las ventanas del Museum Clausum de Menelaus Roca ya empiezan a iluminarse, convirtiendo el dintel de las ventanas en una retícula de finas líneas grisáceas, cuando un movimiento sutil entre las vitrinas despierta al dueño de la casa. Unos pasos suaves. Suaves y ciertamente familiares. Los pasos de Liberata. Roca levanta la cabeza de la superficie del escritorio donde se ha quedado dormido y contempla con ojos legañosos el manchón que cubre toda la página de su cuaderno allí donde se ha derramado la tinta del tintero. Las imágenes finales de su sueño –fetos a medio formar dentro de cajas– se disipan. Frotándose los ojos, y haciendo un movimiento vagamente circular con los hombros para desagarrotar los huesos de su espalda, se da la vuelta hacia el ruido. Las fluctuaciones sobre fondo negro de la figura negra que se acerca se perciben más con la mente que con los ojos. Por fin, mientras la muchacha se acerca a la lámpara, Roca nota algo extraño en sus movimientos. Unos movimientos más precisos, menos desgarbados que los de su criada. Un cuerpo más menudo, con el pelo recogido en un moño. Y un vestido fúnebre de encaje, con el cuello alto. Menelaus Roca se queda mirando a Inana con el ceño fruncido.

—Tenemos que darnos prisa, mi señor –dice ella–. El tiempo se nos acaba.

—¿El tiempo?

De nuevo los rasgos de la niña luchan por contener esa impaciencia infantil que Roca ya ha visto antes en ella.

—Esta historia está tocando a su fin, mi señor —dice ella—. Seguro que vos ya os habíais dado cuenta. Por las señales. Y sois vos quien la tenéis que acabar.

Mientras coge su sombrero y echa un último vistazo a sus cosas, a Roca lo invade la sensación de que no va a volver a verlas por lo menos durante una buena temporada. Tal vez nunca más. De que realmente esta historia está tocando a su fin. Los acontecimientos de los últimos siete años llegan a su conclusión. Mientras salen a hurtadillas y doblan la esquina de la Casa de la Convalecencia, con Roca siguiendo los pasos apresurados de la niña, Roca percibe un cambio en el Dosel de Sombras del cielo. Con el sol empezando a asomar sobre el Morrot, un viento helado aúlla por los callejones del barrio del Carmen. Procedente de tierra adentro, una masa colosal de nubes negras hirvientes. Arremolinándose vertiginosamente por encima de los tejados y recubiertas de una telaraña de electricidad crepitante. Los truenos todavía están lejos, pero ya hacen temblar el suelo. Ya empiezan a aparecer los primeros goterones en los adoquines. Vuelan objetos por entre las casas. Basura. Los últimos despojos de la hojarasca invernal. Ahora Inana avanza casi corriendo por delante de Roca, levantándose con las manitas enguantadas los bajos del vestido negro. El toque de queda ha vaciado casi por completo las calles. Las escasas figuras con que se cruzan corren por las aceras agarrándose los sombreros. Arrancando ecos de los adoquines con las botas.

A pesar de que el sol ya debería haberse elevado por encima del mar, para cuando la niña baja la ladera del Táber y abandona el antiguo recinto amurallado por la Tapinería, el cielo se ha vuelto todavía más oscuro. En algún punto entre las plazas del Ángel y Santa Catalina, la niña se desvía por un callejón en ruinas. Esquivando los escombros y las ratas, camina directamente hacia una casa abandonada y aparta varios tablones que cubren una de las ventanas de la planta baja. Trepa con ligereza por los cascotes, agacha la cabeza y antes de que Roca pueda entender qué está haciendo ya ha desaparecido en el interior. Al otro lado, Roca se la encuentra abriendo una trampilla del suelo e iluminando con la vela unos peldaños de piedra que bajan al sótano del edificio.

—No hay nada que temer, mi señor. —La niña le hace un gesto para que baje—. Hemos nacido para este momento.

La última entrada a las catacumbas es un túnel corto y recto, más amplio que el túnel de bandoleros y sin los abruptos desniveles freáticos que conectan las dos capillas. Poco después de tomar el dintel de la derecha que sale de la primera cámara, llegan a la catacumba donde estuvo postrado.

Inana deja el platillo de la vela en un nicho y murmura algo que Roca no oye justo un momento antes de que un cuchillo se materialice en su garganta, presionando con fuerza contra su gaznate. A continuación Merodac le habla al oído.

—No os inquietéis, mi señor —dice el muchacho—. Al sitio adonde vamos solamente se puede entrar de espaldas.

Lo primero que nota Roca cuando Merodac lo hace entrar de espaldas a la capilla de las pinturas al fresco, sin dejar de clavarle la hoja del cuchillo, es la presencia que hace que el mismo aire sea distinto. Una diferencia que solamente se explica a un nivel de estratos profundos de la conciencia. La mano de Merodac empuja su hombro hacia abajo, sin apartarle el cuchillo del cuello, hasta obligarlo a arrodillarse en el suelo de piedra. En esa postura, con el cuerpo encogido y la mano del muchacho empujando hacia abajo, cierra los ojos. Se concentra en el aire. Y poco a poco va notando los indicios. Un aroma apenas perceptible a jabón de afeitar. A tabaco.

—Nos hace muy felices tenerle aquí, doctor Roca —dice una voz adulta—. Hacía tiempo que le esperábamos, años.

—Entonces explíqueme por qué me drogaron y me mandaron a la cárcel —dice Roca.

—Está usted aquí para ser ungido, doctor. —La voz se muestra paciente—. Para pasar por el Canal de Nacimiento.

—Yo también lo buscaba a usted —dice Roca—. Donde hay pupilos hay maestro.

—Se equivoca usted. Ellos son los maestros, yo soy el pupilo.

—Siete años —dice Roca—. Me podría haber muerto en esos años.

—Olvídese de la cárcel. Lo que importa es esto. Toda su vida ha sido un preparativo para esto. Los años en el hospicio. El Colegio de Cirujanos. La Pseudorquídea. Sus experimentos con todas aquellas mujeres. ¿O es que cree que una mente como la suya está hecha para trabajar a sueldo de la policía?

En el silencio que sigue, Roca siente una punzada de reconocimiento inconsciente: la capilla subterránea como vórtice donde confluyen pasado y futuro. Un desagüe donde todas las corrientes forman un enorme remolino. Imagina el tiempo dislocado: la capilla es el inicio de todo, y su entrada de espaldas en la misma no es más que su caminata hacia el pasado, contemplada desde la perspectiva inversa.

—He leído esas páginas que llegaron a manos de Almarrosa —dice—. Creo que sé lo que se proponen ustedes. Lo que no entiendo es qué quieren de mí.

La voz parece pensar un momento su respuesta.

—El ungimiento no tiene por qué ser complicado —dice por fin—. Se derramará sangre, eso no se puede evitar. Y cuando esté hecho, ya no podrá usted volver a lo que había antes. Aunque tampoco lo deseará. Estará con nosotros en cuerpo y en alma.

—¿Y si digo que no?

Para su asombro, la voz suelta una risita cortés.

—No está en condiciones de decir que no —contesta—. Es usted un hombre acabado, doctor. Los dos sabemos que el Cuerpo de Vigilancia no lo dejará salir vivo de ésta. Sabe demasiado. La única razón de que siga usted con vida es que el inspector De Paula cree que usted sabe cosas que a él le pueden resultar valiosas. Pero si sus secuaces no descubren nada en las próximas horas, lo llevarán a usted a San Severo y lo torturarán. O sea que yo que usted no volvería a casa. Y sé lo que está pensando, pero esta vez su amigo Téller tampoco lo podrá proteger.

—¿Y ustedes sí? ¿Qué harán conmigo?

—Los beneficios materiales que le reportará estar con nosotros son banales dentro del gran esquema de las cosas —dice la voz—. Supongo que se da usted cuenta.

—Supongo que sí. ¿Y qué tengo que hacer a cambio?

Cuando la voz contesta, lo hace con ese tono vagamente sorprendido de quien contesta algo del todo evidente.

—Solamente tiene usted que matar a Semproni De Paula —dice—. Nosotros nos ocupamos del resto.

42

N.H.D.E.E.C.

—Hemos leído esa basura tuya —dice el representante que la banda de Enrique ha nombrado para expulsar a Aniol Almarrosa de la cripta donde reside—. No es solamente que sea contrario a la revolución. Es que es una obscenidad. —El representante de los anarquistas pone esa cara vagamente desconcertada de quien no encuentra palabras lo bastante contundentes. Por fin su mirada asqueada regresa al individuo que está medio sentado y medio recostado en medio de un círculo de velas—. Es la sarta de *inmundicias* más grande que he visto en mi vida.

Aniol levanta la vista del fajo de cuartillas donde está terminando de escribir el último capítulo de *La ciudad secreta* y mira al grupo de hombres que hay al otro lado del círculo de velas. Ya hace una semana que el papel empezó a escasear en la cripta, obligándolo a recoger del suelo las bolas que había arrugado para desdoblarlas y volverlas a utilizar. La mayoría de las velas que Aniol tiene alrededor están montadas en botellas vacías de aguardiente. Medio sentado y medio recostado en su rincón de la cripta, Aniol se guarda la pluma detrás de la oreja. Se apoya las páginas de su novela contra el pecho y da un trago de la botella de aguardiente. Después de dos semanas borracho su cara ya es la de una verdadera alimaña subterránea: el pelo y la barba enredados en una masa informe de nudos mugrientos; las pupilas temblorosas; la piel tensada sobre los huesos, con los pómulos y la frente sobresaliendo grotescamente junto a las partes de la cara —las cuencas oculares, las mejillas— que se hunden en las profundidades de la calavera. A continuación, secándose la boca con la manga, y haciendo caso omiso del corro de caras, encuentra la última página escrita del fajo, con la tinta todavía húmeda, y se pone a releerla:

Había apurado Merlín Fluxá los últimos posos de la noche, sorbiendo la esencia misma de aquel elixir prohibido para los hombres de bien. Ya no quedaba página del libro de la vida que escapara a su escrutinio, ni tampoco misterio en la naturaleza ni región oscura del alma. Empujó ahora la puerta de la cantina, liberando una nube de efluvios opiáceos en el éter impregnado de ron y salitre de la calle de Trentaclaus. Detrás de él quedaban los cuerpos de los libadores, postrados en sus divanes profanos en derredor de la mesa donde ya apenas ardían los incensarios consumidos. ¡Qué hermosos aquellos cuerpos en su ruina final, qué pálidas las pieles impolutas por el sol, muslo sobre muslo de mármol, mejilla sobre pecho ceniciento! Y de esta guisa marchóse Merlín, envuelto en su capa roja, sin otra ceremonia ni reverencia que un puñado de monedas arrojadas sin atención sobre el alabastro de la mesa.

Y no bien hubo salido, los dedos rosados de la alborada le acariciaron las espaldas, tal que si fueran las yemas suplicantes de las mujeres perdidas que ahora se le acercaban al doblar el recodo de la Rambla; sirenas andrajosas, invocadas por las lonas rojas de la embarcación solitaria de Merlín, ignorantes del hecho de que tanto se habían adentrado ellas por la senda de la perdición como aquel galán al que trataban de seducir.

Desapareció Merlín Fluxá, barón del Arroyo y vizconde de los Muladares, en las últimas sombras de la noche barcelonesa, en medio de un eco de botas sobre adoquines, tal como el alba lo había visto desaparecer en tantas otras ocasiones. Era su potestad especialmente aprendida regurgitar aquel elixir de tinieblas pacientemente libado en forma de un conocimiento profundo de cada sombra y de cada piedra, una sabiduría que no residía en el éter impreciso del recuerdo, sino en el hueso mismo y en la sangre. Y ahora, mientras abandonaba la Rambla para ascender la ladera del Táber, vieron las estrellas cómo se alteraba la naturaleza misma de su andar. Sus pasos se afinaron con una música inaudible, una melodía ajena a todo lo mundano. Dobló el siguiente recodo con los ojos fuertemente cerrados, el cuerpo y el alma entregados a la tarea de dar la vuelta a la esquina; nada digno de mención aconteció, sin embargo. El siguiente recodo lo abordó con concentración redoblada, casi se pudo decir que sus pies cavaron hoyos en el empedrado. Y, no obstante, todo siguió tal como había estado. Pero al doblar el tercer recodo, por fin, tuvo lugar el prodigio. Fluxá salió al otro lado y abrió los ojos a la Ciudad Secreta.

¿Cómo contar lo que sus ojos vieron en aquel momento? Todo en la Ciudad Secreta tenía un aire de familia con la Barcelona de sus andanzas, y al mismo tiempo nada era como había sido; el cielo ya no era más el telón del que penden el sol y la luna y las estrellas, sino un mar hirviente de negrura sin fronteras. Hombres y mujeres despojados de sus sombras caminaban por las calles sin que pareciera que pudieran ver lo que tenían delante de los ojos. Allí donde habían estado los tejados del monte Táber ahora se levantaban torres vertiginosas de acero y cristal, docenas y más docenas, mezcladas con chimeneas fabriles que vomitaban llamas colosales hacia el cielo. Por entre las cúspides planeaban aves de hierro y vapor con figuras humanas montadas en sus espaldas.

Y Merlín Fluxá caminó con presteza hasta el carruaje que lo estaba esperando, rodeado de un halo de luz eléctrica. Ahora la melodía de otro mundo se oía con nitidez por las calles, un batir de máquinas y un silbido de vapores expulsados al cielo por válvulas enormes.

Uno de los anarquistas arruga la cara en una mueca de asco.
—Se ha cagado encima —dice.
—Falso. —Aniol levanta una vez más la vista con expresión contrariada—. No he defecado, porque quien no come no defeca. Además, orinar y defecar son engaños burgueses para controlar a las masas. En realidad, una conciencia obrera lo bastante fuerte puede contener todo acto de excreción. Si no hay que cagar, tampoco hay que comer. Y si no hay que co-

mer, los patronos se quedan sin herramientas para someter al trabajador.

Sin esperar respuesta, Aniol se quita la pluma de detrás de la oreja y añade un par de líneas al final de la página:

> Ahora la melodía de otro mundo se oía con nitidez por las calles, un batir de máquinas y un silbido de vapores expulsados al cielo por válvulas enormes. Y merced a un juego de ecos, o tal vez a causa de los propios ritmos internos de la melodía, una frase pareció concretarse en el seno de la misma. Una frase hecha de ruidos férreos y chirridos de trenes voladores:
> «No hay Dios en el cielo».

Y todavía no se ha secado la tinta sobre el papel, y apenas ha tenido tiempo Aniol de enrollar el fajo de páginas y guardárselo a toda prisa en el bolsillo, cuando media docena de manos mugrientas lo agarran de los brazos y de las axilas. La pluma cae sobre las piedras del suelo. Él intenta quitárselos de encima a puntapiés, pero antes de que pueda coordinar sus movimientos, una mano lo agarra de la melena andrajosa y le tira de la cabeza hacia atrás. El dolor le despliega un firmamento rutilante ante los ojos. Las manos lo llevan a rastras hasta las escaleras de la cripta. La capa negra llena de chinches le arrastra por los charcos, recogiendo agua e inmundicia a su paso. Al pie de las escaleras consigue soltar un brazo y agarrarse a la barandilla de hierro, pero su gesta es respondida con una lluvia de patadas que lo obligan a protegerse la cabeza con las manos. Por entre los dedos extendidos vislumbra las figuras invertidas de los sediciosos con sus guardapolvos de obreros.

—¡El libertarismo se detiene en el umbral de la verdadera libertad! —balbucea escaleras arriba, mientras la nuca le golpea dolorosamente en todos y cada uno de los peldaños.

—Calla de una puta vez, majadero —gruñe alguien.

Las manos lo sacan por la puerta de la cripta, lo bambolean tres o cuatro veces para darle impulso y por fin lo lanzan por los aires al otro lado de la verja del mausoleo. Aniol aterriza estrepitosamente en el barro del otro lado. Un chirrido seguido de un golpe metálico indica que la banda de Enrique se ha vuelto a encerrar a sí misma en su cripta. Aniol se incorpora chapoteando hasta ponerse de rodillas y se dedica a recoger las páginas mojadas por la lluvia y embadurnadas de barro que han quedado tiradas por todas partes. Las limpia con la mano y se las mete en los bolsillos. Por fin se limpia la sangre de la cara con un pañuelo y se queda un momento de rodillas, dejando que la lluvia le lave el pelo y la barba. Una ligera sensación de abatimiento lo acomete cuando comprende que a partir de ahora va a tener que encontrar la manera de procurarse aguardiente, pero es una sensación fugaz. Lleva su novela terminada en los bolsillos. Y la tormenta le confiere a todo un aire rotundamente operístico.

Y él sabe perfectamente adónde ir ahora.

INTERMEDIO
1864

La mente del doctor Menelaus Roca es un jardín botánico. Categorías y especímenes, cifras y familias. La mente de Menelaus Roca es una carta celeste. Es un gabinete de curiosidades.

Y ahora, plantado en el centro del teatro de operaciones del Real Colegio de Cirujanos de Barcelona, junto a la efigie cubierta con sábanas de la máquina que hoy va a ser probada por primera vez en público, Menelaus Roca contempla a los anatomistas que van ocupando lentamente las gradas de madera labrada. Los miembros del público se sientan mayoritariamente por parejas o en grupos formados por un anatomista veterano y su séquito de estudiantes. Sus miradas evitan escrupulosamente la mirada del protagonista. Al doctor Roca no le quedan muchos partidarios en el Colegio de Cirujanos. Sus investigaciones frenológicas en torno a la Araña Basal lo han alienado de sus contemporáneos. Corren rumores sobre experimentos fallidos. Sobre pacientes quemadas o mutiladas. De todos los catedráticos del colegio, solamente el doctor Fauré sigue apoyando sus investigaciones. El doctor Fauré, con su eterno aspecto de haber sido envenenado con las mismas drogas que estudia, flaco y macilento como un aparecido. Con esos ojos húmedos que parecen moluscos diminutos al fondo de sus cavernas.

En realidad, Fauré tampoco parece convencido de la certeza de la Hipótesis de la Araña Basal. La forma en que apoya a Roca es esa forma en que se apoya a un alumno prometedor pero equivocado por la brillantez con que toma sus caminos erróneos. Dándole palmadas en el hombro y mostrándole su predilección durante sus paseos conjuntos por el claustro del hospital, pero evitando en la medida de lo posible sacar a colación el contenido en sí de las investigaciones de Roca. Dejando que su mirada húmeda deambule a lo lejos cuando Roca le habla de sus diseños para la Pseudorquídea.

Las gradas más altas, reservadas para los estudiantes de primer año, se pierden en las sombras que hay directamente debajo de las bóvedas del teatro. A medida que los cuerpos ataviados con batas blancas van ocupando sus asientos, una geografía aleatoria de islas y continentes blancos emerge sobre el mar de madera de las gradas. Ya deben de haberse ocupado la mitad de los asientos. Los miembros del público acercan las caras para hablar en voz muy baja. La forma furtiva en que hablan parece destinada a evitar que los oiga el hombre que está en el centro de la sala. Roca jamás ha visto la Araña Basal. Jamás ha encontrado sus restos ni siquiera en cadáveres recientes. La Hipótesis de la Araña Basal se basa en la idea de que la araña se debe de disolver de manera casi inmediata en las secreciones previas a la muerte cerebral. Un círculo vicioso: no se la puede encontrar ni en vida ni después de la muerte. Menelaus Roca sabe que su teoría es objeto de burla en el Colegio de Cirujanos. La idea de un ente intermedio entre órgano y organismo, un órgano autónomo o parásito endógeno, se opone a toda la tradición médica. Con el paso de los meses, las burlas se han ido convirtiendo en hostilidad. Silencios en los pasillos cuando él pasa y caras que evitan su mirada.

Después de que hayan entrado los últimos grupos, el bedel hace sonar la campanilla que avisa del cierre de las puertas. Los últimos estudiantes rezagados entran corriendo en el teatro de operaciones. El doctor Fauré se acerca a Menelaus Roca desde su asiento en las gradas bajas reservadas a los catedráticos y le da una palmada afable en el hombro.

—Al final han venido casi la mitad —le dice, señalando con la mirada las caras ceñudas de los cinco o seis catedráticos que ocupan la primera hilera de gradas. Con sus batas amarillentas y lavadas mil veces. Con sus voluminosas patillas y mostachos.

Menelaus Roca asiente con un movimiento apenas perceptible de la cabeza. La forma en que se comunican el doctor Fauré y Menelaus Roca, por debajo de la superficie barnizada del protocolo de la profesión médica, es mediante apelaciones a una realidad previa a lo científico. Una realidad atávica que es la misma que hace que Fauré haya invertido su vida y su salud en viajar por el mundo estudiando los venenos. La misma que hace que se pasen dos y hasta tres días encerrados en cuartos sin luz y sin aire rodeados de tejidos y soluciones y cuando por fin salen con los ojos guiñados se dan cuenta de que no han comido ni han dormido en todo ese tiempo. Algo que no tiene que ver exactamente con el afán científico. Más bien los separa de la comunidad científica.

El carillón del teatro de operaciones del Real Colegio de Cirujanos de Barcelona inicia su serie de maniobras mecánicas internas de preparación para dar la hora en punto. A la derecha de la entrada norte está el sector del teatro destinado a los invitados: un sector pequeño y situado lejos de las lámparas humeantes de aceite donde algún que otro médico de visita comparte las gradas con periodistas perseguidores de narraciones macabras y curiosos con pañuelos atados sobre la boca y la nariz. Hoy, mientras el bedel cierra las puertas de la entrada norte y cruza la sala en dirección a la entrada sur, hay una sola figura sentada en las sombras del sector de invitados. Una figura vestida con ropa elegante, con las manos apoyadas en el pomo dorado de un bastón y la cara tapada con un pañuelo de seda. En caso de que alguien le prestara atención, tal vez repararía en que ese hombre elegante nunca ha estado en el teatro de operaciones del Colegio de Cirujanos antes de hoy. Ni tampoco tiene aspecto de venir del hospital.

La última puerta se cierra con un retumbar de madera. Roca da un tirón de la sábana que cubre la Pseudorquídea y luego rodea la máquina para tirar de la sábana por el otro lado. Un silencio mortal invade el teatro cuando la máquina queda al descubierto. La cruz de San Andrés inclinada en ángulo oblicuo. La rueda gigante del generador eléctrico. La corola con sus cinco pétalos fabulosos de bronce.

Menelaus Roca no recuerda las circunstancias en que se le ocurrió la Hipótesis de la Araña Basal. Es algo que le pasa a menudo. La explicación de por qué no recuerda muchas cosas más allá de las que guardan relación con la investigación que tiene entre manos en cada momento tiene que ver con la manera en que funciona el tiempo dentro de su cabeza. No como un horno que nunca se detiene y a cuyo vientre se arroja todo el presente para generar progreso. Tampoco como la espera ciega y eterna de la *parousia*. El tiempo en la mente de Menelaus Roca es el tiempo de un museo: se mide únicamente por la llegada de especímenes nuevos, y a medida que éstos van llegando, se olvida de inmediato la vida anterior de esos especímenes. El tiempo en la mente de Roca es *espacio*. El espacio de un museo cerrado. Éste es el fundamento de sus investigaciones en torno a la Araña Basal: un impulso básicamente enfrentado al tiempo como horno y al tiempo como espera. Un impulso de exclusión generado durante los años en la Casa de la Caridad: exclusión de la cronología exterior, del mundo del sufrimiento y la luz. La conciencia reducida a un hilo tremendamente preciso. Pero para que la cronología interior funcione, para que el Museum Clausum de la mente pueda sobrevivir, necesita algo que lo organice todo. Una explicación para la naturaleza. Algo que explique satisfactoriamente, si el tejido en reposo es isoeléctrico y la electricidad es la vida que lo anima, dónde está el cuerpo generador de dicha electricidad. La pieza perdida del rompecabezas.

Nadie dice nada. En el teatro de operaciones del Colegio de Cirujanos se oye el crujido de la madera de los bancos. El susurro de la tela. El doctor Roca se acerca a la paciente del experimento. Le quita la bata que lleva echada sobre los hombros. La paciente desnuda es muy pálida y tiene un entramado de venas azules bajo la piel de los pechos y la carne de gallina. Roca le unta la solución conductora en las muñecas y en los tobillos. La paciente se acuesta en la camilla de la Pseudorquídea con los brazos y las piernas muy abiertos. Roca le introduce la cabeza en el arnés en forma de jaula de alambre y correas.

Algunos de los catedráticos de la parte inferior de la grada se han puesto anteojos o monóculos para ver mejor lo que está pasando.

Y en el centro de la sala, mientras la batería de la Pseudorquídea cobra vida con un traqueteo mecánico, Roca mueve palancas detrás de la consola. Su cara es la cara de alguien que se ha quedado dormido con los ojos abiertos. Su determinación no es para nada una determinación de tipo humano. Así es como se dispone a revolucionar la ciencia médica. Así es como va a derribar dos milenios de doctrina anatómica.

Igual que el humo se eleva de una máquina.

TERCERA PARTE

43

18 DE MARZO, 1877

El 18 de marzo de 1877 no hay nadie en Barcelona que perciba esa degradación circadiana del negro al gris oscuro que trae el amanecer bajo el Dosel de Sombras. Porque esta mañana no hay transición entre la noche y lo que viene a continuación. El sol no derrama su luz enferma sobre las aguas grises. Las gaviotas no sueltan sus chillidos malhumorados por encima de la Muralla de Mar. La tormenta ha convertido la calle de las Tapias en una marisma llena de remolinos traicioneros donde giran las ratas muertas. A ambos lados del cuartel de San Pablo, las rieras de San Ramón y de las Flores son torrentes furiosos que han hecho que se encabriten los caballos de la berlina oficial del inspector Semproni De Paula. Al cruzar la Rambla, la berlina se ha quedado atrapada en la corriente y peligrosamente escorada a un lado. Mientras el cochero y una docena de vecinos empujaban la parte de atrás del vehículo, con el agua hasta la cintura, De Paula se ha asomado por la ventanilla y ha visto el cadáver de un burro que bajaba flotando hacia el mar. Ahora, después de que el carruaje se detenga en medio de la calle de las Tapias, los guardias de la puerta del cuartel aciertan a ver a través de la muralla de lluvia una botas negras, seguidas de unas piernas largas y flacas, que saltan por el costado del vehículo y se zambullen en el agua marrón. Blai Boamorte da la vuelta al carruaje con aire desafiante y abre la portezuela del otro lado con sus manos peludas de uñas largas. Los soldados han oído hablar de él. Prácticamente toda la ciudad ha oído hablar de Boamorte. Ahora su cara es invisible detrás de la cortina de agua que cae del ala de su sombrero.

Los soldados de la puerta se quedan mirando el grupo de tres figuras que se acerca chapoteando a la verja del cuartel: el cochero que sostiene el paraguas abierto por encima del inspector y el superintendente cerrando la comitiva. Aproximadamente a las cinco de la mañana del 18 de marzo de 1877, Semproni De Paula ha recibido la última negativa de la guardia montada a prestarle efectivos para ir al cuartel de San Pablo. Inmediatamente ha ordenado detener y encarcelar al capitán de la unidad montada por conspirar contra el orden público, pero la orden no la ha ejecutado nadie. Media hora más tarde ha intentado clavarle su espada al enlace del cuartel, pero sus propios secretarios lo han reducido y le han quitado el arma. A las seis en punto ha comprobado que la jefatura provincial entera del Cuerpo de Vigilancia ya no obedecía sus órdenes, así que ya no ha visto necesidad de intentar respetar la cadena de mando ni ponerse en contacto con la Capitanía General. Ha cogido dos pistolas de su mesa, ha recogido de los calabozos a Blai Boamorte y ha mandado a despertar a su cochero.

Ahora el inspector espera frente a la verja mientras una figura cubierta con lo que parece ser un mantel de hule sale de la casa de oficiales y corre chapoteando hasta la cancela. Por debajo de su mantel, la cara de patillas leoninas del teniente encargado de la guarnición escucha las explicaciones del soldado de la puerta, asintiendo con la cabeza y echando vistazos ceñudos a los recién llegados. Por fin se vuelve hacia el inspector.

—El capitán Lombardo se ha acostado tarde —empieza a decir—. Ahora mismo está durmiendo en la casa de oficiales.

El inspector lo interrumpe con un gesto desdeñoso.

—El capitán Lombardo está detenido —dice con un gruñido antediluviano—. Por conspirar para destruir la paz y el orden. Por obstruir la ley y encubrir varios asesinatos. Venimos a llevárnoslo.

A través de la cortina de agua y a la luz entrecortada de los relámpagos resulta imposible adivinar cuánto sabe el teniente de la conspiración que Semproni De Paula está convencido de que existe en la ciudad para derrocarlo a él de su cargo. O si sabe que lo más probable es que el inspector vaya a ser relevado hoy de su cargo, si es que no lo ha sido ya. En cualquier caso, el teniente no parece demasiado impresionado por las caras del otro lado de la verja.

—Van a tener que volver más tarde —dice por fin.

—Escucha, niñato. —El gruñido antediluviano se vuelve más grave, más ronco—. ¿Sabes quién soy yo?

—Sí, señoría.

—Dirijo el Cuerpo de Vigilancia. Respondo directamente al Consejo de Ministros.

El teniente se encoge de hombros.

—Aquí no hay autoridad civil, señoría —dice en tono de estar diciendo la cosa más evidente del mundo—. Esto es un cuartel.

Semproni De Paula saca una pistola, la amartilla y apunta a la cara del teniente. En un abrir y cerrar de ojos está rodeado de soldados que lo apuntan con sus fusiles.

—Baje el arma ahora mismo, señoría —dice el teniente—. O no respondo.

La inundación de la calle de las Tapias ya llega a las rodillas para cuando De Paula escala como puede el estribo de su berlina y le grita al cochero que los lleve a la Capitanía General. Los ruidos del carruaje al alejarse no son el traqueteo familiar de las ruedas sobre las piedras vetustas: son los crujidos de una embarcación en alta mar mezclados con chapoteos submarinos. En las Ramblas, donde los vecinos han amontonado sacos de arena hasta crear un vado a la altura de la calle de Fernando, se enteran de que la puerta de la Paz ha desaparecido bajo las aguas. La berlina enfila Fernando hasta que la suave pendiente del Táber hace emerger las ruedas del agua. Diez minutos más tarde el cochero aminora la marcha y De Paula observa a Boamorte, que está mirando con el ceño fruncido por la ventanilla. El carruaje no ha doblado a la derecha en dirección a la plaza de Palacio, sino que parece estar en algún lugar al sur del barrio de San Pedro, detrás de la Tapinería. Los dos intercambian una mirada, calculando posibilidades. A continuación el superintendente abre la portezuela y se encarama por el estribo en dirección al pescante.

De Paula espera. Los crujidos de cuadernas imaginarias dan paso a un mecimiento suave como de olas que el inspector tarda un momento en comprender que lo causan las ráfagas de lluvia que el viento arroja contra el carruaje.

De Paula saca su pistola y la vuelve a amartillar, intentando no hacer ruido. El coche ya se ha detenido del todo. Con cautela, sale por la portezuela abierta y trepa hasta el pescante. Para cuando llega, ya está más empapado de lo que recuerda haber estado en su vida. Boamorte está tirado de costado en el pescante, con los ojos amarillos entrecerrados y un hilo de saliva en la boca. De Paula le pellizca la vena del cuello: tiene pulso, lento pero continuo. Se da la vuelta, pero la calle está desierta.

De Paula salta del pescante. Los caballos piafan y se remueven. Chapoteando por los charcos del pavimento, está dando la vuelta al carruaje cuando una figura embozada se le echa encima desde detrás del mismo. El cochero. La figura le agarra con las dos manos el brazo que sostiene la pistola y se lo estrella contra el canto del carruaje. El arma cae rebotando sobre los charcos. Antes de que pueda revolverse, el cochero le aprieta un trapo sobre la boca. Cloroformo. Guiado por un instinto milagroso, De Paula aprovecha la diferencia de envergadura para escurrirse hacia abajo, y con el mismo movimiento le clava la rodilla al cochero en la entrepierna. Su atacante se dobla sobre sí mismo y lo suelta.

El cochero se sienta en el suelo encharcado, resollando, con la cara roja. Se quita el embozo para respirar. De Paula se lo queda mirando, asombrado.

—Trasgo —murmura.

A la desesperada, Roca lanza su cuerpo enorme sobre De Paula y lo aplasta contra la portezuela del carruaje. La embestida, sin embargo, vuelve a fallar. A De Paula se le vacían los pulmones de aire, pero no tiene problemas para escabullirse de debajo del cuerpo del Trasgo y ponerse a buscar a tientas la pistola. Cuando la encuentra, la agarra con las dos manos temblorosas y apunta a Roca. Y dispara.

Pero no pasa nada. Nada en absoluto. Le da la vuelta a la pistola y la mira: la pólvora se ha mojado.

Con el callejón dando vueltas a su alrededor, Semproni De Paula tira el arma y echa a correr bajo la lluvia. Un trueno hace que retumbe la calle entera. Y entonces alguien salta desde la boca de un callejón y lo derriba. Un muchacho larguirucho y desdentado, vestido con un traje de colores. El muchacho lo agarra de las piernas y lo tira al suelo. El cráneo de De Paula golpea con fuerza contra los adoquines.

Y todo se vuelve negro.

44

LA PSEUDORQUÍDEA

Y todo sigue negro un momento después de que Semproni De Paula abra los ojos. Primero negro y después borroso. Por fin los contornos se dibujan. Desde donde está, la lámpara de hierro de la sala de disección de la casa de Menelaus Roca parece el ramaje invertido de un árbol geométrico, con su patrón entrecruzado de retoños que generan más y más retoños. Más allá, las vigas alabeadas del techo. Los modelos de anatomía en las paredes. Y a un lado de su campo visual, con delantal de cuero y unos guantes de caucho hasta los codos, el Trasgo. Mirándolo sin ninguna expresión en su cara de buey imbécil. La imagen deshace los últimos grumos de aturdimiento del inspector, que intenta lanzarse contra su antiguo subordinado, pero algo se lo impide. Algo le impide mover ni que sea un dedo. Su cuerpo entero parece estar vendado con fuerza, hasta el último apéndice del último miembro. Rabioso, intenta dar sacudidas hacia delante, hacia los lados, hacia donde sea, pero lo único que consigue es comprobar la eficacia de lo que lo tiene inmovilizado.

—La puta que te parió —chilla—. ¿Qué me has *hecho*?

El Trasgo se mueve hacia el centro de su campo visual, eclipsando la luz de la lámpara. Agarra una especie de brazo mecánico articulado con cojinetes que termina en un espejo circular; tira del brazo articulado hasta colocarlo delante de la cara del inspector y da la vuelta al espejo para que éste pueda verse a sí mismo. Al inspector se le abren tanto los ojos que parece literalmente que se le vayan a caer de la cara. Y si en la sala de disección hubiera un testigo que conociera a Semproni De Paula, ahora podría certificar con asombro lo que nadie ha presenciado jamás: algo acaba de dejar mudo al inspector. La imagen del espejo lo acaba de sumir en un trance momentáneo. Su cuerpo entero está sujeto con correas en el interior de algo que parece un híbrido de crisálida industrial, insecto gigante y flor de bronce. Desnudo dentro del mismo, su cuerpecillo rosado y lampiño tiene aspecto de larva a medio digerir en el bulbo estomacal de una planta carnívora.

La Nueva Pseudorquídea del doctor Menelaus Roca ya ha empezado a incorporar en su diseño algunas de las extensiones y partes nuevas que su dueño proyectó en la cárcel de la Reina Amalia. El diseño original, concebido en su mayoría durante la década del sesenta en el Colegio de Cirujanos, constaba de tres secciones básicas. En la parte anterior, el motor eléctrico, con una rueda colosal de madera y acero, conectado a la batería de corriente continua y a la maraña de cables de colores que constituyen el sistema nervioso del ingenio. En el lado opuesto, la consola llena de palancas que controla el sistema de poleas y brazos articulados, además, claro, de la corola, suspendida de sus cadenas. Con un electrodo enorme en el pistilo central, continuamente mojado por un sistema de irrigación para favorecer la conductividad eléctrica, y cinco electrodos secundarios en los cinco pétalos de bronce, que en pleno funcionamiento de la máquina descienden sobre el paciente para entrar en contacto respectivamente con su cabeza, brazos y piernas. La última sección, por supuesto, es la camilla de lona acolchada en forma de aspa. La cruz de San Andrés recorrida por correas de cuero, con un quinto brazo para la cabeza que termina en un armazón de alambres y tiras de latón. Una prisión ajustable para inmovilizar el cráneo mientras la máquina cumple su cometido.

Atrapar a la Araña Basal. En el momento previo a la muerte.

—Te voy a sacar los ojos —chilla el inspector desnudo, con el cuerpo sujeto por docenas y docenas de correas de cuero. Con la cabeza atenazada por el armazón de alambres—. Te voy a cortar los huevos y te los voy a hacer tragar, hijo de la grandísima puta. Rata, traidor. Judas, hijo de perra. Te voy a sacar los ojos y te los voy a hacer comer y luego te voy a echar a los cerdos para que se te coman vivo.

Roca se pone una mascarilla médica y se la ata por detrás de la cabeza.

—Te voy a abrir en canal y te voy a sacar las tripas y te las voy a hacer comer. —La cara de De Paula ya está pasando del rojo al violeta, soltando espumarajos por la boca—. Te voy a arrancar las tripas por el culo y te las voy a meter en la boca.

De pie frente a la consola, Roca acciona una palanca que pone en movimiento el entramado de poleas. La corola desciende hacia la camilla con un retumbar de engranajes, con los cinco pétalos gigantes de bronce sumiendo en la sombra al cuerpo desnudo de debajo, y por fin se detiene, con los electrodos a pocas pulgadas de la cabeza y los miembros del inspector. Los truenos de afuera provocan que la maquinaria se estremezca. La última fase del descenso de la corola requiere más precisión y es controlada con una rueda que Roca hace girar sin apartar la vista del cuerpo del inspector. Por fin, cuando las cinco varas de los electrodos han entrado en contacto con la piel, el anatomista abre la espita del sistema de irrigación y el agua empieza a fluir por los pétalos y a chorrear sobre el cuerpo tembloroso. Roca intenta ponerle una mordaza al inspector, pero éste se lo impide a dentelladas. A continuación Roca regresa a la consola y acciona la última palanca. La que emite la descarga que ha de detenerse justo antes de ser letal. Y pese a estar completamente sujeto con correas, al inspector se le estremece todo el cuerpo mientras el humo empieza a brotarle de la coronilla, las manos y los pies. La descarga dura un minuto. A continuación Roca da la vuelta a la máquina y le toma el pulso al paciente.

—No puedes conmigo, mariconazo —dice De Paula con un hilo de voz. Con hilos de sangre saliéndole de la nariz y de las orejas.

Roca frunce el ceño. La incisión en el encéfalo debería requerir varias descargas previas para estimular del todo a la Araña Basal y obligarla a refugiarse entre el cerebelo y el nacimiento de la médula espinal. Sin embargo, el descenso de las constantes vitales del inspector sugiere ahora que Roca no ha tenido en cuenta su envergadura de niño. Así pues, acciona otra palanca y la estrella de cinco brazos empieza a girar sobre un eje transversal, incorporando la figura yacente de Semproni De Paula con un ronroneo mecánico hasta dejarla vertical y un poco inclinada hacia delante. Sin perder un segundo, consciente de que la Araña Basal se extinguirá unos minutos antes que la vida del inspector, Roca le clava el bisturí en la nuca y le abre una incisión desde la base del cráneo hasta la séptima cervical. La sangre empieza a caer a chorros por la espalda de De Paula. Roca separa la piel con los dedos enguantados.

—Te voy a hacer lo mismo que le hice a tu puta —chilla la voz estrangulada de De Paula—. Te voy a dejar igual que a ella, hijo de la grandísima puta.

Menelaus Roca se lo queda mirando, con el bisturí suspendido en medio del aire.

—¿Se refiere a Liberata? —dice.

—Me lo he pasado muy bien con ella —chilla De Paula en tono triunfal, desde la jaula que encierra su cabecita—. Qué pena que ya no le quede mucha cara que mirar. Y la cara no es lo que peor ha quedado.

Menelaus Roca frunce el ceño.

—¿Qué te han dado para que trabajes para ellos? —sigue graznando Semproni De Paula—. ¿Te han dicho que podías darle por culo al hijo de Fauré? ¿O es él quien te da por el culo a ti?

Menelaus Roca deja suavemente el bisturí ensangrentado en la bandeja del instrumental. Aunque sus rasgos no abandonan ni un instante el estatismo, atrapados allí por la inercia de una vida entera, hay ciertas señales de incendio interior. Un sudor que acaba de romper en el nacimiento del pelo. Un movimiento nervioso de la mano enguantada por encima del instrumental quirúrgico.

—¿Qué sabe usted del hijo de Fauré? —dice por fin.

—Sé que te voy a dar por el culo —dice el inspector, con una risotada burbujeante—. Te voy a arrancar los huevos y te los voy a hacer comer.

—¿Qué sabe del hijo de Fauré? —Roca se quita la mascarilla—. Dígamelo.

La risa de Semproni De Paula se convierte en tos mientras le sale un borbotón de sangre por las narices.

—Dímelo tú, maricón —dice por fin, con un hilo de voz—. Tú eres el que le da por el culo.

—No hay tiempo para tonterías. —Roca se agacha hasta poner la cara a pocas pulgadas de la cara de De Paula—. Este asunto es mucho más importante que esos asesinatos.

—Te tendríamos que haber mandado al garrote, asesino. Te tendrían que haber matado los curas del hospicio cuando vieron que estabas endemoniado.

Agachado frente al inspector, Roca le tapa la boca y la nariz con una manaza enguantada. Una mano que parece un molusco gigante nutriéndose de los fluidos de De Paula. Al inspector se le abren los ojos como platos. La parte de la cara que queda visible bajo la mano se pone de color morado. Las venas del cuello amenazan con estallarle. Entre los dedos de Roca asoma la espuma. Los ojos del inspector empiezan a ponerse en blanco y en ese momento Roca aparta la mano. El inspector traga una bocanada salvaje de aire. Tarda un momento en recuperar el habla.

—No sé quién se llevó al chico —dice por fin—. Nadie lo sabe. No fuimos nosotros. Lo estuvimos buscando casi un año. En los canales, en el monte, en todos lados. Al niño de Fauré se lo tragó la tierra.

—¿Quién llevó el caso?

—Melquíades Guiu. El inspector de entonces. Eres hombre muerto, Trasgo.

Roca se agacha y hace el gesto de volver a taparle la boca. De Paula suelta un grito estrangulado. Roca aparta la mano.

–El chico tenía una institutriz –dice–. Dorotea Sullivan, una misionera. Ella le traía venenos a Fauré. ¿Qué sabe usted de eso?

–¿Sullivan? –De Paula frunce el ceño–. Así se llama la mujer de Dado Blokium, es lo único que sé.

Unos pasos que se alejan y el ruido de un portazo le comunican al inspector que acaba de quedarse solo en la sala de disección.

45

VIDA DE LA NIÑA HERMOSA

Plantado en medio del río furibundo en que se ha convertido el Regomir, con las piernas muy abiertas para resistir la embestida de la corriente, Menelaus Roca hace visera con la mano para contemplar a través de la lluvia la fachada neogótica de la Torre dels Corbs. Va cubierto de barro de la cabeza a los pies, de todas las veces que la corriente lo ha derribado y lo ha sumergido. Ahora avanza hacia la cancela como puede, con el agua hasta la cintura, sintiendo cómo le golpean las piernas los objetos invisibles que pasan a toda velocidad bajo la superficie. Bajo la tormenta, el Regomir ha vuelto a ser el torrente saltarín que era en el principio de los tiempos, lleno de cascadas naturales que caen rebotando desde lo alto del Táber hasta la misma orilla del mar. Por fin Roca consigue agarrarse a los barrotes de la cancela y levanta la vista. Al otro lado, por encima del patio azotado por la lluvia, una luz diminuta y temblorosa recorre los arcos de la galería y empieza a bajar los peldaños de la escalinata. Y a medida que la luz llega al pie de la escalinata, y se acerca cruzando la neblina que forma la lluvia al rebotar en las losas del patio, se hacen visibles más detalles de la misma. Una figura pequeña y esbelta, vestida de negro, con paraguas y una lámpara de aceite en la otra mano.

Inana llega a la verja y se queda mirando a Roca a través de los barrotes, a la luz de la llama temblorosa.

—Ya pensábamos que no veníais, mi señor. —La niña deja la lámpara en el suelo para sacar el pesado manojo de llaves que abren la cancela. Mira al visitante mientras introduce la llave en la cerradura—. No podemos empezar nada sin vos, claro.

El patio de la Torre dels Corbs conserva la forma del patio de armas que fue, rodeado por tres de sus lados de murallas que se pierden en las alturas de la tormenta. Roca sigue a la niña por la escalinata hasta la galería de arcos ojivales de la planta superior. Por este lado el neogótico de la entrada deja paso a las partes originales de la construcción medieval. Roca se asoma a los arcos del lado opuesto y ve cómo la inundación bate contra el terraplén de la Tapinería igual que las olas del mar contra un acantilado. Todavía suben dos pisos más hasta salir a la intemperie de las almenas. Y cuando salen, el panorama iluminado por los relámpagos deja paralizado a Roca.

La ciudad entera yace a los pies de las almenas: leguas y leguas en todas las direcciones, debajo de un cielo que refuta por completo la idea de que es de día. Un manto negro sin fisuras, recorrido en todas direcciones por telarañas crepitantes de electricidad azul.

—Por aquí, mi señor. —La niña le hace señas con la lámpara—. Nos están esperando.

Del otro extremo de las almenas parte un puente cubierto con celosías de madera que lleva hasta una torre, rematada por la cúpula de bronce de un observatorio. En mitad del puente, unos gritos hacen que Roca se asome a la celosía. Mucho más abajo, dos figuras diminutas corren y saltan bajo la tormenta. Roca frunce los ojos. En un patio encajonado entre la muralla de la Tapinería y los portones de la torre, Aniol Almarrosa camina dando tumbos con una botella en la mano, cayéndose una y otra vez y enredándose en su propia capa por el suelo encharcado. A su alrededor corre Muñeco, saltando de piedra en piedra, tirándole puyas al novelista y arrojándole objetos que Roca no puede distinguir. Todavía más abajo, varias terrazas de jardines escalonados descienden hasta el Jardín de los Eléboros, con su pérgola de bronce resplandeciendo bajo las centellas.

Al otro lado del puente, la niña empuja una puerta que hay en las almenas de la torre. El calor de un fuego los envuelve. Cruzan un salón con las paredes cubiertas de armas, dejando a su paso sendos regueros de agua en las alfombras, y toman una escalera espiral que se adentra en las profundidades de la torre. Dos o tres pisos más abajo, llegan a un salón iluminado por el resplandor anaranjado de la luz de gas. Inana apaga la lámpara y la deja en la repisa de la chimenea. A continuación le quita el abrigo a Roca, dejando al descubierto la camisa todavía manchada de sangre del inspector. El salón tiene forma de cruz griega y una biblioteca en un altillo con barandas de hierro forjado. Frente a la chimenea, de pie ante una mesa de mármol, Dado Blokium y Merodac se giran para mirar a los recién llegados. Blokium lleva un traje de vicuña con bombachos, polainas decorativas y cadena en la cintura. Sobre la mesa, en medio de un maremagno de documentos y libros antiguos, hay abierto un códice medieval.

—Mi querido doctor Roca. —Blokium le dedica esa extraña sonrisa suya que únicamente parece coincidir formalmente con una sonrisa.

Pero Roca ya no lo escucha. Acaba de echar a andar hacia una vitrina que hay entre los cuadros y trofeos de la pared. Dentro de la vitrina, una máscara y un disfraz, familiares de tantas noches de pesadilla. La capa negra, las alas y, por supuesto, la cabeza de perro.

Blokium se acerca a Roca y se queda él también mirando la vitrina, bajo la luz del gas, produciendo la impresión de que son dos visitantes de un museo que se acaban de encontrar por casualidad delante de una pintura particularmente admirable. La luz anaranjada confiere cierta textura de cera a la cara del diplomático, a sus pómulos altos, su bigote fino y sus ojos grises. Por fin se vuelve hacia su visitante.

—Le pido disculpas por sus años de padecimiento, doctor —le dice—. Solamente intentaba que lo retiraran a usted una temporada. Como mucho, que lo internaran en un sanatorio. No imaginaba que la cosa iba a acabar tan mal.

—Tenía miedo de que yo lo descubriera —dice Roca, en un tono que se acerca a la interrogación pero no llega a serlo.

Blokium parece considerar esto.

—Conseguir a Merodac fue muy difícil —dice por fin—, y no pudimos evitar llamar la atención de la policía. Fue un riesgo muy grande, aunque valió la pena. Siempre supimos que Merodac era especial. Pero para que todo saliera bien había que retirarlo a usted del Cuerpo de Vigilancia. Tarde o temprano lo habrían puesto a usted sobre nuestra pista. Era un riesgo demasiado grande.

—¿Para qué me soltaron después, entonces? Yo lo habría puesto a usted en manos de De Paula.

—No me haga reír. —Blokium niega con la cabeza, como si lo divirtiera la ocurrencia de su interlocutor—. Sabía que nos descubriría usted, eso está claro. Pero también sabía que no nos entregaría a la policía. Sabía que acabaría viniéndose usted con nosotros. —Señala con la cabeza la pechera salpicada de sangre de Roca—. Supongo que no hace falta que le pregunte si ha tenido éxito en el encargo que le hice. Nunca he dudado de que era usted uno de los nuestros. —Da una palmada, como si eso cerrara la conversación—. Acompáñeme, por favor. Ya conoce usted a Merodac.

Roca sigue a Blokium hasta la mesa donde el muchacho está pasando páginas del códice. El diplomático cierra el libro y lo empuja sobre la mesa de mármol en dirección a Roca, invitándolo con una sonrisa a que ponga las manos en el venerable volumen. En la cubierta repujada relucen las letras de oro del título: «VITA PUELLAE FORMOSA».

—Tengo entendido que estaba usted buscando esto —dice Blokium.

La mirada de Roca va del libro a la cara del hombre.

—De Paula también les seguía a ustedes la pista —dice—. Es por eso que me pidió que lo matara.

Blokium se encoge de hombros.

—Por increíble que parezca, sí —dice—. El idiota de De Paula estaba empezando a averiguar demasiadas cosas.

En el silencio del salón solamente se oyen el crepitar de la leña en el fuego y el retumbar de los truenos.

—Solamente hay una cosa que no entiendo —dice Roca—. Liberata. ¿Por qué me traicionó? ¿Cómo consiguieron ustedes que los ayudara?

—Eso es precisamente lo más sencillo de todo. —Blokium enarca las cejas—. Y lo que menos costó. Liberata es una criatura desdichada, de eso no hay duda. Un alma del purgatorio. Pero también es una mujer. ¿O no se ha dado cuenta?

Roca se limita a contemplar la cubierta del libro.

—Continúe —dice al cabo de un momento.

—No hay más. —Blokium se encoge de hombros—. Usted le arrancó del vientre a su hijo. Al hijo de usted. Y ella no lo abandonó, porque usted era todo lo que ella conocía. Pero la herida nunca se cerró. Una mujer nunca puede perdonar al que le hace eso.

Menelaus Roca busca con la mirada a su alrededor. El diplomático adivina su intención y le acerca una butaca en la que él se deja caer pesadamente. A continuación se frota la cara fatigada con una mano de uñas mugrientas. A una señal de Blokium, Inana le sirve una copa de brandy y él se la bebe con el pulso tembloroso. Blokium suspira.

—Inana lo acompañará a su aposento —dice. Enciende una pipa con el ceño fruncido y se queda mirando a Roca a través del humo aromático—. Ahora es importante que duerma. Mañana nos espera un día intenso de estudio. Hay que ponerlo a usted al día lo antes posible.

46

UNA CÁRCEL PERFECTA

Un carruaje vomita por última vez al antiguo inspector provincial Semproni De Paula en la puerta de su casa de la calle de la Libertad. O por lo menos, él alberga la esperanza cada vez más ferviente de que sea la última vez que ve esa condenada casa y esa condenada puerta y todo lo que hay dentro de ella. Bajo la tromba de agua que sigue cayendo, sus piececitos descalzos saltan del estribo y aterrizan en el barro. En algún momento de las últimas veinticuatro horas ha perdido los zapatos y los calcetines. Por un instante, a bordo del carruaje, ha contemplado con alarma la monstruosidad gangrenada en que se había convertido uno de sus pies, hasta que se ha dado cuenta de que lo tenía todo enredado con barro y hierbas. Ahora se hurga en los bolsillos en busca de la llave mientras el carruaje que lo acaba de vomitar se aleja chapoteando por el cenagal, salpicando de barro a los escasos transeúntes. Por fin la rana rosada raquítica y disfrazada con los jirones de un traje blanco en que se ha transformado Semproni De Paula abre la puerta de su casa y entra chorreando en el recibidor.

—*La mare que em va parir* —dice entre dientes. Se desploma sobre las rodillas y echa a gatear por la alfombra.

Un crujido de madera le hace levantar la vista. En el rellano de la escalera, cubriéndose las bocas con las manos y mirándolo con espanto, están la criada y su mujer. De Paula cierra los ojos. Lo que le faltaba. El terror de haber sido electrocutado y apuñalado no ha sido nada comparado con la humillación de su rescate, poco después de que el Trasgo lo abandonara en su máquina. Incapaz de mover ni un dedo, y notando cómo le fluía la sangre por la espalda desnuda, ha oído un ruido de pies que corrían y luego un coro de gritos ahogados en la puerta de la sala. Tenían que ser sus propios subordinados del Cuerpo de Vigilancia quienes lo encontraran, por supuesto, en plena misión de imbéciles para detener al Trasgo. Después de que consiguieran desamarrarlo, y traer al imbécil de Nanet para que le cosiera el pescuezo, De Paula ha recogido su ropa del suelo y ha advertido con la mirada a los hombres de lo que le podía pasar al primer imbécil que intentara llevarlo a la jefatura.

—La que sea, que me traiga un vaso de brandy ya mismo —les dice ahora a las mujeres que lo están mirando con horror.

De Paula gatea hasta la sala de estar y se encoge delante de la chimenea encendida, tiritando. La criada le trae la botella, un vaso y una manta para que se la eche sobre los hombros. De Paula se quita la chaqueta y la tira al fuego, donde se pone a crepitar con un olor rancio. Luego coge la botella de brandy, la abre y da un trago largo. Antes de que nadie se lo pueda impedir, se quita los pantalones y los echa también a las llamas. La criada se santigua y sale corriendo de la sala.

—Han venido los soldados a llevarte preso —le dice su mujer. Por primera vez desde que se conocen, el inspector nota algo parecido al pánico en la voz de ella. Un pánico que contrasta agradablemente con la amabilidad impostada de costumbre—. Me han contado *lo que has hecho*.

De Paula da otro sorbo a la botella y se queda mirando a Remei De Paula. Algo extraño está pasando. Algo que el inspector no se ha encontrado nunca en su vida y por tanto no sabe cómo gestionar interiormente, pero que sin embargo nuevamente le infunde una sensación agradable. De hecho, mientras se asoma ahora a su propio interior, ya no ve nada más que cosas agradables. Cosas que no se parecen en nada a los fuegos del odio y la frustración que está acostumbrado a ver allí dentro. Mientras mira a su mujer, por ejemplo, descubre que ya no le importa un pimiento lo que ella haga o deje de hacer, ni tampoco que se vaya con el capitán Lombardo. El descubrimiento le arranca una risita cascada que hace que Remei se sonroje de furia. Tampoco le importa el hecho de haber perdido su puesto. Ni siquiera de haber sido torturado por un lunático con una máquina sacada del mismo infierno. Apagados los fuegos que ardían al fondo de su conciencia, ésta parece haberse convertido en un paisaje plácido e indescriptiblemente agradable. Una carga policial eterna, con los caballos yendo y viniendo de un lado a otro, pisoteando cuerpos encogidos mientras los guardias montados pasan por el sable a las mujeres y los niños que huyen. Una carga que nunca se acaba. O una cárcel perfecta, con todos los presos condenados a perpetuidad en sus celdas, sin paliativo de ninguna clase a su sufrimiento eterno y sin peligro de que venga algún gobierno liberal de los cojones a decretar ninguna amnistía o cambiarles las leyes penitenciarias.

—Te has vuelto *loco* —dice su mujer, con la voz temblorosa—. *Todo el mundo* se ha enterado de que te llevaste a Melquíades Guiu a la montaña y te pusiste a decirle locuras. *Déu del cel*, Semproni, ¿dónde nos vamos a meter ahora?

De Paula da un trago de la botella y se pone de pie en paños menores. Remei camina de un lado para otro, haciendo aspavientos con las manos.

—Me tendría que haber escapado con Lombardo —está diciendo—. ¡Me tendría que haber escapado cuando me lo pidió, antes de que tú me arrastraras contigo a la ignominia!

De Paula empieza a subir la escalera.

—¿Qué haces? —le pregunta ella—. ¿Adónde vas?

El inspector entra en su dormitorio y va al ropero. Tira una corbata limpia sobre la cama y luego uno de la media docena de trajes blancos que tiene limpios. Procede a vestirse con parsimonia. Remei entra en el dormitorio y se pone a seguirlo del ropero a la cama.

—¿Sabes que a Lombardo lo ha invitado el cónsul de Rusia a ir a cazar a Moscú? —le dice a la espalda diminuta de su marido–. *A Moscú*. Y no tiene ni treinta años. Todo el mundo sabe que a ti no te invita ni el gobernador cuando salen a cazar.

Semproni De Paula termina de ponerse el traje y se ajusta la corbata. Va al armario y coge un par de zapatos.

–Lombardo va a llegar a capitán general –dice Remei De Paula en tono cada vez más crispado–. Lo dice todo el mundo. Cae bien allí donde va. El capitán general lo tiene *como a un hijo*.

Semproni De Paula termina de anudarse los zapatos y contempla su propia cara en la superficie reflectante de sus punteras. Un chichón gigante le crece como un cuerno asimétrico allí donde su cráneo ha chocado con el pavimento.

–¡Haz el favor de escucharme! –le grita su mujer.

Semproni De Paula se incorpora y se da la vuelta. Lo que sucede a continuación es demasiado rápido para que parezca otra cosa que una sucesión casi fortuita de ocurrencias momentáneas y vectores de fuerza desencaminados. Remei se abalanza sobre su marido con las uñas por delante para arañarle. Semproni De Paula la agarra de las muñecas, la empuja contra la pared y ella se desequilibra durante un instante fatídico. El antiguo inspector abre la ventana, dejando entrar una cortina de agua de la tormenta. Coge a su mujer de los hombros, la arrastra hasta la ventana abierta y la tira por la misma.

El cuerpo de Remei De Paula tarda un segundo en llegar al suelo. El ruido que hace al estrellarse en el barro es sorprendentemente débil y mullido.

Semproni De Paula se asoma al antepecho de la ventana y mira hacia abajo. Su mujer tiene una pierna torcida en un ángulo imposible allí donde se le ha desencajado la cadera, pero está parpadeando y arrastrándose por la acera. No parece que le vaya a pasar nada demasiado grave. De Paula cierra la ventana y contempla su dormitorio con aire resuelto.

Solamente le falta una cosa por hacer antes de poner fin a su participación en esta historia. De manera que se pone el abrigo y coge un sombrero. Le queda una cosa por hacer y no tiene ninguna razón para no hacerla ahora mismo.

47

LA CIUDAD SECRETA DESAPARECE

Una salva de gritos despierta a Menelaus Roca en una cama con dosel, en lo que parece ser una cámara de piedra de un castillo. Sus botas y su abrigo están sobre un taburete junto a la cama. Tarda un momento en entender lo que está pasando. Por fin los recuerdos regresan a su mente a borbotones, igual que la vida regresa a un ahogado en forma de tos. Es imposible saber cuánto ha dormido ni si es de día o de noche: al otro lado de la ventana ojival con parteluz, la tormenta sigue incólume. Los gritos vienen de más abajo y de varias voces distintas. Se lava la cara en una pileta que hay frente a la cama y examina la alcoba. Le han dejado el códice de la VITA PUELLAE sobre la mesa. Acaba de abrirlo cuando los gritos arrecian, seguidos de un correteo de pies por un suelo de madera. No hay duda de que el códice de la VITA es la fuente de las copias de Almarrosa. La caligrafía del original es primorosa y las ilustraciones macabras parecen pintadas con puntas de alfiler. Por fin Roca coge la lámpara y sale por un pasillo de piedra hasta encontrar unas escaleras que bajan.

Al pie de las escaleras, varios dinteles de piedra se abren a lo largo de un corredor. Detrás de una de las puertas se encuentra una cámara abovedada con una cisterna de piedra a un lado. Le golpea una vaharada de olor cálido y dulzón a podredumbre. Se acerca a la cisterna y levanta la lámpara para iluminarla: un antiguo lavadero, con los restos de una bomba de agua y una boca de desagüe. En las paredes laterales dos hornos de leña con puertas negras de acero parecen dormir, apagados, aunque todavía se nota cierto calor residual en la cámara. La cisterna está llena de agua verde y cubierta de ese limo primordial de los cultivos hidropónicos. Roca se arrodilla. Las formas minúsculas que se mueven apenas en el limo son larvas. Miles de larvas. Millones. Coge un puñado y lo examina a la luz de la lámpara. Lepidópteros. Con toda probabilidad, libélulas.

Los gritos lo ayudan a orientarse por el corredor hasta dar con el salón. Empuja la puerta y contempla desde el umbral cómo Aniol Almarrosa está subido a la biblioteca del altillo, con una botella de vino en la mano, retrocediendo ante el avance de Merodac, que parece más que dispuesto a hacerlo bajar por la fuerza. Sea lo que sea lo que le ha pasado a Almarrosa desde la última vez que Roca lo vio en la cripta de la banda de Enrique, los últimos rasgos de civilización lo han abandonado. Roca ha visto a algunos seres así de andrajosos viviendo en la explanada de la muralla, abandonados al aguardiente y a la intemperie. Almarrosa tiene ese aspecto y también el de algo traído de otra época, como la imagen que tiene Roca de un enfermo medieval del cólera, conservado milagrosamente en formol y sacado del frasco cinco siglos más tarde.

Almarrosa blande su botella con gesto amenazador, imitando a un rufián tabernario.

—No le conviene enfadarme, se lo aviso —dice—. ¿O es que no sabe usted *quién soy yo*?

—*Todo el mundo* sabe quién es usted, señor Almarrosa. —Blokium se pone a subir lentamente los escalones del altillo—. El novelista más importante de su generación, si no recuerdo mal que usted dijo. Imagino que en estos momentos la ciudad entera debe de estar preguntándose dónde anda usted.

—No me asusta con sus amenazas. Es *usted* quién debería estar asustado de mí. —Suelta una carcajada forzada justo antes de resbalar y caer estrepitosamente sobre el trasero. La botella que tiene en la mano se hace trizas.

—¿Por qué iba yo a estar asustado, señor Almarrosa? —dice Blokium, llegando a lo alto de las escaleras.

Almarrosa se aprieta la mano herida con la axila para intentar atajar la hemorragia.

—Yo *sé* quién es usted —chilla—. Es usted el espía ese de la Corona. Su familia siempre sale en los ecos de sociedad del *Diario de Barcelona*. Ahora no me sale el apellido. —Frunce el ceño, persiguiendo la información esquiva dentro de su cerebro. Por fin devuelve su atención al hombre que tiene delante, con las manos en los bolsillos de su traje de vicuña. Se saca un fajo de páginas arrugadas del bolsillo del abrigo y lo esgrime con gesto desafiante hacia Blokium—. *Usted* va a publicar mi obra. Es más rico que Midas, no crea que no lo sé. Mire qué casa. Va a hacer la tirada más grande que se ha hecho en este país, *fill de puta*. A menos que quiera usted que el inspector De Paula se entere de quién es su famoso asesino.

Blokium mira a Almarrosa con esa mueca suya infinitamente displicente que parece una sonrisa y sin embargo no se parece absolutamente *en nada* a una sonrisa. Señala el manuscrito.

—¿Eso es *La ciudad secreta*? ¿La versión terminada?

—¿Qué otra cosa podría ser?

—¿Me permite que le eche un vistazo?

Los ojos grises de Dado Blokium tienen esa expresión carente de elementos de expectación o de imperiosidad de quien sabe perfectamente que sus órdenes van a ser obedecidas. Una expresión que en primera instancia se podría asociar con su condición de miembro de la alta sociedad pero que Roca intuye que viene de otra parte. Del mismo sitio que la extraña sonrisa que no es una sonrisa. Por fin, con ademán ceremonioso, Almarrosa le entrega a Blokium el fajo de cuartillas.

Blokium coge el manuscrito y lo ojea con cara inexpresiva. Lee un par de páginas al azar, a continuación se acerca a la chimenea y tira el fajo entero al fuego. El manuscrito permanece un segundo temblando entre las llamas antes de inflamarse. Las primeras páginas se arrugan, se ponen negras y se elevan por el tiro de la chimenea en forma de virutas calcinadas. En cuestión de segundos, ante los ojos de su autor, *La ciudad secreta* desaparece.

—Tiene usted demasiada querencia por ese librito —le dice Blokium a Almarrosa—. Está muy sobrevalorado. El amor del vulgo es caprichoso, ya se sabe.

Almarrosa gatea por el suelo de la biblioteca. Se le engancha un pie en la capa y cae de bruces. Por un momento, no se ve más que un enredo de pelo y brazos esqueléticos que luchan por desenredarse de la tela. Por fin se incorpora torpemente hasta sentarse. La masa de pelo apelmazado que le cubre los labios se retrae para dejar al descubierto una dentadura amarilla, y Roca comprende que el relincho desinflado que le acaba de salir de la boca es una risa. O podría serlo. Al cabo de un momento ya no está tan seguro. Lo que sea que está pasando por la cara de Aniol le sale a borbotones, rociándole la barba de una cascada de mocos que parecen salir simultáneamente de su nariz y de su boca. Y, sin apartar la vista del novelista, Roca siente algo más. Algo que solamente puede asociar de forma muy vaga con la escena que está viendo. Siente que lo que está viendo tiene un sentido más profundo, una relación más trascendente con la historia de la que forman parte. Y antes de que la sensación se pueda concretar, Roca nota las miradas. Y sale de su trance con un parpadeo. Tanto Blokium como los niños lo están mirando a él.

48

DONDE LA CONCIENCIA
CAMINA DE ESPALDAS

Entre las sábanas limpias de su cama con dosel de la Torre dels Corbs, dando sorbos de una jarra de agua que le han puesto en la mesilla de noche, Menelaus Roca se dedica a estudiar los documentos que Blokium le ha dejado. Tal como ya había sospechado a partir de los fragmentos copiados, VITA PUELLAE FORMOSA es una hagiografía, una de las muchas leyendas que circulaban sobre santos infantiles en los primeros siglos de la cristiandad. En sus rasgos principales, sigue el patrón tradicional, recogiendo elementos presentes en la mayoría de esas leyendas y adaptándolos al contexto local. De familia noble cristiana, criada en «un domus del desierto sarrianense», la Niña Hermosa tiene diez años cuando el emperador Diocleciano emite su edicto que prohíbe el culto a Jesucristo. La niña, descrita con rasgos fabulosos, «siempre rodeada de un círculo de pájaros que cantan su beldad», se presenta ante el prefecto Daciano para protestar por que los cristianos verdaderos no pueden obedecer esa ley que los obliga a abjurar. El prefecto intenta persuadirla con regalos y después con amenazas, pero la niña se mantiene firme y la acaban prendiendo. Daciano la somete a martirio «el día segundo de los idus de febrero» y ordena que la claven desnuda a una cruz en forma de X. Ya muerta, la dejan crucificada y desnuda para que se la coman las aves. Sin embargo, para ocultar su desnudez, su cabello crece mágicamente y una nevada milagrosa cae sobre la ciudad, cubriendo el cuerpo de la niña. Al cabo de tres días en la cruz, unos cristianos la descuelgan y le dan sepultura.

Menelaus Roca cierra con cuidado el libro. Se trata probablemente de un códice perdido durante las décadas posteriores a su escritura, alrededor del siglo VIII, lo cual explicaría que no hubiera pasado a integrar la tradición. Y, sin embargo, mientras lo abre para leerlo por segunda vez, a Roca le da la impresión de que hay algo fuera de lugar en la leyenda del códice. Sentado en la cama, se hurga en los bolsillos en busca de papel y una mina de carbón y se pone a bosquejar una traducción de la conversación de la niña con Daciano:

NO SON LOS ÍDOLOS DE GAYO AURELIO VALERIO LAS FORMAS EN QUE EL SEÑOR QUIERE SER AMADO, DIJO LA NIÑA CON MUCHA INTELIGENCIA, PUESTO QUE NUESTRA IGLESIA NOS ENSEÑA A CONSTRUIR EL ALTAR SOBRE LA TUMBA, Y LA BASÍLICA SOBRE EL ALTAR, DE MANERA QUE LOS HUESOS NUNCA ESTÉN LEJOS DE LAS RODILLAS QUE REZAN. PORQUE EL HIJO CRECE SIEMPRE CERCA DE LA MADRE, Y SE NUTRE DE SUS MAYORES AUNQUE SE HAYA HECHO ÉL MISMO TAMBIÉN HOMBRE, Y ES POR ESO QUE AL PUEBLO Y A LA PARROQUIA DE CADA UNO LO LLAMAMOS MADRE Y REZAMOS POR ÉL, DE LA MISMA MANERA LA ROCA Y EL ÁRBOL QUE NOS VIERON NACER HAN DE VERNOS MORIR, Y ASÍ ES COMO DIOS LO QUIERE, QUE SIGAMOS EL MODELO DE IESUS EL CRISTO, Y NO ABJUREMOS DE NUESTRA IGLESIA PARA ABRAZAR A ÍDOLOS DE TIERRAS LEJANAS.

El fragmento entero le resulta extraño, con su alejamiento poético de la ortodoxia teológica. Hay algo ambiguo en la nomenclatura, como si el autor hubiera querido extender o difuminar el sentido de los términos. «La parroquia de cada uno» («VICUS QUISQUEM»), por ejemplo, se refiere con probabilidad al lugar donde se acude para el rezo, pero la expresión también alude a la aldea o al vecindario, o incluso al lugar que uno tiene cerca o que le es cercano. Por «ECCLESIA NOSTRAM» el lector puede imaginar que se está hablando de la Iglesia de san Pablo, a quienes los primeros cristianos tenían como patriarca, pero también al templo local. Los «mayores» («PARENTES») que lo nutren a uno pueden ser sus ancestros, por supuesto, pero también los lugares de procedencia. Varias páginas más adelante, estando la niña ya en su celda, pronuncia un sermón para los feligreses que la vienen a adorar.

DE NADA HABÉIS DE PREOCUPAROS MIENTRAS NO OS ALEJÉIS DE LOS PILARES DE VUESTRA FE, LES DIJO LA NIÑA. PORQUE ASÍ HA PERDURADO NUESTRA IGLESIA Y ASÍ LLEGAREMOS A LOS ÚLTIMOS DÍAS. Y UNO DE LOS CREYENTES LE PREGUNTÓ: ¿ACASO NO HEMOS DE PREOCUPARNOS DE DETENER LA MANO DEL QUE PROMETE DARTE MARTIRIO? Y LA NIÑA, MUY SERENA, DIJO: NO HABÉIS DE PREOCUPAROS POR MÍ, PORQUE YO VIVIRÉ EN MIS HUESOS Y EN MIS CENIZAS, Y VOSOTROS VENDRÉIS A VERME IGUAL QUE EL AVE VUELA UNA Y OTRA VEZ A SU NIDO, PORQUE DE ESA FORMA LOS VERDADEROS CREYENTES LO HEMOS HECHO DESDE LOS TIEMPOS DE IESUS CHRISTUS, ADORANDO A LOS SANTOS DEL LUGAR.

De nuevo le asaltan las dudas acerca del término «pilares» («CREPIDINIS»), así como de la expresión «los santos del lugar» («SANCTUS LOCI»). Sentado bajo el dosel, Menelaus Roca comprende que tiene delante un espacio cerrado. Uno de esos espacios impermeables donde la conciencia solamente puede entrar de espaldas. Caminando a ciegas hacia el pasado, mirando desde la perspectiva inversa, igual que ciertos recuerdos que la mente ha borrado vuelven a ser accesibles cuando uno desanda sus pasos. El códice es el inicio de todo: pasado y futuro confluyendo en un único remolino.

Roca se pone a pasar páginas, buscando los pasajes que tiene frescos en la memoria. Diez minutos más tarde ha identificado los cuatro sermones más extensos de la niña y sus escenarios. El primero es pronunciado en «los huertos de Poniente»; el segundo en «una capilla en el bosque, en la montaña de la que la ciudad extrae sus piedras»; el tercero en «el rompiente de las olas», y el último en los calabozos, «al pie de la Vía Hispánica». Los huertos de Poniente, «por donde pasa la Vía Augusta», solamente pueden ser los futuros huertos de San Pablo del Campo. El rompiente de las olas es San Beltrán, a la sombra de la montaña. La montaña de la que la ciudad saca sus piedras es Montjuich. Y la Vía Hispánica se convertiría con los siglos en la calle del Carmen, cuyos únicos calabozos eran el hospital de leprosos, en el actual Padrón. Los cuatro lugares donde Blokium dejó a sus víctimas. A continuación Roca vuelve a leer los sermones. En el primero, tras bendecir el pan para una comida comunitaria después de una Eucaristía en los huertos, la niña afirma que «COMERÉIS ALLÍ DONDE VUESTROS PADRES CAYERON MUERTOS, Y SU SANGRE SERÁ LA SAVIA DEL ÁRBOL QUE OS ALIMENTE». En la playa, la niña traza una espiral con un palo en la arena y dice: «CON ESTE SÍMBOLO ADORARÉIS AL SEÑOR, Y EL SENTIDO DE ESTE SÍMBOLO ES LA UNIDAD DE TODAS LAS COSAS EN LO SAGRADO, PORQUE TODAS LAS COSAS DE LA CREACIÓN SON UN REFLEJO DE DIOS, Y ÉL ESTÁ PRESENTE EN TODAS ELLAS». En la capilla de lo alto de la montaña, la niña hace que florezcan milagrosamente las plantas en pleno invierno y que sobre sus macizos vuelen las libélulas. Y en el calabozo, mientras habla de los santos del lugar, abraza a un perro que ha entrado en su celda y pide que lo dejen pasar con ella sus últimas horas, «PUESTO QUE DIOS ESTÁ DENTRO DE ÉL, COMO EN TODAS LAS COSAS DE SU CREACIÓN, Y ES QUE DIOS ES MUCHOS».

Armado con una lámpara, Menelaus Roca baja la escalera que lleva al salón cruciforme y se lo encuentra vacío, iluminado por los relámpagos. Ya está a punto de salir cuando ve un bulto encogido en un rincón. Un animal oscuro y tembloroso, envuelto en una aureola pinchuda de velos y lazos de encaje. Bajo el resplandor amarillo de la lámpara, las manos enguantadas de la criatura se separan para dejar asomar una carita redonda y pálida. Con el cabello encrespado por la electricidad estática de la tormenta. La geografía de las manchas de mugre de las mejillas de Inana sugiere que ha estado llorando. Por fin un guante de encaje señala la escalerilla espiral de hierro que asciende alrededor de una columna desde el centro del salón.

—El mundo está llorando, mi señor —dice la niña.

El hueco de la escalera que sube por el centro del torreón es un cañón tan estrecho que Roca se ve obligado a subir estrujándose contra la pared. El bramido del viento es ensordecedor. La corriente de aire que sube por debajo de él hace que los faldones de su camisa floten a su alrededor. Y cuando llega por fin a la terraza gélida del observatorio, la ventisca le apaga de golpe la lámpara. Roca levanta la vista y examina el lugar a través de la nube de su aliento. El observatorio tiene un piso inferior abierto con ventanales a la tormenta y uno superior donde Dado Blokium está plantado ante su telescopio, con su abrigo ondeando al viento. Roca sube por la rampa que conecta los dos niveles hasta detenerse detrás de la espalda del dueño de la casa, tiritando.

—Doctor Roca —dice Blokium, ajustando las ruedas del telescopio—. Ahora conoce usted nuestro secreto.

Menelaus Roca niega con la cabeza.

—Pero ¿por qué yo? —pregunta por fin.

Blokium se gira para mirarlo.

—¿Sabe? —dice el diplomático, con la cara de cera perlada de gotas de agua de lluvia—. Yo era un niño cuando lo vi por primera vez a usted. Debió de ser en el cuarenta y uno o el cuarenta y dos. Mi familia iba en un carruaje que quedó atrapado en un tumulto, en medio de la calle. No entendíamos qué pasaba. Todo el mundo corría. Luego vimos a un par de curas que arrastraban a un niño. Detrás venían más curas y una horda de niños desarrapados que mi padre me dijo que eran del hospicio. No se imagina la impresión que me causaron aquellos niños famélicos. Y usted era el niño al que estaban arrastrando, claro. El niño endemoniado. Por lo que tengo entendido, el recuerdo de aquel día sigue vivo en las memorias de muchos. Los curas lo arrastraban a usted de los brazos y usted chillaba y pataleaba mientras el sol le hacía llagas en la piel y en los ojos. Lo llevaban a usted al Carmen, claro. Para el exorcismo. El superior de la Orden lo acababa de aprobar aquel mismo día. Tres días enteros duró el ritual. —Sus rasgos componen una sonrisa tan gélida como la atmósfera—. Como ve, investigué el caso. Después de aquello, creo que me puse enfermo. El recuerdo me atormentaba por las noches. No me lo podía quitar a usted de la cabeza. Y no podía parar de preguntarme si me había visto a mí, de la misma manera que lo había visto yo a usted.

Roca señala el telescopio con la cabeza.

—¿Por qué estamos aquí? —pregunta.

—No es usted de este mundo, doctor —continúa Blokium, mientras acciona una palanca para mover el telescopio—. Es usted un trasgo, literalmente. Un demonio de la ciudad. Créame que sé de lo que hablo. Aquel niño del carruaje creció y dedicó muchos años de su vida adulta a estudiar los demonios. En América Central, en Mesopotamia. Allí fue donde compré la máscara que después usaríamos con usted. Es por eso que lo elegí. Porque no es uno de ellos. Ellos lo destruirán todo, doctor. Esta ciudad es una diosa que agoniza. —Hace una pausa y parece reflexionar sobre lo que acaba de decir—. Tal vez sería más exacto decir que fue usted quien me eligió a mí.

La conciencia de Roca se sigue abriendo paso, retrocediendo a ciegas, caminando hacia atrás hacia el lugar impermeable, sin perder de vista el punto diametralmente opuesto que espera en el futuro.

—Las constelaciones. —Roca señala el fragmento de cielo que el viento ha despejado al otro lado de la cúpula abierta—. Los movimientos de la carta celeste…

—Fuimos nosotros, claro. —Blokium se aparta para dejar que el otro se asome a la mirilla del aparato—. Cada pieza mueve al resto, ¿recuerda? Nosotros creamos las variaciones.

Puede comprobarlo. —Señala los papeles que han volado por todo el observatorio—. Ahí están las lecturas con sus fechas. Y esta noche el cielo se moverá por última vez.

Algo se mueve detrás de la espalda de Roca, sin hacer el bastante ruido como para hacerse oír por encima del rugido de la tormenta, pero sí desplazando la suficiente cantidad de silencio como para hacerse notar. Roca mira por el telescopio en la dirección en que Blokium le está indicando. El firmamento del horizonte sur ya no guarda ninguna relación con el de antes de las variaciones. La conciencia sigue retrocediendo, abarcando ahora semanas y hasta meses enteros en un solo minuto.

Roca se separa del telescopio.

—¿Qué pasa esta noche? —dice, pero se detiene, como admitiendo ante sí mismo y ante el dueño del observatorio que en realidad ambos conocen perfectamente la respuesta.

Se gira hacia su interlocutor y se encuentra con que Blokium ya está mirando en dirección a lo que sea que acaba de subir al observatorio. A la cosa renqueante que se mueve por detrás de la espalda del anatomista. Roca no se atreve a mirar. A un nivel profundo ya sabe lo que se va a encontrar si mira. Y, sin embargo, es imposible no mirar. Es tan imposible como le resultaría a una pluma no ser arrastrada por un maremoto.

—Quédese la casa, doctor —dice Blokium, sin dejar de escrutar las sombras—. Quédese a los niños. Ya está todo a su nombre. A mí se me ha acabado el tiempo, pero usted puede continuar. *Tiene* que continuar. Use el códice, si quiere, o encuentre otro. Use cualquier otra cosa como libro sagrado. Consiga más niños. Necesitará hacer más sacrificios, claro. —Se encoge de hombros—. No se construye ninguna fe sin derramar sangre. Al principio tendrán que esconderse. Vivir bajo tierra. Encontrará usted muy útiles las catacumbas.

—¿Todo está a mi nombre? —Roca sigue resistiendo el impulso de mirar atrás.

—Nos impondremos, doctor. —La mueca parecida a una sonrisa regresa por última vez a la cara de Dado Blokium—.

Prevaleceremos. Detendremos esta gangrena que llaman el progreso. Detendremos sus máquinas y sus fábricas. Criaremos a una nueva tribu que expulsará a los profanadores de la ciudad.

Esta noche es el desagüe de los tiempos. El universo entero gira en torno a la cosa renqueante que ahora gatea por el observatorio, con una botella de aguardiente en la mano. Y por fin, la conciencia en retroceso de Roca alcanza el final de su itinerario. No tanto una orilla como el final de una expansión elástica, ese momento de reposo infinitesimal antes de iniciar la contracción violenta. Las cosas se colocan en su sitio. Y cuando por fin se gira para mirar por encima del hombro, y ve la silueta empapada de Aniol Almarrosa, reducida a un espantajo negro bajo la ventisca, entiende por qué ha de ser Almarrosa y por qué todas las cosas confluyen esta noche.

Almarrosa se incorpora hasta ponerse primero de rodillas y luego de pie, con las piernas temblorosas. Las alas de murciélago le ondean alrededor. Tira la botella contra el suelo y suelta otro de sus borboteos vagamente parecidos a risas. Roca ve la crisálida de sangre apelmazada y cristales en que se le ha convertido la mano. A la luz de los relámpagos ve la negrura de sus ojos y por fin comprende la verdadera naturaleza de esa negrura. La Nada esencial que hay en ella. Y comprende que Aniol está muerto. Igual que una parte de él mismo murió durante aquel exorcismo en el templo del Carmen, ese cuerpo que ahora chorrea y suelta borbotones delante de ellos es el cuerpo de un ahogado. De un hombre que murió ahogado en algún momento de su infancia. Otro demonio de la ciudad. Por fin busca con la mirada a Blokium.

—Se me acaba el tiempo, doctor —dice el diplomático.

Almarrosa se acerca dando tumbos a Blokium y lo envuelve con un abrazo largo y teatral. La expresión de Blokium se suaviza, incluso se permite colocar una mano en el hombro del novelista. Luego algo cambia. Blokium abre mucho los ojos, con una expresión de sorpresa suprema. Una sorpresa que no se puede confundir con nada. Almarrosa se separa de él. Blokium baja la mirada para contemplar la empuñadura del cuchillo que le sobresale del pecho. Después echa un vistazo asombrado a su alrededor.

Por fin cae al suelo en dos tiempos. Primero sobre las rodillas y por fin de bruces.

A los pies de Aniol Almarrosa.

49

DOROTEA SULLIVAN

La monja que gestiona las entradas y las salidas del Hospital de la Santa Cruz mira con su único ojo al visitante cuya cabeza apenas asoma por encima de la superficie del mostrador de las entradas. Por un lado está su cara llena de magulladuras como la de un vulgar rufián, con los restos chamuscados de un bigote y unas patillas que hacen pensar en pollos desplumados y colgados a secar. Por otro lado, la enseña real y el documento lleno de sellos que el hombrecillo diminuto le ha entregado lo acreditan como el inspector provincial que asegura ser. Por fin la monja de la entrada del hospital se acaricia el parche con gesto pensativo y lleva a cabo el equivalente interior de un encogimiento de hombros. Al fin y al cabo, no hay ninguna razón para que el Cuerpo de Vigilancia no pueda aceptar en sus filas a hombrecillos minúsculos con trajecitos rimbombantes y cara de haberse caído dentro de la chimenea encendida. Además, con la tromba de agua que está cayendo, y que ha obligado al cochero a colocar un tablón a modo de puente entre la cabina del carruaje y el parapeto de sacos de arena que protege de la inundación la entrada del hospital, el hombrecillo debe de tener una razón poderosa para haber venido hasta aquí. Así pues, tras devolverle sus documentos, se limita a tirar de la cuerda que tañe la campana que hay a su lado de la celosía. Para su sorpresa, el hombrecillo se lleva semejante sobresalto que a punto está de saltar por encima del mostrador.

Una monja de contorno casi esférico y con varios centenares de llaves colgando del cinturón acompaña a Semproni De Paula por los pasillos de piedra cubiertos de cal y de azufre. La forma en que la monja avanza parece ser una especie de bamboleo lateral rítmico, acompasado con el tintineo de las llaves. El olor sulfúrico del hospital le irrita de inmediato a De Paula los ojos y la garganta. Por debajo del mismo, la sombra de otros olores pantanosos: orina, llaga y gangrena. De Paula se tapa la nariz con un pañuelo y se concentra en respirar por la boca. Con el rabillo del ojo contempla a la monja, que no parece experimentar los efectos de la atmósfera del recinto. Cuando llegan al ala de los lunáticos, sin embargo, De Paula pasa a añorar de inmediato el aire de los pasillos.

La monja esférica abre una puerta de hierro y se hace a un lado para dejar pasar a Semproni De Paula. Las reclusas del pabellón de lunáticas del Hospital de la Santa Cruz se amontonan a centenares dentro de una jaula de alambre. Hay tantas mujeres en tan poco espacio que en algunos lugares están literalmente amontonadas las unas encima de las otras, o bien duermen de pie aplastadas contra la reja. La enorme sala rematada por bóvedas góticas está sumida en la oscuridad absoluta, sin más luz que la que acaba de entrar con la monja, que ahora descuelga una picana de la pared y examina con los ojos fruncidos una pizarra llena de números y nombres. El balido vagamente ronroneante de las reclusas se transforma en alaridos cuando la luz les golpea las caras. Nada más que unos pocos al principio, que se extienden como la pólvora en todas direcciones. La monja saca de una caja de madera un trozo de tela con el número 44. Con las cabezas esquiladas y vestidas con camisas largas de esparto, las mujeres han pasado a ser todas réplicas de una misma lunática dentuda y con cara de haberse muerto hace varias semanas, y no hay más manera de distinguirlas que los números que llevan cosidos al camisón. La monja emprende una rotación bamboleante en dirección a De Paula.

—Usted no se mueva de aquí —le dice, levantando la voz para hacerse oír por encima de los chillidos—. Que yo se la encuentro en un santiamén.

La monja abre la jaula y cuelga la lámpara de un gancho que hay sobre la puerta. Se remanga el hábito y blande la picana con aire de rejoneador experto. A continuación, golpeando y pinchando los cuerpos con la punta afilada, abre un pasillo entre las mujeres. Las reclusas retroceden espantadas, chapoteando con los pies descalzos, y De Paula se da cuenta de que el suelo de la jaula está cubierto de excrementos. Al cabo de un minuto, secándose el sudor de la frente, la monja vuelve a cerrar con llave la puerta de la jaula y apoya la picana en el suelo. La reclusa a la que ha hecho salir lleva el número 44 cosido a la pechera de la camisa.

—Ahí la tiene —gruñe la monja.

En una celda anexa, las monjas vacían varios baldes de agua encima de la reclusa y la dejan allí tiritando a solas con Semproni De Paula. La mujer se desliza hasta el suelo, dejando un rastro oscuro con el camisón empapado en la pared, y se queda encogida sobre las losas. La misma delgadez de esqueleto, las mismas llagas. Sea como sea que la mujer ha logrado sobrevivir hasta hoy, parece haber sido desafiando a todas las leyes de la naturaleza.

—Dorotea —la llama De Paula.

La mujer permanece encogida en el suelo.

—Sé que tú raptaste al hijo de Fauré —continúa él—. Ahora puedes confesarlo. Te vas a pudrir aquí dentro, ya no tienes nada que perder.

La mujer sigue sin levantar la vista.

—¿Adónde te lo llevaste, Dorotea? —De Paula frunce el ceño—. ¿Se lo diste a ellos? ¿A Blokium y a los demás? El niño es el Asesino de la Esperanza, ¿verdad?

Silencio.

—Los Crímenes de la Esperanza no existen, ¿verdad? Todo lo han montado ellos: Estrany y Blokium y Fauré y el Trasgo.

¿Para qué? ¿Qué quieren? ¿Derrocar al Rey? ¿Instaurar la anarquía?

Semproni De Paula se levanta de la silla de mimbre que le ha dejado la monja y camina por la celda. Se saca un caliqueño de su cigarrera y lo enciende con movimientos diestros de la manita. Luego echa un vistazo al cuerpo tembloroso del suelo a través de la nube de humo aromático.

—Puedo hacer que te las hagan pasar canutas —dice sin demasiada convicción, mirando la brasa del caliqueño.

Pese a llevar años trabajando en diseñar condiciones de encierro que suman a los prisioneros en pozos negros de depresión y minen su voluntad de resistencia y les hagan arrastrarse como gusanos a sus pies, la verdad es que a De Paula no se le ocurre qué podrían hacer las monjas para empeorar el cautiverio de Dorotea Sullivan. Una punzada interior de admiración y de envidia se abre paso por su pecho magullado. De forma mucho más sencilla y discreta, las monjitas del hospital parecen haber alcanzado la perfección en ese arte que De Paula lleva toda la vida intentando dominar.

El esqueleto cubierto de llagas del suelo hace una mueca que deja al descubierto su dentadura incompleta. De Paula comprende que podría tratarse de una sonrisa.

—Fabricamos demonios —dice la mujer, con un hilo de voz—. Oh, pero esos demonios son mis angelitos.

Semproni De Paula suelta un soplido de burla.

—Más te vale que la monja no te oiga decir esas barbaridades —dice, dejando escapar una bocanada de humo de caliqueño.

La mujer sigue haciendo muecas en el suelo.

—«No eres lo bastante fuerte», dice. —Dorotea asiente con la cabeza—. Oh, pero sí lo soy. Sí lo soy. Hay que dejar maderos en sus cunas, claro. Cada pieza mueve al resto. «Nada de besos, nada de abrazos.» Oh, pero son mis angelitos, le dije yo. Son mis angelitos. Y él: «Fabricamos demonios». Acuérdate del Castigo de la Silla. Aquí fabricamos demonios para detener el tiempo, y el que no sea lo bastante fuerte, que se acuerde del Castigo de la Silla.

De Paula se lleva un puño a la boca y carraspea, impaciente.

—¿Quién es él? —dice—. ¿Tu marido? ¿Dado Blokium?

—Él es el que vive en lo más alto —dice ella—. Su cara da tanta luz que no se puede ver. Yo quería quedarme con ellos. Eran mis angelitos. Pero él me dio una orden.

—¿Qué orden?

—Me llevó a aquella casa y me dijo: Quédate aquí. No te muevas. Y no hagas nada.

—¿Ése es el Castigo de la Silla? ¿No hacer nada? —De Paula suelta un soplido de burla—. A eso lo llamo yo obedecer a tu marido. «Quédate aquí y no hagas nada.» Sí, señor. —Asiente con la cabeza, abstraído—. Más mujeres como tú tendría que haber.

Semproni De Paula se agacha delante de la mujer, expulsando una nube de humo, le pone la cara justo delante de la de ella y le habla entre dientes:

—Dímelo —le dice—. Solamente quiero que me lo digas: Blokium es parte de la conspiración, ¿verdad? Blokium y Estrany. Solamente quiero que me confirmes a esos dos. Los demás me dan igual. Dame esos nombres y te prometo que te sacaré de aquí.

Dorotea se vuelve a encoger en el suelo, abrazándose a sí misma con los brazos amoratados por el frío.

—Oh, pero sí que soy fuerte —dice—. Yo habría aguantado hasta el final.

Mientras baja las escaleras de piedra del ala de lunáticos, silbando por debajo de los restos chamuscados de su bigote electrocutado, Semproni De Paula piensa que al fin y al cabo el venir hasta aquí tampoco ha sido una pérdida completa de tiempo. La mujer está totalmente chiflada, de eso no hay duda, y a ningún tribunal se le podrá convencer de lo contrario. Pero por lo menos puede testificar que Blokium andaba metido en algo turbio, y que la encerró en un piso de mala muerte y probablemente la dejó sin comida. Eso no va a quedar muy bonito en los ecos de sociedad del *Diario de Barcelona*, piensa con una sonrisa. Cuando llega al rellano de la escalera le hace un gesto con la mano para que no se levante a la monja esférica, que está sentada leyendo una de esas inmundas novelas que ahora están por todas partes, y enfila el pasillo que lleva a la salida. Desde que el cretino de Aniol Almarrosa se esfumó de la faz de la tierra han surgido una marabunta de folletines que imitan al suyo sin ningún disimulo. *La ciudad de los secretos. La ciudad oculta. Ciudad clandestina.* Algunos parecen incluso más populares que el original.

Sin dejar de silbar, y a punto de salir bajo la lluvia y encontrarse con los rifles de la infantería de San Pablo desplegados en batería, apuntando a la puerta y esperando la orden del capitán Lombardo, Semproni De Paula llega al vestíbulo. Se toca un par de veces el ojo a modo de gesto burlón dirigido a la monja tuerta de la entrada y se pone su sombrero.

50

CORONA DE FLORES

El 21 de marzo de 1877, algo despierta al doctor Menelaus Roca sobre el enredo de sábanas mojadas de su cama con dosel de la Torre dels Corbs. Algo simple y al mismo tiempo inverosímil, dadas las circunstancias. Un gallo. Frotándose los ojos, se incorpora a medias sobre la cama y alcanza a ver su cara en el espejo del otro lado de la cámara de piedra. Él también se ha convertido en un espectro barbudo, cuyos ojos asoman enrojecidos entre greñas grasientas. Lo siguiente que nota es un extraño zumbido, que no procede del exterior de su cabeza sino de dentro de sus oídos. El zumbido de la sangre por el sistema vascular, alertándole de algo mucho más crucial. De algo fundamental para el decurso de la historia. Roca tarda un momento en entender de qué se trata. Ya no llueve. Ha dejado de llover sobre Barcelona. Arrastra una silla hasta los pies de la ventana ojival de la alcoba y se sube a la misma para asomarse a la madrugada. Sobre los tejados del lado del Regomir, el cielo ha vuelto a la normalidad. El Dosel de Sombras vuelve a montar guardia sobre la ciudad, con su resplandor químico mortecino. Debe de faltar una hora para el amanecer. Roca encuentra sus botas en medio del enredo de mantas que hay tiradas a los pies de la cama y se las pone. Decide no encender ninguna lámpara.

Algo le hace resbalar en la oscuridad del salón cruciforme, un rastro viscoso de sangre en el suelo. Esta vez, en lugar de dirigirse a la escalera espiral de hierro que sube por el corazón de la torre, toma la escalinata de piedra que lleva a las almenas. La misma por la que llegó bajo la tormenta. De pie entre las almenas, en el punto más alto de la ciudad, se detiene un momento antes de cruzar el puente. El aire trae ese olor a vida marina podrida y a cloaca que flota justo después de una inundación, pero también algo más. Algo que Roca tarda un momento en identificar. No exactamente un olor a tierra removida, ni tampoco ese olor poderosamente químico de la crisálida que emerge de su capullo. Por fin lo entiende. Es el olor de la primavera. Las primeras ráfagas de primavera que soplan por encima de los tejados. Un momento después oye voces y se asoma al patio a través de las celosías del puente. La escena está teniendo lugar tres o cuatro pisos más abajo, pero no lo bastante lejos como para que Roca no pueda distinguir los detalles.

Los niños están allí, vestidos con las piezas del disfraz del Demonio con Cabeza de Perro. La máscara. Las alas. La túnica. Merodac camina pavoneándose de un lado a otro del patio, con la máscara del Demonio puesta y blandiendo una espada de la armería. Lo demás que se ve desde las almenas, todas esas cosas oscuras y de forma irregular que hay tiradas sobre las losas, son los pedazos de un cadáver. Un brazo por aquí. Un pie. Un torso, con la silueta arrodillada del más pequeño de los niños alimentándose de sus vísceras. Y en mitad del patio, ensartada en un palo, la cabeza greñuda de Aniol Almarrosa.

Al otro lado del puente, Roca baja por la galería de los arcos y atraviesa el patio del lado del Regomir. Un mozo de las caballerizas se lo queda mirando un momento antes de volver a su trabajo. Y por fin el anatomista abandona el palacio por la cancela abierta, a través de la cual un par de doncellas están achicando agua con cubos. Un minuto más tarde da la vuelta al palacio por la calle del Obispo y entra en la Jefatura Provincial del Cuerpo de Vigilancia.

Le pregunta al guardia de la puerta por el inspector Semproni De Paula.

—Ya no es el inspector. —El guardia mira con el ceño fruncido al extraño ser que se acaba de materializar delante de él—. Ahora el inspector es Boamorte.

Roca solamente tiene que esperar un momento antes de que Blai Boamorte salga de su despacho, alertado por el nombre de su visitante. En medio de la frente todavía se le ve el hematoma del golpe que Roca le dio en el pescante de la berlina.

—Dame una buena razón para que no te mate ahora mismo —le dice el policía.

Roca lo piensa un momento.

—Tengo a los asesinos —dice—. Son para usted si me devuelve mi casa.

El sol púrpura del amanecer se despega de las aguas turbias del mar igual que una costra se despega de una herida. Sin su abrigo y después de varias semanas sin afeitarse, con el pelo y la ropa embadurnados de barro seco, Menelaus Roca es indistinguible de las docenas de vagabundos que se ponen en marcha todos los días al amanecer. Las patrullas del toque de queda que montan guardia con sus fusiles en las esquinas de la calle de Fernando y de la Rambla ni siquiera lo miran cuando pasa. Ya en su casa, deja la lámpara encima de la mesa de la cocina y abre la alacena vacía. Pasa una palma con ansia por los estantes. Recoge unas migas con el costado de la mano y se las lleva a la boca. De rodillas en el suelo, vuelca el cubo de los desperdicios de la cocina y hurga en ellos. Recoge unas mondas de fruta podridas, les rasca el moho con la uña y las mastica conteniendo las arcadas. Encuentra tiras pringosas de cosas indescifrables, les saca los gusanos y se las mete en la boca. Sin dejar de masticar, vuelve su atención hacia el suelo. Mete un dedo por las ranuras de los tablones del suelo y rasca con la uña en busca de restos de comida. Araña la pasta pisoteada y se la lleva a la boca. Incapaz de arrancar los trozos más incrustados, pega la cara al suelo y los lame. Y en ese momento, mientras está chupando el suelo, oye el ruido. Un crujido de tablones.

No está solo en la casa.

Se incorpora a medias y contempla el umbral de la puerta donde acaba de aparecer una silueta. Semproni De Paula tenía razón: Liberata ya no se parece a Liberata. La sangre apelmazada le cubre el cuero cabelludo allí donde le han arrancado el pelo. La cara está tan hinchada que es irreconocible, con la mandíbula rota y varios dientes desaparecidos. Imposible saber si ha perdido o no el ojo por culpa de la hinchazón. Menelaus Roca termina de incorporarse y se acerca a ella con el corazón latiéndole a toda prisa. La joven lo mira con su cara desfigurada y da un paso atrás, pero no huye. Los mismos brazos flacos, las mismas rodillas torcidas, probablemente resultado de la polio. Él extiende una mano y se la pone en la mejilla; ella se estremece pero se deja acariciar. A continuación Roca la agarra con fuerza del pelo y le estrella la cabeza contra el marco de la puerta. Liberata cae de rodillas, aturdida.

Roca le agarra las muñecas y la arroja al suelo. Ella intenta patalear. Roca le agarra las dos muñecas juntas, se saca el pene y usa todo su peso para inmovilizarla contra los tablones del suelo. Una y otra vez la penetra, pero no importa el vigor con que se frota el pene, se le ablanda casi al instante, obligándolo a salir. Al cabo de un rato de forcejeo, Roca se masturba encima de ella. Tres o cuatro gotas de semen amarillento aterrizan sobre el vello púbico de la muchacha. Agotado, Roca se deja caer.

Los dos permanecen tirados en el suelo, uno junto al otro. Roca llora y se ríe y se mesa la barba. Sobre los muslos llenos de hematomas de Liberata, las gotas de semen de Menelaus Roca refulgen y laten. Sobre su vello negro, se despliegan como huesos de santos en el lodo. Como constelaciones que danzan por el cielo. Como una corona de flores.

NOTA DEL AUTOR

La calle Riudecendra no existe, aunque tiene rasgos de las calles Roig y Egipcíaques del antiguo barrio del Hospital de Barcelona; apareció en un sueño que tuve en verano de 2007. La Araña Basal y la Pseudorquídea vienen de un sueño de principios de 2009. La Torre dels Corbs está basada de forma más o menos literal en el Palau Recasens de Barcelona.

Para escribir este libro me he servido, entre otros, de la *Història de Barcelona* coordinada por Jaume Sobrequés para Enciclopedia Catalana; *El Raval, un espai al marge*, de Ferran Aisa y Mei Vidal; *Barcelona i la seva història*, de Agustí Duran i Sanpere; *Las calles de Barcelona*, de Víctor Balaguer; *Els bojos a Catalunya, 1850-2000*, de Sílvia Ventura, y «The Cult of Saints and Their Relics», de Thomas Head. Para el capítulo sobre la profanación del Carmen me he basado en *Els carmelites a Barcelona, 1292-1992*, de Pau M. Casadevall.

Corona de flores está dedicada a las siguientes personas: Mara Faye Lethem, Judit Laia Calvo y Dídac Calvo, Lucas Quejido, Manolo Vázquez, Carmen Burguess, Tomás Nochteff, Marga Durà, Félix Sabaté, Isidre Estévez, Mireya de Sagarra, Valentín Roma, Robert Juan-Cantavella, Jaime Rodríguez Zavaleta, Gabriela Wiener, Claudio López Lamadrid, Txell Torrent y Mònica Martín.

Y a Andrea Aguilar, por salvar a mi madre.

ÚLTIMOS TÍTULOS PUBLICADOS
EN LITERATURA MONDADORI

60. Joaquín Voltes, *Caída libre*
61. Jane Mendelsohn, *Yo fui Amelia Earhart*
62. Elizabeth von Arnim, *Elizabeth y su jardín alemán*
63. Frederic Prokosch, *Los siete fugitivos*
64. Paolo Maurensig, *Canon inverso*
65. Andrés Ehrenhaus, *Monogatari*
66. Chester Himes, *Un caso de violación*
67. Dawn Powell, *Gira, mágica rueda*
68. María José Furió, *La mentira*
69. Agnès Desarthe, *Un secreto sin importancia*
70. Santiago Gamboa, *Perder es cuestión de método*
71. Varlam Shalámov, *Relatos de Kolymá*
72. Herta Müller, *La bestia del corazón*
73. Richard Powers, *Galatea 2.2*
74. César Aira, *Ema, la cautiva*
75. Frederic Prokosch, *Voces*
76. Ángel García Galiano, *El mapa de las aguas*
77. Iain Banks, *Cómplice*
78. Gabriel Galmés, *El rey de la selva*
79. Seamus Deane, *Leer a oscuras*
80. Thomas Rosenboom, *Carne lavada*
81. Robert Irwin, *El harén sublime*
82. Rohinton Mistry, *Un perfecto equilibrio*
83. Fogwill, *Cantos de marineros en La Pampa*
84. César Aira, *Cómo me hice monja*

85. Chester Himes, *Puntas rosadas*
86. Santiago Gamboa, *Páginas de vuelta*
87. Eoin McNamee, *El resucitador*
88. Penelope Fitzgerald, *La flor azul*
89. Dylan Thomas, *Hacia el comienzo. Relatos completos, I*
90. Ruth L. Ozeki, *Carne*
91. Tristan Egolf, *El amo del corral*
92. Robert Irwin, *Cadáver exquisito*
93. Kaylie Jones, *La hija de un soldado nunca llora*
94. Romain Gary, *Las raíces del cielo*
95. Iain Banks, *Una canción de piedra*
96. José Manuel Prieto, *Livadia*
97. Gore Vidal, *La Institución Smithsoniana*
98. Edgardo Rodríguez Juliá, *Sol de medianoche*
99. Juan Gracia, *Todo da igual*
100. Beryl Bainbridge, *Master Georgie*
101. Rohinton Mistry, *Un viaje muy largo*
102. Will Christopher Baer, *Bésame, Judas*
103. Mordecai Richler, *La versión de Barney*
104. Linn Ullmann, *Antes de que te duermas*
105. Frederic Raphael, *Aquí Kubrick*
106. César Aira, *La mendiga*
107. Chet Baker, *Como si tuviera alas*
108. Ann-Marie MacDonald, *Arrodíllate*
109. Lázaro Covadlo, *La casa de Patrick Childers*
110. Dylan Thomas, *Retrato del artista cachorro. Relatos completos, II*
111. Abdelkader Benali, *Boda junto al mar*
112. Billy Wilder y Hellmuth Karasek, *Nadie es perfecto*
113. Mayra Santos-Febres, *Sirena Selena vestida de pena*
114. Pierre Souvestre y Marcel Allain, *Fantomas*
115. Daniel Pennac, *La felicidad de los ogros*
116. Daniel Pennac, *El hada carabina*
117. Giuseppe Ferrandino, *Pericle el Negro*
118. Colson Whitehead, *La intuicionista*
119. Lázaro Covadlo, *Animalitos de Dios*

120. Jorge Franco Ramos, *Rosario Tijeras*
121. Rebbecca Ray, *A una cierta edad*
122. David Foster Wallace, *La niña del pelo raro*
123. Guillermo Fadanelli, *Clarisa ya tiene un muerto*
124. Douglas Rushkoff, *Ciberia*
125. Michelangelo Antonioni, *Más allá de las nubes*
126. Daniel Pennac, *La pequeña vendedora de prosa*
127. Adam Lloyd Baker, *New York Graphic*
128. William Sutcliffe, *¿De qué vas?*
129. Francisco Coloane, *Los pasos del hombre*
130. Paolo Maurensig, *Venus herida*
131. Aldo Nove, *Puerto Plata Market*
132. Dylan Thomas, *Con otra piel. Relatos completos, III*
133. Arnon Grunberg, *Figurantes*
134. Agnès Desarthe, *Cinco fotos de mi mujer*
135. Jeff Noon, *Vurt*
136. Magnus Mills, *Sin novedad en el Orient Express*
137. Reynaldo Lugo, *Palmeras de sangre*
138. J. M. Coetzee, *Desgracia*
139. J. M. Coetzee, *Infancia*
140. Carol Wolper, *Cigarette Girl*
141. Patrícia Melo, *Elogio de la mentira*
142. Luther Blissett, *Q*
143. Charles Mingus, *Menos que un perro*
144. Daniel Pennac, *El señor Malaussène*
145. Lázaro Covadlo, *Bolero*
146. Andrés Ehrenhaus, *La seriedad*
147. Antón Arrufat, *Antología personal*
148. Dale Peck, *Es hora de decir adiós*
149. Juan Abreu, *Garbageland*
150. Maurice G. Dantec, *Babylon Babies*
151. Daniel Pennac, *Los frutos de la pasión*
152. Iván de la Nuez, *El mapa de sal*
153. Gore Vidal, *Sexualmente hablando*
154. J. M. Coetzee, *Las vidas de los animales*
155. Fogwill, *La experiencia sensible*

156. Patrick McGrath, *Locura*
157. Javier Calvo, *Risas enlatadas*
158. Scott Phillips, *La cosecha de hielo*
159. Giuseppe Ferrandino, *El respeto*
160. Carlo Lucarelli, *La isla del Ángel Caído*
161. Antonio Álamo, *Nata soy*
162. David Foster Wallace, *Entrevistas breves con hombres repulsivos*
163. David Foster Wallace, *Algo supuestamente divertido que nunca volveré a hacer*
164. Daniel Chavarría, *Allá ellos*
165. Fogwill, *En otro orden de cosas*
166. Jonathan Lethem, *Huérfanos de Brooklyn*
167. Jeff Noon, *Polen*
168. Heidi Julavits, *El Palacio Mineral*
169. César Aira, *Cumpleaños*
170. Vinicius de Moraes, *Para vivir un gran amor. Crónicas y poemas*
171. Chuck Palahniuk, *Asfixia*
172. George Saunders, *Pastoralia*
173. Henk van Woerden, *El asesino*
174. Iain Banks, *El Negocio*
175. James Gunn, *El coleccionista de juguetes*
176. Gore Vidal, *La edad de oro*
177. Niccolò Ammaniti, *No tengo miedo*
178. Aldo Nove, *Amor mío infinito*
179. Matthew Klam, *Sam el Gato y otros relatos*
180. Toni Montesinos, *Solos en los bares de noche*
181. Paul Collins, *Gloriosos fracasos*
182. Antonio José Ponte, *Contrabando de sombras*
183. David Sedaris, *Cíclopes*
184. Michael Chabon, *Las asombrosas aventuras de Kavalier y Clay*
185. J. T. Leroy, *Sarah*
186. Jorge Franco, *Paraíso travel*
187. Daniel Chavarría, *El rojo en la pluma del loro*

188. Richard Powers, *Ganancia*
189. César Aira, *El Mago*
190. Mayra Santos-Febres, *Cualquier miércoles soy tuya*
191. Francisco Casavella, *Los juegos feroces*
192. Gabriel García Márquez, *Vivir para contarla*
193. Rodrigo Fresán, *La velocidad de las cosas*
194. Manuel Vázquez Montalbán, *Galíndez*
195. J. M. Coetzee, *La Edad de Hierro*
196. J. M. Coetzee, *Juventud*
197. David Foster Wallace, *La broma infinita*
198. Francisco Casavella, *Viento y joyas*
199. Rodolfo Enrique Fogwill, *Urbana*
200. Rohinton Mistry, *Asuntos de familia*
201. Denes Johnson, *El nombre del mundo*
202. Will Self, *Como viven los muertos*
203. Magnus Mills, *Tres van a ver al rey*
204. Victor Pelevin, *Homo zapiens*
205. Francisco Casavella, *El idioma imposible*
206. Chuck Palahniuk, *Nana*
207. Rick Moody, *El velo negro*
208. Rick Moody, *Días en Garden State*
209. Ming Wu, *54*
210. Patrick McGrath, *La historia de Martha Peake*
211. Javier Calvo, *El dios reflectante*
212. J. M. Coetzee, *En medio de ninguna parte*
213. Jeff Noon, *La aguja en el surco*
214. Jonathan Lethem, *Cuando Alicia subió a la mesa*
215. Juan Abreu, *Orlan veinticinco*
216. Richard Flanagan, *El libro de los peces de William Gould*
217. César Aira, *Canto Castrato*
218. Rodrigo Fresán, *Jardines de Kensington*
219. Daniel Pennac, *El dictador y la hamaca*
220. David Sedaris, *Mi vida en rose*
221. Diego Doncel, *El ángulo de los secretos femeninos*
222. Robert Irwin, *Satán me quiere*
223. Arthur Bradford, *¿Quieres ser mi perro?*

224. José Manuel Prieto, *Enciclopedia de una vida en Rusia*
225. Dave Eggers, *Ahora sabréis lo que es correr*
226. Tristan Egolf, *La chica y el violín*
227. J. M. Coetzee, *Elizabeth Costello*
228. António Lobo Antunes, *Buenas tardes a las cosas de aquí abajo*
229. Daniel Chavarría, *Adiós muchachos*
230. J. T. Leroy, *El corazón es mentiroso*
231. Cormac McCarthy, *Suttree*
232. Koji Suzuki, *The Ring*
233. Germán Sierra, *Alto voltaje*
234. V. S. Naipaul, *Miguel Street*
235. J. M. Coetzee, *Foe*
236. César Aira, *Las noches de Flores*
237. Chuck Palahniuk, *Diario. Una novela*
238. J. M. Coetzee, *El maestro de Petersburgo*
239. J. M. Coetzee, *Esperando a los bárbaros*
240. Edgardo Rodríguez Julià, *Mujer con sombrero Panamá*
241. Carlos María Domínguez, *La casa de papel*
242. T. C. Boyle, *Drop city*
243. Erika Krouse, *Ven a verme*
244. Jonathan Lethem, *La fortaleza de la soledad*
245. António Lobo Antunes, *Segundo libro de crónicas*
246. Gabriel García Márquez, *Memoria de mis putas tristes*
247. Juan Rulfo, *Pedro Páramo*
248. Juan Rulfo, *El llano en llamas*
249. Iain Banks, *Aire muerto*
250. Niccolò Ammaniti, *Te llevaré conmigo*
251. Antonio Álamo, *El incendio del paraíso*
252. Elfriede Jelinek, *La pianista*
253. VV. AA., *Crack*
254. David Toscana, *El último lector*
255. Olivier Rolin, *Tigre de papel*
256. José Carlos Somoza, *El detalle y otras novelas breves*
257. Magda Szabó, *La puerta*
258. Ricardo Rodríguez, *La moral del verdugo*

259. Michael Chabon, *Jóvenes hombres lobo*
260. Imma Turbau, *El juego del ahorcado*
261. Patrick McGrath, *Port Mungo*
262. Richard Powers, *El tiempo de nuestras canciones*
263. Elfriede Jelinek, *Los excluidos*
264. Jaume Cabré, *Señoría*
265. António Lobo Antunes, *Yo he de amar una piedra*
266. Peter Carey, *Mi vida de farsante*
267. Sam Lipsyte, *Hogar, dulce hogar*
268. Chuck Palahniuk, *Error humano*
269. Alma Guillermoprieto, *La Habana en el espejo*
270. Carlos Franz, *El desierto*
271. Anna Wohlgeschaffen, *Eris la diosa y otras historias cínicas*
272. César Aira, *Un episodio en la vida del pintor viajero*
273. Colson Whitehead, *El coloso de Nueva York*
274. George Saunders, *Guerracivilandia en ruinas*
275. Philip Roth, *La conjura contra América*
276. António Lobo Antunes, *Memoria de elefante*
277. David Sedaris, *Un vestido de domingo*
278. Dave Eggers, *Guardianes de la intimidad*
279. Masłowska Dorota, *Blanco nieve, rojo Rusia*
280. Rodrigo Fresán, *Vida de santos*
281. J. M. Coetzee, *Hombre lento*
282. Colin Harrison, *Havana Room*
283. Salman Rushdie, *Shalimar el payaso*
284. Matthew McIntosh, *Pozo*
285. Javier Calvo, *Los ríos perdidos de Londres*
286. David Foster Wallace, *Extinción*
287. Javier Rodríguez Alcázar, *El escolar brillante*
288. Abdelkader Benali, *Largamente esperada*
289. Alexander Garros y Alexei Evdokimov, *Headcrusher*
290. Victor Pelevin, *El meñique de Buda*
291. Andrew O'Hagan, *Personalidad*
292. David Means, *Incendios*
293. Bret Easton Ellis, *Lunar park*
294. Philip Roth, *El pecho*

295. César Aira, *Las curas milagrosas del Doctor Aira*
296. Kitty Fitzgerald, *Pigtopia*
297. J. M. Coetzee, *Vida y época de Michael K*
298. Sergio Pitol, *Soñar la realidad*
299. Pedro Lemebel, *Adiós mariquita linda*
300. Chuch Palahniuk, *Fantasmas*
301. John Berendt, *La ciudad de los ángeles caídos*
302. Rafael Gumucio, *Páginas coloniales*
303. Rafael Gumucio, *Memorias prematuras*
304. César Aira, *Parménides*
305. Suketu Mehta, *Ciudad total*
306. António Lobo Antunes, *Fado alejandrino*
307. Julián Rodríguez, *Ninguna necesidad*
308. David Gilbert, *Los normales*
309. Alessandro Piperno, *Con las peores intenciones*
310. Francisco Casavella, *El secreto de las fiestas*
311. Olivier Pauvert, *Negro*
312. Lolita Bosch, *La persona que fuimos*
313. Orhan Pamuk, *Estambul*
314. Martín Solares, *Minutos negros*
315. Gonçalo M. Tavares, *Un hombre: Klaus Klump*
316. Martín Kohan, *Segundos afuera*
317. Philip Roth, *Elegía*
318. Cormac McCarthy, *No es país para viejos*
319. Peter Hobbs, *Solsticio de invierno*
320. J. T. LeRoy, *El final de Harold*
321. Mary Gaitskill, *Veronica*
322. Salvatore Niffoi, *La leyenda de Redenta Tiria*
323. Javier Calvo, *Mundo maravilloso*
324. Salvador Plascencia, *La gente de papel*
325. Philip Roth, *Deudas y dolores*
326. Susan Sontag, *Al mismo tiempo*
327. Peter Carey, *Robo*
328. F. M., *Corazón*
329. Tom Spanbauer, *Ahora es el momento*
330. Martín Kohan, *Museo de la Revolución*

331. António Lobo Antunes, *Ayer no te vi en Babilonia*
332. Rohinton Mistry, *Cuentos de Firozsha Baag*
333. Orhan Pamuk, *El castillo blanco*
334. David Foster Wallace, *Hablemos de langostas*
335. Gonçalo M. Tavares, *La máquina de Joseph Walser*
336. Chimamanda Ngozi Adichie, *Medio sol amarillo*
337. Michael Chabon, *La solución final*
338. Cormac McCarthy, *La carretera*
339. William Vollmann, *Europa central*
340. Lolita Bosch, *Hecho en México*
341. Niccolò Ammaniti, *Como Dios manda*
342. J. M. Coetzee, *Diario de un mal año*
343. Chuck Palahniuk, *Rant: la vida de un asesino*
344. Cormac McCarthy, *Meridiano de sangre*
345. António Lobo Antunes, *Conocimiento del infierno*
346. Philip Roth, *El profesor del deseo*
347. Roberto Brodsky, *Bosque quemado*
348. Orhan Pamuk, *La maleta de mi padre*
349. Vikram Chandra, *Juegos sagrados*
350. Karin Fossum, *Una mujer en tu camino*
351. Ena Lucía Portela, *Djuna y Daniel*
352. Philip Roth, *Sale el espectro*
353. César Aira, *Las aventuras de Barbaverde*
354. Antonio López-Peláez, *Nada puede el Sol*
355. António Lobo Antunes, *Acerca de los pájaros*
356. Rupert Thomson, *Muerte de una asesina*
357. Óscar Aibar, *Making of*
358. Cormac McCarthy, *Todos los hermosos caballos*
359. Michael Chabon, *El sindicato de policía Yiddish*
360. Christian Jungersen, *La excepción*
361. Gore Vidal, *Navegación a la vista*
362. Álvaro Enrigue, *Muerte de un instalador*
363. Dave Eggers, *Qué es el qué*
364. Julián Rodríguez, *Cultivos*
365. Peter Hobbs, *Profundo mar azul*
366. Jonathan Lethem, *Todavía no me quieres*

367. Junot Díaz, *La maravillosa vida breve de Óscar Wao*
368. Peter Carey, *Equivocado sobre Japón*
369. Gregoire Bouillier, *El invitado sorpresa*
370. Daniel Pennac, *Mal de escuela*
371. J. G. Ballard, *Milagros de vida*
372. Magda Szabó, *La balada de Iza*
373. Robert Juan-Cantavella, *El Dorado*
374. Andrew O'Hagan, *Quédate a mi lado*
375. Lolita Bosch, *La familia de mi padre*
376. Ma Jian, *Pekín en coma*
377. Mario Levrero, *La novela luminosa*
378. Philip Roth, *Nuestra pandilla*
379. Philip Roth, *Lecturas de mí mismo*
380. Denis Johnson, *Árbol de humo*
381. Orhan Pamuk, *Otros colores*
382. Patricio Pron, *El comienzo de la primavera*
383. Patrick McGrath, *Trauma*
384. Klas Östergren, *Caballeros*
385. Joseph Smith, *El lobo*
386. Javier Pastor, *Mate Jaque*
387. Julia Leigh, *Inquietud*
388. Salman Rushdie, *La encantadora de Florencia*
389. Salman Rushdie, *Hijos de la medianoche*
390. António Lobo Antunes, *Mi nombre es Legión*
391. Philip Roth, *Indignación*
392. César Silva, *Una isla sin mar*
393. Nathan Englander, *Ministerio de Casos Especiales*
394. J. M. Coetzee, *Tierras de poniente*
395. J. M. Coetzee, *Mecanismos internos*
396. V. S. Naipaul, *Un recodo en el río*
397. Wu Ming, *Manituana*
398. Germán Sierra, *Intente usar otras palabras*
399. Gonçalo M. Tavares, *Jerusalén*
400. Javier Cercas, *Anatomía de un instante*
401. Castle Freeman Jr., *La oreja de Murdock*
402. Rafael Gumucio, *La deuda*

403. Cormac McCarthy, *Ciudades de la llanura*
404. Miguel Barroso, *Un asunto sensible*
405. James Frey, *Una mañana radiante*
406. Benjamin Taylor, *El libro de la venganza*
407. Gabriela Wiener, *Nueve lunas*
408. Orhan Pamuk, *El museo de la inocencia*
409. Rodrigo Fresán, *El fondo del cielo*
410. Dave Eggers, *Los monstruos*
411. Jordi Soler, *La fiesta del oso*
412. Elvira Navarro, *La ciudad feliz*
413. Patricio Pron, *El mundo sin las personas que lo afean y lo arruinan*
414. Per Petterson, *Yo maldigo el río del tiempo*
415. Anne Tyler, *La brújula de Noé*
416. Julián Rodríguez, *Antecedentes*
417. Javier Pascual, *Los acasos*
418. Richard Price, *La vida fácil*
419. Philip Roth, *La humillación*
420. Jorge Carrión, *Los muertos*
421. Chuck Palahniuk, *El club de la lucha*
422. Chuck Palahniuk, *Snuff*
423. Antonio Soler, *Lausana*
424. J. M. Coetzee, *Verano*